John Temple Graves

VIE DE TOLSTOÏ

ROMAIN ROLLAND

VIE DE T O L S T O Ï (1921)

ROMAIN ROLLAND (1866-1944)

VIE DE TOLSTOÏ

PRÉFACE

CETTE onzième édition a été remaniée, à l'occasion du centenaire de la naissance de Tolstoy. On y a mis à profit la correspondance tolstoyenne, publiée depuis 1910. L'auteur a ajouté tout un chapitre consacré aux relations de Tolstoy avec les penseurs des différents pays d'Asie: Chine, Japon, Inde, nations islamiques. Particulièrement importants sont les rapports avec Gandhi. Nous reproduisons *in extenso* une lettre, écrite par Tolstoy, un mois avant sa mort, où l'apôtre russe trace tout le plan de campagne de la Non-Résistance, dont le Mahâtmâ des Indes devait faire, par la suite, un si puissant emploi.

R. R.

Août 1928.

VIE DE TOLSTOÏ

La grande âme de Russie, dont la flamme s'allumait, il y a cent ans, sur la terre, a été, pour ceux de ma génération, la lumière la plus pure qui ait éclairé leur jeunesse. Dans le crépuscule aux lourdes ombres du XIXe siècle finissant, elle fut l'étoile consolatrice, dont le regard attirait, apaisait nos âmes d'adolescents. Parmi tous ceux — ils sont nombreux en France —

pour qui Tolstoï fut bien plus qu'un artiste aimé, un ami, le meilleur, et, pour beaucoup, le seul ami véritable dans tout l'art européen, — j'ai voulu apporter à cette mémoire sacrée mon tribut de reconnaissance et d'amour.

Les jours où j'appris à le connaître ne s'effaceront point de ma pensée. C'était en 1886. Après quelques années de germination muette, les fleurs merveilleuses de l'art russe venaient de surgir de la terre de France. Les traductions de Tolstoï et de Dostoïevski paraissaient dans toutes les maisons d'éditions à la fois, avec une hâte fiévreuse. De 1885 à 1887 furent publiés à Paris *Guerre et Paix*, *Anna Karénine*, *Enfance* et *Adolescence*, *Polikouchka*, *la Mort d'Ivan Iliitch*, les nouvelles du Caucase et les contes populaires. En quelques mois, en quelques semaines, se découvrait à nos yeux l'œuvre de toute une grande vie, où se reflétait un peuple, un monde nouveau.

Je venais d'entrer à l'École Normale. Nous étions, mes camarades et moi, bien différents les uns des autres. Dans notre petit groupe, où se trouvaient réunis des esprits réalistes et ironiques comme le philosophe Georges Dumas, des poètes tout brûlants de passion pour la Renaissance italienne comme Suarès, des fidèles de la tradition classique, des Stendhaliens et des Wagnériens, des athées et des mystiques, il s'élevait bien des discussions, il y avait bien des désaccords; mais pendant quelques mois, l'amour de Tolstoï nous réunit presque tous. Chacun l'aimait pour des raisons différentes: car chacun s'y retrouvait soi-même; et pour tous c'était une révélation de la vie, une porte qui s'ouvrait sur l'immense univers. Autour de nous, dans nos familles, dans nos provinces, la grande voix venue des confins de l'Europe éveillait les mêmes sympathies, parfois inattendues. Une fois, j'entendis des bourgeois de mon Nivernais, qui ne s'intéressaient point à l'art et ne lisaient presque rien, parler de *la Mort d'Ivan Iliitch* avec une émotion concentrée.

J'ai lu chez d'éminents critiques cette thèse que Tolstoï devait le meilleur de sa pensée à nos écrivains romantiques: à George Sand, à Victor Hugo. Sans discuter l'invraisemblance qu'il y aurait à parler d'une influence de George Sand sur Tolstoï, qui ne la pouvait souffrir, et sans nier l'influence beaucoup plus réelle qu'ont exercée sur lui J.-J. Rousseau et Stendhal, c'est bien mal se douter de la grandeur de Tolstoï et de la puissance de sa fascination sur nous que de l'attribuer à ses idées. Le cercle d'idées dans lequel se meut l'art est des plus limités. Sa force n'est pas en elles, mais dans l'expression qu'il leur donne, dans l'accent personnel, dans l'empreinte de l'artiste, dans l'odeur de sa vie.

Que les idées de Tolstoï fussent ou non empruntées—nous le verrons par la suite—jamais voix pareille à la sienne n'avait encore retenti en Europe. Comment expliquer autrement le frémissement d'émotion que nous éprouvions alors à entendre cette musique de l'âme, que nous attendions depuis si longtemps et dont nous avions besoin? La mode n'était pour rien dans notre sentiment. La plupart d'entre nous n'ont, comme moi, connu le livre d'Eugène-Melchior de Vogüé sur le *Roman russe* qu'après avoir lu Tolstoï; et son admiration nous a paru pâle auprès de la nôtre. M. de Vogüé jugeait surtout en littérateur. Mais nous, c'était trop peu pour nous d'admirer l'œuvre: nous la vivions, elle était nôtre. Nôtre, par sa vie ardente, par sa jeunesse de cœur. Nôtre, par son désenchantement ironique, sa clairvoyance impitoyable, sa hantise de la mort. Nôtre, par ses rêves d'amour fraternel et de paix entre les hommes. Nôtre, par son réquisitoire terrible contre les mensonges de la civilisation. Et par son réalisme, et par son mysticisme. Par son souffle de nature, par son sens des forces invisibles, son vertige de l'infini.

Ces livres ont été pour nous ce que *Werther* a été pour sa génération: le miroir magnifique de nos puissances et de nos faiblesses, de nos espoirs et de nos terreurs. Nous ne nous inquiétions point de mettre d'accord toutes ces contradictions, ni surtout de faire rentrer cette âme multiple, où résonnait l'univers, dans d'étroites catégories religieuses ou politiques, comme font tels de ceux qui, à l'exemple de Paul Bourget, au lendemain de la mort de Tolstoï, ont ramené le poète homérique de *Guerre et Paix* à l'étiage de leurs passions de partis. Comme si nos coteries, d'un jour, pouvaient être la mesure d'un génie!... Et que m'importe à moi que Tolstoï soit ou non de mon parti! M'inquiété-je de quel parti furent Dante et Shakespeare, pour respirer leur souffle et boire leur lumière?

Nous ne nous disions point, comme ces critiques d'aujourd'hui: «Il y a deux Tolstoï, celui d'avant la crise, celui d'après la crise; l'un est le bon, et l'autre ne l'est point.» Pour nous, il n'y en a eu qu'un, nous l'aimions tout entier. Car nous sentions, d'instinct, que dans de telles âmes tout se tient, tout est lié.

Ce que notre instinct sentait, sans l'expliquer, c'est à notre raison de le prouver aujourd'hui. Nous le pouvons, à présent que cette longue vie, arrivée à son terme, s'expose aux yeux de tous, sans voiles et devenue soleil, dans le ciel de l'esprit. Ce qui nous frappe aussitôt, c'est à quel point elle resta la même, du commencement à la fin, en dépit des barrières qu'on a voulu y élever, de place en place,—en dépit de Tolstoï lui-même, qui, en homme passionné, était enclin à croire, quand il aimait, quand il croyait, qu'il aimait, qu'il croyait pour la première fois, et qui datait de là le commencement de sa vie. Commencement. Recommencement. Combien de fois la même crise, les mêmes luttes se sont produites en lui! On ne saurait parler de l'unité de sa pensée—elle ne fut jamais une—mais de la persistance en elle des mêmes éléments divers, tantôt alliés, tantôt ennemis, plus souvent ennemis. L'unité, elle n'est point dans l'esprit ni dans le cœur d'un Tolstoï, elle est dans le combat de ses passions en lui, elle est dans la tragédie de son art et de sa vie.

Art et vie sont unis. Jamais œuvre ne fut plus intimement mêlée à la vie; elle a presque constamment un caractère autobiographique; depuis l'âge de vingt-cinq ans, elle nous fait suivre Tolstoï, pas à pas, dans les expériences contradictoires de sa carrière aventureuse. Son *Journal*, commencé avant l'âge de vingt ans et continué jusqu'à sa mort, les notes fournies par lui à M. Birukov, complètent cette connaissance et permettent non seulement de lire presque jour par jour dans la conscience de Tolstoï, mais de faire revivre le monde où son génie a pris racine et les âmes dont son âme s'est nourrie.

Une riche hérédité. Une double race (les Tolstoï et les Volkonski), très noble et très ancienne, qui se vantait de remonter à Rurik et comptait dans ses annales des compagnons de Pierre le Grand, des généraux de la guerre de Sept Ans, des héros des luttes napoléoniennes, des Décembristes, des déportés politiques. Des souvenirs de famille, auxquels Tolstoï a dû quelques-uns des types les plus originaux de *Guerre et Paix*: le vieux prince Bolkonski, son grand-père maternel, un représentant attardé de l'aristocratie du temps de Catherine II, voltairienne et despotique; le prince Nicolas-Grégorévitch Volkonski, un cousin-germain de sa mère, blessé à Austerlitz et ramassé sur le champ de bataille, sous les yeux de Napoléon, comme le prince André; son père, qui avait quelques traits de Nicolas Rostov; sa mère, la princesse Marie, la douce laide aux beaux yeux, dont la bonté illumine *Guerre et Paix*.

Il ne connut guère ses parents. Les charmants récits d'*Enfance* et *Adolescence* ont, ainsi que l'on sait, peu de réalité. Sa mère mourut quand il n'avait pas encore deux ans. Il ne put donc se rappeler la chère figure, que le petit Nicolas Irténiev évoque à travers un voile de larmes, la figure au lumineux sourire, qui répandait la joie autour d'elle....

Ah! si je pouvais entrevoir ce sourire dans les moments difficiles, je ne saurais pas ce que c'est que le chagrin....

Mais elle lui transmit sans doute sa franchise parfaite, son indifférence à l'opinion et son don merveilleux de raconter des histoires qu'elle inventait.

De son père, il put garder du moins quelques souvenirs. C'était un homme aimable et moqueur, aux yeux tristes, qui vivait sur ses terres, d'une existence indépendante et dénuée d'ambition. Tolstoï avait neuf ans lorsqu'il le perdit. Cette mort lui fit «comprendre pour la première fois l'amère vérité et remplit son âme de désespoir».—Première rencontre de l'enfant avec le spectre d'effroi, qu'une partie de sa vie devait être consacrée à combattre, et l'autre à célébrer, en le transfigurant.... La trace de cette angoisse est marquée en quelques traits inoubliables des derniers chapitres d'*Enfance*, où les souvenirs sont transposés pour le récit de la mort et de l'enterrement de la mère.

Ils restaient cinq enfants, dans la vieille maison de Iasnaïa Poliana, où Léon-Nikolaievitch était né, le 28 août 1828, et qu'il ne devait quitter que pour mourir, quatre-vingt-deux ans après. La plus jeune, une fille, Marie, qui plus tard se fit religieuse (ce fut auprès d'elle que Tolstoï se réfugia, mourant, quand il s'enfuit de sa maison et des siens).—Quatre fils: Serge, égoïste et charmant, «sincère à un degré que je n'ai jamais vu atteindre»;—Dmitri, passionné, concentré, qui plus tard, étudiant, devait se livrer aux pratiques religieuses avec emportement, sans souci de l'opinion, jeûnant, recherchant les pauvres, hébergeant les infirmes, puis soudain se jetant dans la débauche, avec la même violence, ensuite rongé de remords, rachetant et prenant chez lui une fille qu'il avait connue dans une maison publique, et mourant de phtisie à vingt-neuf ans; — Nicolas, l'aîné, le frère le plus aimé, qui avait hérité de la mère son imagination pour conter des histoires, ironique, timide et fin, plus tard officier au Caucase, où il prit l'habitude de l'alcoolisme, plein de tendresse chrétienne, lui aussi, vivant dans des taudis, partageant avec les pauvres tout ce qu'il possédait. Tourgueniev disait de lui «qu'il mettait en pratique cette humilité devant la vie, que son frère Léon se contentait de développer en théorie».

Auprès des orphelins, deux femmes d'un grand cœur: la tante Tatiana, «qui avait deux vertus, dit Tolstoï: le calme et l'amour». Toute sa vie n'était qu'amour. Elle se dévouait sans cesse....

Elle m'a fait connaître le plaisir moral d'aimer....

L'autre, la tante Alexandra, qui servait toujours les autres, et évitait d'être servie, se passait de domestiques, avait pour occupations favorites la lecture de la vie des saints, les causeries avec les pèlerins et avec les innocents. De ces innocents et innocentes, plusieurs vivaient dans la maison. Une d'elles, une vieille pèlerine, qui récitait des psaumes, était marraine de la sœur de Tolstoï. Un autre, Gricha, ne savait que prier et pleurer....

O grand chrétien Gricha! Ta foi était si forte que tu sentais l'approche de Dieu, ton amour était si ardent que les paroles coulaient de tes lèvres, sans que ta raison les contrôlât. Et comme tu célébrais Sa magnificence, quand, ne trouvant pas de paroles, tout en larmes, tu te prosternais sur le sol!...

Qui ne voit la part que toutes ces humbles âmes ont eue à la formation de Tolstoï? Il semble qu'en elles s'ébauche et s'essaye le Tolstoï de la fin. Leurs prières, leur amour ont jeté dans l'esprit de l'enfant les semences de foi, dont le vieillard devait voir se lever la moisson.

Sauf de l'innocent Gricha, Tolstoï, dans ses récits d'*Enfance*, ne parle point de ces modestes collaborateurs qui l'aidèrent à construire son âme. Mais, en revanche, comme elle transparaît au travers du livre, cette âme d'enfant, «ce cœur pur et aimant, tel un rayon clair, qui découvrait toujours chez les autres leurs meilleures qualités», cette tendresse extrême! Heureux, il pense au seul homme qu'il sache malheureux, il pleure et il voudrait se dévouer pour lui. Il embrasse un vieux cheval, il lui demande pardon de l'avoir fait souffrir. Il est heureux d'aimer, même n'étant pas aimé. Déjà l'on aperçoit les germes de son futur génie: son imagination, qui le fait pleurer, de ses propres histoires; sa tête toujours en travail, qui toujours cherche à penser ce à quoi pensent les gens; sa faculté précoce d'observation et de souvenir; ce regard attentif qui scrute les physionomies, au milieu de son deuil, et la vérité de leur douleur. A cinq ans, il sentit, dit-il, pour la première fois, «que la vie n'est pas un amusement, mais une besogne très lourde».

Heureusement il l'oubliait. En ce temps-là, il se berçait de contes populaires, des *bylines* russes, ces rêves mythiques et légendaires, des récits de la Bible,—surtout de la sublime Histoire de Joseph, que, vieillard, il donnait encore pour le modèle de l'art,—et des *Mille et une Nuits*, que, chaque soir, chez sa grand mère, récitait un conteur aveugle, assis sur le rebord de la fenêtre.

Il fit ses études à Kazan. Études médiocres. On disait des trois frères: «Serge veut et peut. Dmitri veut et ne peut pas. Léon ne veut pas et ne peut pas».

Il passait par ce qu'il nomma «le désert de l'adolescence». Désert de sable, où souffle par rafales un vent brûlant de folie. Sur cette période, les récits d'*Adolescence* et surtout de *Jeunesse* sont riches en confessions intimes. Il est seul. Son cerveau est dans un état de fièvre perpétuelle. Pendant un an, il retrouve pour son compte et essaie tous les systèmes. Stoïcien, il s'inflige des tortures physiques. Épicurien, il se débauche. Puis, il croit à la métempsycose. Il finit par tomber dans un nihilisme dément: il lui semble que s'il se retournait assez vite, il pourrait voir face à face le néant. Il s'analyse, il s'analyse....

Je ne pensais plus à une chose, je pensais que je pensais à une chose.... Cette analyse perpétuelle, cette machine à raisonner, qui tournait dans le vide, lui restera comme une habitude dangereuse, qui, dit-il, «lui nuit souvent dans la vie», mais où son art a puisé des ressources inouïes.

A ce jeu, il avait perdu toutes ses convictions: il le pensait, du moins. A seize ans, il cessa de prier et d'aller à l'église. Mais la foi n'était pas morte, elle couvait seulement:

Pourtant je croyais en quelque chose. En quoi? Je ne pourrais le dire. Je croyais encore en Dieu, ou plutôt je ne le niais pas. Mais quel Dieu? Je l'ignorais. Je ne niais pas non plus le Christ et sa doctrine; mais en quoi consistait cette doctrine, je n'aurais su le dire.

Il était pris, par moments, de rêves de bonté. Il voulait vendre sa voiture, en donner l'argent aux pauvres, leur faire le sacrifice d'un dixième de sa fortune, se passer de domestiques.... «Car ce sont des hommes comme moi.» Il écrivait, pendant une maladie, des *Règles de vie*. Il s'y assignait naïvement le devoir de «tout étudier et tout approfondir: droit, médecine, langues, agriculture, histoire, géographie, mathématiques, d'atteindre le plus haut degré de perfection en musique et en peinture».... Il avait «la conviction que la destinée de l'homme était dans son perfectionnement incessant».

Mais, insensiblement, sous la poussée de ses passions d'adolescent, d'une sensualité violente et d'un immense amour-propre, cette foi dans la perfection déviait, perdait son caractère désintéressé, devenait pratique et matérielle. S'il voulait perfectionner sa volonté, son corps et son esprit, c'était afin de vaincre le monde et d'imposer l'amour. Il voulait plaire.

Ce n'était pas aisé. Il avait alors une laideur simiesque: face brutale, longue et lourde, cheveux courts, plantés bas, petits yeux qui se fixent sur vous avec dureté, enfouis dans des cavités sombres, large nez, grosses lèvres qui avancent, et de vastes oreilles. Ne pouvant se donner le change sur cette laideur qui, lorsqu'il était enfant, lui causait déjà des crises de désespoir, il prétendit réaliser l'idéal de «l'homme comme il faut». Cet idéal le conduisit, pour faire comme les autres «hommes comme il faut», à jouer, à s'endetter stupidement et à se débaucher tout à fait.

Une chose le sauva toujours: son absolue sincérité.

—Savez-vous pourquoi je vous aime plus que les autres? dit Nekhludov à son ami. Vous avez une qualité étonnante et rare: la franchise.

—Oui, je dis toujours les choses que j'ai même honte à m'avouer.

Dans ses pires égarements, il se juge avec une clairvoyance impitoyable.

«Je vis tout à fait bestialement, écrit-il dans son *Journal*, je suis tout déprimé.»

Et, avec sa manie d'analyse, il note minutieusement les causes de ses erreurs:

1° Indécision ou manque d'énergie; – 2° Duperie de soi-même; – 3° Précipitation; – 4° Fausse honte; – 5° Mauvaise humeur; – 6° Confusion; – 7° Esprit d'imitation; – 8° Versatilité; – 9° Irréflexion.

Cette même indépendance de jugement, il l'applique, encore étudiant, à la critique des conventions sociales et des superstitions intellectuelles. Il bafoue la science universitaire, refuse tout sérieux aux études historiques, et se fait mettre aux arrêts pour son audace de pensée. A cette époque, il découvre Rousseau, *les Confessions, Émile.* C'est un coup de foudre.

Je lui rendais un culte. Je portais au cou son portrait en médaille comme une image sainte.

Ses premiers essais philosophiques sont des commentaires sur Rousseau (1846-7).

Cependant, dégoûté de l'Université et des hommes «comme il faut», il revient se terrer dans ses champs, à Iasnaïa Poliana (1847-1851); il reprend contact avec le peuple; il prétend lui venir en aide, en être le bienfaiteur et l'éducateur. Ses expériences de ce temps ont été racontées dans une de ses premières œuvres, *la Matinée d'un Seigneur* (1852), une remarquable nouvelle, dont le héros est son prête-nom favori, le prince Nekhludov.

Nekhludov a vingt ans. Il a laissé l'Université pour se consacrer à ses paysans. Voici un an qu'il travaille à leur faire du bien; et, dans une visite au village, nous le voyons qui se heurte à l'indifférence railleuse, à la méfiance enracinée, à la routine, à l'insouciance, au vice, à l'ingratitude. Tous ses efforts sont vains. Il rentre découragé, et il songe à ses rêves d'il y a un an, à son généreux enthousiasme, à «son idée que l'amour et le bien étaient le bonheur et la vérité, le seul bonheur et la seule vérité possibles en ce monde». Il se sent vaincu. Il est honteux et lassé.

Assis devant le piano, sa main inconsciemment effleura les touches. Un accord sortit, puis un second, un troisième... Il se mit à jouer. Les accords n'étaient pas tout à fait réguliers; souvent ils étaient ordinaires jusqu'à la banalité et ne décelaient aucun talent musical; mais il y trouvait un plaisir indéfinissable, triste. A chaque changement d'harmonies, avec un battement de cœur, il attendait ce qui allait sortir, et il suppléait vaguement par l'imagination à ce qui faisait défaut. Il entendait le chœur, l'orchestre... Et son principal plaisir lui venait de l'activité forcée de l'imagination, qui lui présentait sans liens, mais avec une clarté étonnante, les images et les scènes les plus variées du passé et de l'avenir....

Il revoit les moujiks vicieux, méfiants, menteurs, paresseux et butés, avec qui il causait tout à l'heure; mais il les revoit, cette fois, avec ce qu'ils ont de bon, non plus avec leurs vices; il pénètre en leur cœur par l'intuition de l'amour; il lit en eux leur patience, leur résignation au sort qui les écrase, leur pardon pour les injures, leur affection familiale et les causes de leur attachement routinier et pieux au passé. Il évoque leurs journées de bon travail, fatigant et sain....

«C'est beau, murmure-t-il... Pourquoi ne suis-je pas l'un d'eux?»

Tout Tolstoï est déjà dans le héros de cette première nouvelle: sa vision nette et ses illusions persistantes. Il observe les gens avec un réalisme sans défaut; mais, dès qu'il ferme les yeux, ses rêves le reprennent, et son amour des hommes.

Mais Tolstoï, en 1850, est moins patient que Nekhludov. Iasnaïa l'a déçu; il est las du peuple, comme de l'élite; son rôle lui pèse: il n'y tient plus. D'ailleurs ses créanciers le harcèlent. En 1851, il s'enfuit au Caucase, à l'armée, auprès de son frère Nicolas, officier.

A peine arrivé dans les montagnes sereines, il se ressaisit, il retrouve Dieu:

La nuit dernière, j'ai à peine dormi... Je me suis mis à prier Dieu. Il m'est impossible de décrire la douceur du sentiment que j'éprouvais en priant. J'ai récité les prières habituelles, et ensuite je suis resté longtemps encore à prier. Je désirais quelque chose de très grand, de très beau.... Quoi? je ne puis le dire. Je voulais me fondre avec l'Être infini, je lui demandais de me pardonner mes fautes... Mais non, je ne le demandais pas, je sentais que, puisqu'il m'accordait ce moment bienheureux, il me pardonnait. Je demandais, et en même temps je sentais que je n'avais rien à demander et que je ne pouvais pas, que je ne savais pas demander. Je l'ai remercié, mais non en paroles, non en pensée... Une heure à peine s'était écoulée que j'écoutais la voix du vice. Je me suis endormi en rêvant de la gloire et des femmes: c'était plus fort que moi. — N'importe! Je remercie Dieu pour ce moment de bonheur, pour ce qu'il m'a montré ma petitesse et ma grandeur. Je veux prier, mais je ne sais pas; je veux comprendre, mais je n'ose pas. Je m'abandonne à Ta Volonté!

La chair n'était pas vaincue (elle ne le fut jamais); la lutte se poursuivait dans le secret du cœur, entre les passions et Dieu. Tolstoï note, dans le *Journal*, les trois démons qui le dévorent:

1° Passion du jeu. Lutte possible.

2° Sensualité. Lutte très difficile.

3° Vanité. La plus terrible de toutes.

Dans l'instant qu'il rêvait de vivre pour les autres et de se sacrifier, des pensées voluptueuses ou futiles l'assiégeaient: l'image de quelque femme cosaque, ou «le désespoir qu'il aurait si sa moustache gauche se soulevait plus que la droite».— «N'importe!» Dieu était là, il ne le quittait plus. Le bouillonnement de la lutte même était fécond, toutes les puissances de vie en étaient exaltées.

Je pense que l'idée si frivole que j'ai eue d'aller faire un voyage au Caucase m'a été inspirée d'en haut. La main de Dieu m'a guidé. Je ne cesse de l'en remercier. Je sens que je suis devenu meilleur ici, et je suis fermement persuadé que tout ce qui peut m'arriver ne sera que pour mon bien, puisque c'est Dieu lui-même qui l'a voulu....

C'est le chant d'actions de grâces de la terre au printemps. Elle se couvre de fleurs. Tout est bien, tout est beau. En 1852, le génie de Tolstoï donne ses premières fleurs: *Enfance, la Matinée d'un Seigneur, l'Incursion, Adolescence*; et il remercie l'Esprit de vie qui l'a fécondé.

Histoire de mon Enfance fut commencée, dans l'automne de 1851, à Tiflis, et terminée, le 2 juillet 1852, à Piatigorsk, au Caucase. Il est curieux que dans le cadre de cette nature qui l'enivrait, en pleine vie nouvelle, au milieu des risques émouvants de la guerre, occupé à découvrir un monde de caractères et de passions qui lui étaient inconnus, Tolstoï soit revenu, dans cette première œuvre, aux souvenirs de sa vie passée. Mais quand il écrivit *Enfance*, il était malade, son activité militaire se trouvait brusquement arrêtée; et, durant les longs loisirs de sa convalescence, seul et endolori, il était dans une disposition d'esprit sentimentale, où le passé se déroulait devant ses yeux attendris. Après la tension épuisante des ingrates dernières années, il lui était doux de revivre «la période merveilleuse, innocente, poétique et joyeuse» du premier âge, et de se refaire un «cœur d'enfant, bon, sensible et capable d'amour». Au reste, avec l'ardeur de la jeunesse et ses projets illimités, avec le caractère cyclique de son imagination poétique, qui concevait rarement un sujet isolé, et dont les grands romans ne sont que les anneaux d'une longue chaîne historique, les fragments de vastes ensembles qu'il ne put jamais exécuter, Tolstoï, à ce moment, ne voyait dans les récits d'*Enfance* que les premiers chapitres d'une *Histoire de quatre Époques*, qui devait aussi comprendre sa vie au Caucase et sans doute aboutir à la révélation de Dieu par la nature.

Tolstoï a été très sévère plus tard pour ses récits d'*Enfance*, auxquels il a dû une partie de sa popularité.

— «C'est si mauvais, disait-il à M. Birukov, c'est écrit avec si peu d'honnêteté littéraire!... Il n'y a rien à en tirer.»

Il fut le seul de son avis. L'œuvre manuscrite, envoyée sans nom d'auteur à la grande revue russe le *Sovrémennik* (*le Contemporain*), fut aussitôt publiée (6 septembre 1852) et eut un succès général que tous les publics d'Europe ont confirmé. Cependant, malgré son charme poétique, sa finesse de touche, sa délicate émotion, on comprend qu'elle ait déplu à Tolstoï, plus tard.

Elle lui a déplu, pour les raisons mêmes qui firent qu'elle plaisait aux autres. Il faut bien le dire: sauf dans la notation de certains types locaux et dans un petit nombre de pages, qui frappent par le sentiment religieux ou par le réalisme dans l'émotion, la personnalité de Tolstoï s'y accuse très peu. Il y règne une douce, tendre sentimentalité, qui lui fut toujours antipathique, par la suite, et qu'il proscrivit de ses autres romans. Nous la reconnaissons, nous reconnaissons cet humour et ces larmes; ils viennent de Dickens. Parmi ses lectures favorites, entre quatorze et vingt et un ans, Tolstoï indique dans son *Journal*: «Dickens: *David Copperfield*. Influence considérable.» Il relit encore le volume, au Caucase.

Deux autres influences, qu'il signale: Sterne et Tœppfer. «J'étais alors, dit-il, sous leur inspiration.»

Qui eût pensé que les *Nouvelles Genevoises* avaient été le premier modèle de l'auteur de *Guerre et Paix*? Et pourtant, il suffit de le savoir pour retrouver, dans les récits d'*Enfance*, leur bonhomie affectueuse et narquoise, transplantée dans une nature plus aristocratique.

Tolstoï, à ses débuts, se trouvait donc être pour le public une figure de connaissance. Mais sa personnalité ne tarda pas à s'affirmer. *Adolescence* (1853), moins pure et moins parfaite qu'*Enfance*, dénote une psychologie plus originale, un sentiment très vif de la nature, et une âme tourmentée, dont Dickens et Tœppfer eussent été bien en peine. Dans *la Matinée d'un Seigneur* (octobre 1852), le caractère de Tolstoï paraît nettement formé, avec l'intrépide sincérité de son observation et sa foi dans l'amour. Parmi les remarquables portraits de paysans qu'il peint dans cette nouvelle, on trouve déjà l'esquisse d'une des plus belles visions de ses *Contes populaires*: le vieillard au rucher, le petit vieux sous le bouleau, les mains étendues, les yeux levés, sa tête chauve luisante au soleil, autour, les abeilles dorées, volant sans le piquer, lui faisant une couronne....

Mais les œuvres-types de cette période sont celles qui enregistrent immédiatement ses émotions présentes: les récits du Caucase. Le premier, *l'Incursion* (terminé le 24 décembre 1852), s'impose par la magnificence des paysages: un lever de soleil au milieu des montagnes, sur le bord d'une rivière; un étonnant tableau nocturne, ombres et bruits notés avec une intensité saisissante; et le retour, le soir, tandis qu'au loin les cimes neigeuses disparaissent dans le brouillard violet et que les belles voix des soldats qui chantent montent dans l'air transparent. Plusieurs types de *Guerre et Paix* s'y essaient à la vie: le capitaine Khlopov, le vrai héros, qui ne se bat point pour son plaisir, mais parce que c'est son devoir, «une de ces physionomies russes, simples, calmes, qu'il est très facile et très agréable de regarder droit dans les yeux». Lourd, gauche, un peu ridicule, indifférent à ce qui l'entoure, lui seul ne change pas dans la bataille, où tous les autres changent; «il est exactement comme on l'a toujours vu: les mêmes mouvements tranquilles, la même voix égale, la même expression de simplicité sur son visage naïf et lourd». Auprès de lui, le lieutenant joue les héros de Lermontov, et, très bon, fait mine de sentiments féroces. Et le pauvre petit sous-lieutenant, tout joyeux de sa première affaire, débordant de tendresse, prêt à sauter au cou de chacun, adorable et risible, se fait stupidement tuer, comme Pétia Rostov. Au milieu du tableau, la figure de Tolstoï, qui observe, sans se mêler aux pensées de ses compagnons; déjà il fait entendre son cri de protestation contre la guerre:

Les hommes ne peuvent-ils donc vivre à l'aise, dans ce monde si beau, sous cet incommensurable ciel étoilé? Comment peuvent-ils, ici, conserver des sentiments de méchanceté, de vengeance, la rage de détruire leurs semblables? Tout ce qu'il y a de mauvais dans le cœur humain devrait disparaître au contact de la nature, cette expression la plus immédiate du beau et du bien.

D'autres récits du Caucase, observés à cette époque, n'ont été rédigés que plus tard: en 1854-5, *la Coupe en forêt*, d'un réalisme exact, un peu froid, mais plein de notations curieuses pour la psychologie du soldat russe,—des notes pour l'avenir;—en 1856, une *Rencontre au Détachement avec une connaissance de Moscou*, un homme du monde, déchu, sous-officier dégradé, poltron, ivrogne et menteur, qui ne peut se faire à l'idée d'être tué comme un de ces soldats qu'il méprise et dont le moindre vaut cent fois mieux que lui.

Au-dessus de toutes ces œuvres s'élève, cime la plus haute de cette première chaîne de montagnes, un des plus beaux romans lyriques que Tolstoï ait écrits, le chant de sa jeunesse, le poème du Caucase, *les Cosaques*. La splendeur des montagnes neigeuses qui déroulent leurs nobles lignes sur le ciel lumineux remplit de sa musique le livre tout entier. L'œuvre est unique par cette fleur du génie, «le tout-puissant dieu de la jeunesse, comme dit Tolstoï, cet élan qui ne se retrouve plus». Quel torrent printanier! Quelles effusions d'amour!

«J'aime, j'aime tant!... Braves! Bons!...» répétait-il, et il voulait pleurer. Pourquoi? qui était brave? qui aimait-il? Il ne le savait pas bien.

Cette ivresse du cœur coule, désordonnée. Le héros, Olénine, est venu, comme Tolstoï, se retremper au Caucase, dans la vie d'aventures; il s'éprend d'une jeune Cosaque et s'abandonne au tohu-bohu de ses aspirations contradictoires. Tantôt il pense que «le bonheur, c'est de vivre pour les autres, de se sacrifier», tantôt que «le sacrifice de soi n'est que sottise»; alors, il n'est pas loin de croire, avec le vieux cosaque Erochka, que «tout se vaut. Dieu a fait tout pour la joie de l'homme. Rien n'est péché. S'amuser avec une belle fille n'est pas un péché, c'est le salut.» Mais qu'a-t-il besoin de penser? Il suffit de vivre. La vie est tout bien, tout bonheur, la vie toute-puissante, universelle: la Vie est Dieu. Un naturisme brûlant soulève et dévore l'âme. Perdu dans la forêt, au milieu de «la végétation sauvage, de la multitude de bêtes et d'oiseaux, des nuées de moucherons, dans la verdure sombre, dans l'air parfumé et chaud, parmi de petits fossés d'eau trouble qui partout clapotaient sous le feuillage», à deux pas des embûches de l'ennemi, Olénine «est pris tout à coup par un tel sentiment de bonheur sans cause que, par une habitude d'enfance, il se signe et se met à remercier quelqu'un». Comme un fakir hindou, il jouit de se dire qu'il est seul et perdu dans ce tourbillon de vie qui l'aspire, que des myriades d'êtres invisibles guettent en ce moment sa mort, cachés de tous côtés, que ces milliers d'insectes bourdonnent autour de lui, s'appelant:

— «*Par ici, par ici, camarades! voici quelqu'un à piquer!*»

Et il était clair pour lui qu'ici il n'était plus un gentilhomme russe, de la société de Moscou, ami et parent de tel ou tel, mais simplement un être comme le moucheron, le faisan, le cerf, comme ceux qui vivaient, qui rôdaient maintenant autour de lui.

— «*Comme eux, je vivrai, je mourrai. Et l'herbe poussera dessus....*»

Et son cœur est joyeux.

Tolstoï vit, à cette heure de jeunesse, dans un délire de force et d'amour de la vie. Il étreint la Nature et se fond avec elle. En elle, il verse, il endort, il exalte ses chagrins, ses joies et ses amours. Mais cette ivresse romantique ne porte jamais atteinte à la lucidité de son regard. Nulle part plus qu'en ce poème ardent, les paysages ne sont peints avec une telle puissance, ni les types avec plus de vérité. L'opposition de la nature et du monde, qui fait le fond du livre, et qui sera, toute sa vie, un des thèmes favoris de la pensée de Tolstoï, un article de son *Credo*, lui fait déjà trouver, pour fustiger la comédie du monde, quelques âpres accents de la *Sonate à Kreutzer*. Mais il n'est pas moins véridique pour ceux qu'il aime; et les êtres de la nature, la belle Cosaque et ses amis, sont vus en pleine lumière, avec leur égoïsme, leur cupidité, leur fourberie, leurs vices.

Surtout, le Caucase révélait à Tolstoï les profondeurs religieuses de son être. On ne saurait assez mettre en lumière cette première Annonciation de l'Esprit de Vérité. Lui-même s'en est confié, sous le sceau du secret, à sa confidente de jeunesse, sa jeune tante Alexandra Andrejewna Tolstoï. Dans une lettre du 3 mai 1859, il lui fait sa «Profession de foi»:

«Enfant, dit-il, je croyais avec passion et sentimentalité, sans penser. Vers quatorze ans, je commençai à réfléchir sur la vie; et, la religion ne s'accordant pas avec mes théories, je considérai comme un mérite de la détruire... Tout était clair pour moi, logique, bien distribué en des compartiments; et pour la religion, il n'y avait aucune place... Puis, vint le temps où la vie ne m'offrait plus aucun secret, mais où elle commença à perdre tout son sens. *En ce temps — c'était au Caucase — j'étais solitaire et malheureux. Je tendis toutes les forces de mon esprit, comme on ne peut le faire qu'une fois en sa vie... C'était un temps de martyre et de félicité. Jamais, ni avant, ni après, je n'ai atteint à une telle hauteur de pensée, je n'ai vu aussi profond que pendant ces deux années. Et tout ce que j'ai trouvé alors restera ma conviction...* En ces deux ans de travail spirituel persistant, j'ai découvert une simple, une vieille vérité, mais que je sais maintenant, comme personne ne le sait: je découvris qu'il y a une immortalité, qu'il y a un amour, et qu'on doit vivre pour les autres, afin d'être éternellement heureux. Ces découvertes me jetèrent dans l'étonnement, par leur ressemblance avec la religion chrétienne; et, au lieu de chercher à découvrir plus avant, je me mis à chercher dans l'Évangile. Mais je trouvai peu. Je ne trouvai ni Dieu, ni le Sauveur, ni les Sacrements, rien... Mais je cherchais, de toutes, toutes, toutes les forces de mon âme, et je pleurais, et je me torturais, et je ne désirais rien que la vérité... Ainsi, je suis resté seul, avec ma religion.»

En novembre 1853, la guerre avait été déclarée à la Turquie. Tolstoï se fit nommer à l'armée de Roumanie, puis il passa à l'armée de Crimée et arriva le 7 novembre 1854 à Sébastopol. Il brûlait d'enthousiasme et de foi patriotique. Il fit bravement son devoir et fut souvent en danger, surtout en avril-mai 1855, où il était, un jour sur trois, de service à la batterie du 4ᵉ bastion.

A vivre pendant des mois dans une exaltation et un tremblement perpétuels, en tête-à-tête avec la mort, son mysticisme religieux se raviva. Il a des entretiens avec Dieu. En avril 1855, il note dans son *Journal* une prière à Dieu, pour le remercier de sa protection dans le danger et pour le supplier de la lui continuer, «afin d'atteindre le but éternel et glorieux de l'existence, qui m'est inconnu encore...». Ce but de sa vie, ce n'était point l'art, c'était déjà la religion. Le 5 mars 1855, il écrivait:

J'ai été amené à une grande idée, à la réalisation de laquelle je me sens capable de consacrer toute ma vie. Cette idée, c'est la fondation d'une nouvelle religion, la religion du Christ, mais purifiée des dogmes et des mystères.... Agir en claire conscience, afin d'unir les hommes par la religion.

Ce sera le programme de sa vieillesse.

Cependant, pour se distraire des spectacles qui l'entouraient, il s'était remis à écrire. Comment put-il trouver la liberté d'esprit nécessaire pour composer, sous la grêle d'obus, la troisième partie de ses Souvenirs: *Jeunesse*? Le livre est chaotique, et l'on peut attribuer aux conditions dans lesquelles il prit naissance son désordre et parfois une certaine sécheresse d'analyses abstraites, avec des divisions et des subdivisions à la manière de Stendhal. Mais on admire sa calme pénétration du fouillis de pensées et de rêves confus qui se pressent dans un jeune cerveau. L'œuvre est d'une rare franchise avec soi-même. Et, par instants, que de fraîcheur poétique, dans le joli tableau du printemps à la ville, dans le récit de la confession et de la course au couvent pour le péché oublié! Un panthéisme passionné donne à certaines pages une beauté lyrique, dont les accents rappellent les récits du Caucase. Ainsi, la description de cette nuit d'été:

L'éclat tranquille du lumineux croissant. L'étang brillant. Les vieux bouleaux, dont les branches chevelues s'argentaient d'un côté, au clair de lune, et, de l'autre, couvraient de leurs ombres noires les buissons et la route. Le cri de la caille derrière l'étang. Le bruit à peine perceptible de deux vieux arbres qui se frôlent. Le bourdonnement des moustiques et la chute d'une pomme qui tombe sur les feuilles sèches, les grenouilles qui sautent jusque sur les marches de la terrasse, et dont le dos verdâtre brille sous un rayon de lune.... La lune monte; suspendue dans le ciel clair, elle remplit l'espace; l'éclat superbe de l'étang devient encore plus brillant; les ombres se font plus noires, la lumière plus transparente.... Et moi, humble vermisseau, déjà souillé de toutes les passions humaines, mais avec toute la force immense de l'amour, il me semblait en ce moment que la nature, la lune et moi, nous n'étions qu'un.

Mais la réalité présente parlait plus haut que les rêves du passé; elle s'imposait, impérieuse. *Jeunesse* resta inachevée; et le capitaine en second comte Léon Tolstoï, dans le blindage de son bastion, au grondement de la canonnade, au milieu de sa compagnie, observait les vivants et les mourants, et notait leurs angoisses et les siennes dans ses inoubliables récits de *Sébastopol.*

Ces trois récits—*Sébastopol en décembre 1854, Sébastopol en mai 1855, Sébastopol en août 1855,*—sont confondus d'ordinaire dans le même jugement. Cependant, ils sont bien différents entre eux. Surtout le second récit, par le sentiment et l'art, se distingue des deux autres. Ceux-ci sont dominés par le patriotisme: sur le second plane une implacable vérité.

On dit qu'après avoir lu le premier récit[56], la tsarine pleura et que le tsar ordonna, dans son admiration, de traduire ces pages en français et d'envoyer l'auteur à l'abri du danger. On le comprend aisément. Rien ici qui n'exalte la patrie et la guerre. Tolstoï vient d'arriver; son enthousiasme est intact; il nage dans l'héroïsme. Il n'aperçoit encore chez les défenseurs de Sébastopol ni ambition ni amour-propre, nul sentiment mesquin. C'est pour lui une épopée sublime, dont les héros «sont dignes de la Grèce». D'autre part, ces notes ne témoignent d'aucun effort d'imagination, d'aucun essai de représentation objective; l'auteur se promène à travers la ville; il voit avec lucidité, mais raconte dans une forme qui manque de liberté: «Vous voyez.... Vous entrez... Vous remarquez....» C'est du grand reportage, avec de belles impressions de nature.

Tout autre est la seconde scène: *Sébastopol en mai 1855*. Dès les premières lignes, on lit:

Des milliers d'amours-propres humains se sont ici heurtés, ou apaisés dans la mort....

Et plus loin:

... Et comme il y avait beaucoup d'hommes, il y avait beaucoup de vanités.... Vanité, vanité, partout la vanité, même à la porte du tombeau! C'est la maladie particulière à notre siècle.... Pourquoi les Homère et les Shakespeare parlent-ils de l'amour, de la gloire, des souffrances, et pourquoi la littérature de notre siècle n'est-elle que l'histoire sans fin des vaniteux et des snobs?

Le récit, qui n'est plus une simple relation de l'auteur, mais qui met en scène directement les passions et les hommes, montre ce qui se cache sous l'héroïsme. Le clair regard désabusé de Tolstoï fouille au fond des cœurs de ses compagnons d'armes; en eux ainsi qu'en lui, il lit l'orgueil, la peur, la comédie du monde qui continue de se jouer, à deux doigts de la mort. Surtout la peur est avouée, dépouillée de ses voiles et montrée toute nue. Ces transes perpétuelles[57], cette obsession de la mort sont analysées sans pudeur, sans pitié, avec une terrible sincérité. A Sébastopol, Tolstoï a appris à perdre tout sentimentalisme, «cette compassion vague, féminine, pleurnicheuse», comme il dit avec dédain. Et jamais son génie d'analyse, dont on a vu s'éveiller l'instinct pendant ses années d'adolescence et qui prendra parfois un caractère presque morbide[58], n'a atteint à l'intensité suraiguë et hallucinée du récit de la mort de Praskhoukhine. Il y a là deux pages entières consacrées à décrire ce qui se passe dans l'âme du malheureux, pendant la seconde où la bombe est tombée et siffle avant d'éclater,—et une page sur ce qui se passe en lui, après qu'elle a éclaté et qu'«il a été tué sur le coup par un éclat reçu en pleine poitrine[59]»!

Comme des entr'actes d'orchestre au milieu du drame, s'ouvrent dans ces scènes de bataille de larges éclaircies de nature, des trouées de lumière, la symphonie du jour qui se lève sur le splendide paysage où agonisent des milliers d'hommes. Et le chrétien Tolstoï, oubliant le patriotisme de son premier récit, maudit la guerre impie:

Et ces hommes, des chrétiens qui professent la même grande loi d'amour et de sacrifice, en regardant ce qu'ils ont fait, ne tombent pas à genoux, repentants, devant Celui qui, en leur donnant la vie, a mis dans l'âme de chacun, avec la peur de la mort, l'amour du bien et du beau! Ils ne s'embrassent pas, avec des larmes de joie et de bonheur, comme des frères!

Au moment de terminer cette nouvelle, dont l'accent a une âpreté qu'aucune de ses œuvres encore n'avait montrée, Tolstoï se sent pris d'un doute. A-t-il eu tort de parler?

Un doute pénible m'étreint. Peut-être ne fallait-il pas dire cela. Peut-être ce que je dis est une de ces méchantes vérités qui, cachées inconsciemment dans l'âme de chacun, ne doivent pas être exprimées pour ne pas devenir nuisibles, comme la lie qu'il ne faut pas agiter, sous peine de gâter le vin. Où est l'expression du mal qu'il faut éviter? Où l'expression du beau qu'il faut imiter? Qui est le malfaiteur et qui est le héros? Tous sont bons et tous sont mauvais....

Mais il se ressaisit fièrement:

Le héros de ma nouvelle, que j'aime de toutes les forces de mon âme, que je tâche de montrer dans toute sa beauté, et qui toujours fut, est et sera beau, c'est la Vérité.

Après avoir lu ces pages[60], le directeur du *Sovrémennik*, Nekrasov, écrivait à Tolstoï:

Voilà précisément ce qu'il faut à la société russe d'aujourd'hui: la vérité, la vérité, dont, depuis la mort de Gogol, il est si peu resté dans la littérature russe.... Cette vérité que vous apportez dans notre art est quelque chose de tout à fait nouveau chez nous. Je n'ai peur que d'une chose: que le temps et la lâcheté de la vie, la surdité et le mutisme de tout ce qui nous entoure fassent de vous ce qu'ils ont fait de la plupart d'entre nous, — qu'ils ne tuent en vous l'énergie[61].

Rien de pareil n'était à craindre. Le temps, qui use l'énergie des hommes ordinaires, n'a fait que tremper celle de Tolstoï. Mais, sur le moment, les épreuves de la patrie, la prise de Sébastopol, réveillèrent, avec un sentiment de douloureuse piété, le regret de sa franchise trop dure. Dans le troisième récit, — *Sébastopol en août 1855,* — racontant une scène d'officiers qui jouent et se querellent, il s'interrompt et dit:

Mais baissons vite le voile sur ce tableau. Demain, aujourd'hui peut-être, chacun de ces hommes ira joyeusement à la rencontre de la mort. Au fond de l'âme de chacun couve la noble étincelle qui fera de lui un héros.

Et si cette pudeur n'enlève rien de sa force au réalisme du récit, le choix des personnages montre assez les sympathies de l'auteur. L'épopée de Malakoff et sa chute héroïque se symbolisent en deux figures touchantes et fières: deux frères, dont l'un, l'aîné, le capitaine Kozeltzov, a quelques traits de Tolstoï[62]; l'autre, l'enseigne Volodia, timide et enthousiaste, avec ses fiévreux monologues, ses rêves, les larmes qui lui montent aux yeux pour un rien, larmes de tendresse, larmes d'humiliation, ses transes des premières heures qu'il passe au bastion (le pauvre petit a encore la peur de l'obscurité, et, quand il est couché, il se cache la tête dans sa capote), l'oppression que lui cause le sentiment de sa solitude et de l'indifférence des autres, puis, quand l'heure est venue, sa joie dans le danger. Celui-ci appartient au groupe des poétiques figures d'adolescents (Pétia de *Guerre et Paix*, le sous-lieutenant d'*Incursion*) qui, le cœur plein d'amour, font la guerre en riant et se brisent soudain, sans comprendre, à la mort. Les deux frères tombent frappés, le même jour, — le dernier jour de la défense. — Et la nouvelle se termine par ces lignes, où gronde une rage patriotique:

L'armée quittait la ville. Et chaque soldat, en regardant Sébastopol abandonné, avec une amertume indicible dans le cœur, soupirait et montrait le poing à l'ennemi[63].

Quand, sorti de cet enfer, où pendant une année il avait touché le fond des passions, des vanités et de la douleur humaine, Tolstoï se retrouva, en novembre 1855, parmi les hommes de lettres de Pétersbourg, il éprouva pour eux un sentiment d'écœurement et de mépris. Tout lui semblait en eux mesquin et mensonger. Ces hommes, qui de loin lui apparaissaient dans une auréole d'art, — Tourgueniev, qu'il avait admiré et à qui il venait de dédier la *Coupe en forêt*, — vus de près, le déçurent amèrement. Un portrait de 1856 le représente au milieu d'eux: Tourgueniev, Gontcharov, Ostrovsky, Grigorovitch, Droujinine. Il frappe, dans le laisser-aller des autres, par son air ascétique et dur, sa tête osseuse, aux joues creusées, ses bras croisés avec raideur. Debout, en uniforme, derrière ces littérateurs, «il semble, comme l'écrit spirituellement Suarès, plutôt garder ces gens que faire partie de leur société: on le dirait prêt à les reconduire en prison[64]».

Cependant, tous s'empressaient autour du jeune confrère qui leur arrivait, entouré de la double gloire de l'écrivain et du héros de Sébastopol. Tourgueniev, qui avait «pleuré et crié: Hourra!» en lisant les scènes de *Sébastopol*, lui tendait fraternellement la main. Mais les deux hommes ne pouvaient s'entendre. Si tous deux voyaient le monde avec la même clarté de regard, ils mêlaient à leur vision la couleur de leurs âmes ennemies: l'une, ironique et vibrante, amoureuse et désenchantée, dévote de la beauté; l'autre, violente, orgueilleuse, tourmentée d'idées morales, grosse d'un Dieu caché.

Surtout, ce que Tolstoï ne pardonnait point à ces littérateurs, c'était de se croire une caste élue, la tête de l'humanité. Il entrait dans son antipathie pour eux beaucoup de l'orgueil du grand seigneur et de l'officier vis-à-vis de bourgeois écrivassiers et libéraux[65]. C'était aussi un trait caractéristique de sa nature, — il le reconnaît lui-même, — de «s'opposer d'instinct à tous les raisonnements généralement admis[66]». Une méfiance des hommes, un mépris latent pour la raison humaine, lui faisaient partout flairer la duperie de soi-même ou des autres, le mensonge.

Il ne croyait jamais à la sincérité des gens. Tout élan moral lui semblait faux, et il avait l'habitude, avec son regard extraordinairement pénétrant, de cingler l'homme qui, lui paraissait-il, ne disait pas la vérité....[67]

Comme il écoutait! Comme il regardait son interlocuteur, du fond de ses yeux gris enfoncés dans les orbites! Avec quelle ironie se serraient ses lèvres[68]!

Tourgueniev disait qu'il n'avait jamais rien senti de plus pénible que ce regard aigu, qui, joint à deux ou trois mots d'une observation venimeuse, était capable de mettre en fureur.[69]

De violentes scènes éclatèrent, dès leurs premières rencontres, entre Tolstoï et Tourgueniev[70]. De loin, ils s'apaisaient et tâchaient de se rendre justice. Mais le temps ne fit qu'accuser la répulsion de Tolstoï pour son milieu littéraire. Il ne pardonnait pas à ces artistes le mélange de leur vie dépravée et de leurs prétentions morales.

J'acquis la conviction que presque tous étaient des hommes immoraux, mauvais, sans caractère, bien inférieurs à ceux que j'avais rencontrés dans ma vie de bohème militaire. Et ils étaient sûrs d'eux-mêmes et contents, comme peuvent l'être des gens tout à fait sains. Ils me dégoûtèrent[71].

Il se sépara d'eux. Toutefois, il garda quelque temps encore leur foi intéressée dans l'art[72]. Son orgueil y trouvait son compte. C'était une religion grassement rétribuée; elle procurait «des femmes, de l'argent, de la gloire...».

De cette religion, j'étais un des pontifes. Situation agréable et bien avantageuse....

Pour mieux s'y consacrer, il donna sa démission de l'armée (novembre 1856).

Mais un homme de sa trempe ne pouvait se fermer longtemps les yeux. Il croyait, il voulait croire au progrès. Il lui semblait «que ce mot signifiait quelque chose». Un voyage à l'étranger, — du 29 janvier au 30 juillet 1857, — en France, en Suisse et en Allemagne, fit s'écrouler cette foi.[73] A Paris, le 6 avril 1857, le spectacle d'une exécution capitale «lui montra le néant de la superstition du progrès...».

Quand je vis la tête se détacher du corps et tomber dans le panier, je compris, par toutes les forces de mon être, qu'aucune théorie sur la raison de l'ordre existant ne pouvait justifier un tel acte. Si même tous les hommes de l'univers, s'appuyant sur quelque théorie, trouvaient cela nécessaire, je saurais, moi, que c'est mal: car ce n'est pas ce que disent et font les hommes qui décide de ce qui est bien ou mal, mais mon cœur[74].

A Lucerne, le 7 juillet 1857, la vue d'un petit chanteur ambulant, à qui les riches Anglais, hôtes du Schweizerhof, refusaient l'aumône, lui fait inscrire dans son *Journal du prince D. Nekhludov*[75] son mépris pour toutes les illusions chères aux libéraux, pour ces gens «qui tracent des lignes imaginaires sur la mer du bien et du mal...».

Pour eux la civilisation, c'est le bien; la barbarie, le mal; la liberté, le bien; l'esclavage, le mal. Et cette connaissance imaginaire détruit les besoins instinctifs, primordiaux, les meilleurs. Et qui me définira ce qu'est la liberté, ce qu'est le despotisme, ce qu'est la civilisation, ce qu'est la barbarie? Où donc ne coexistent pas le bien et le mal? Il n'y a en nous qu'un seul guide infaillible, l'Esprit universel qui nous souffle de nous rapprocher les uns des autres.

De retour en Russie, à Iasnaïa, de nouveau il s'occupa des paysans.[76] Ce n'était pas qu'il se fît non plus illusion sur le peuple. Il écrit:

Les apologistes du peuple et de son bon sens ont beau dire, la foule est peut-être bien l'union de braves gens; mais alors ils ne s'unissent que par le côté bestial, méprisable, qui n'exprime que la faiblesse et la cruauté de la nature humaine[77].

Aussi n'est-ce pas à la foule qu'il s'adresse: c'est à la conscience individuelle de chaque homme, de chaque enfant du peuple. Car là est la lumière. Il fonde des écoles, sans trop savoir qu'enseigner. Pour l'apprendre, il fait un second voyage en Europe, du 3 juillet 1860 au 23 avril 1861[78].

Il étudie les divers systèmes pédagogiques. Est-il besoin de dire qu'il les rejette tous? Deux séjours à Marseille lui montrèrent que la véritable instruction du peuple se faisait en dehors de l'école, qu'il trouva ridicule, par les journaux, les musées, les bibliothèques, la rue, la vie, qu'il nomme «l'école inconsciente» ou «spontanée». L'école spontanée, par opposition à l'école obligatoire, qu'il regarde comme néfaste et niaise, voilà ce qu'il veut fonder, ce qu'il essaye, à son retour, à Iasnaïa Poliana[79]. Son principe est la liberté. Il n'admet point qu'une élite, «la société privilégiée libérale», impose sa science et ses erreurs au peuple, qui lui est étranger. Elle n'y a aucun droit. Cette méthode d'éducation forcée n'a jamais pu produire, dans l'Université, «des hommes dont l'humanité a besoin, mais des hommes dont a besoin la société dépravée: des fonctionnaires, des professeurs fonctionnaires, des littérateurs fonctionnaires, ou des hommes arrachés sans aucun but à leur ancien milieu, dont la jeunesse a été gâtée, et qui ne trouvent pas de place dans la vie: des libéraux irritables, maladifs[80]». Au peuple de dire ce qu'il veut! S'il ne tient pas «à l'art de lire et d'écrire que lui imposent les intellectuels», il a ses raisons pour cela: il a d'autres besoins d'esprit plus pressants et plus légitimes. Tâchez de les comprendre et aidez-le à les satisfaire!

Ces libres théories d'un conservateur révolutionnaire, comme il fut toujours, Tolstoï tâcha de les mettre en pratique, à Iasnaïa, où il se faisait beaucoup plus le condisciple que le maître de ses élèves[81]. En même temps, il s'efforçait d'introduire dans l'exploitation agricole un esprit plus humain. Nommé en 1861 arbitre territorial, dans le district de Krapivna, il fut le défenseur du peuple contre les abus de pouvoir des propriétaires et de l'État.

Mais il ne faudrait pas croire que cette activité sociale le satisfît et le remplît tout entier. Il continuait d'être la proie de passions ennemies. En dépit qu'il en eût, il aimait le monde, toujours, et il en avait besoin. Le plaisir le reprenait, par périodes; ou c'était le goût de l'action. Il risquait de se faire tuer dans des chasses à l'ours. Il jouait de grosses sommes. Il lui arrivait même de subir l'influence du milieu littéraire de Pétersbourg, qu'il méprisait. Au sortir de ces aberrations, il tombait dans des crises de dégoût. Les œuvres de cette époque portent fâcheusement les traces de cette incertitude artistique et morale. *Les Deux Hussards* (1856)[82] ont des prétentions à l'élégance, un air fat et mondain, qui choque chez Tolstoï. *Albert*, écrit à Dijon en 1857[83], est faible et bizarre, dénué de la profondeur et de la précision qui lui sont habituelles. Le *Journal d'un Marqueur* (1856)[84], plus frappant, mais hâtif, semble traduire l'écœurement que Tolstoï s'inspire à lui-même. Le prince Nekhludov, son *Doppelgänger*, son double, se tue dans un tripot:

Il avait tout: richesse, nom, esprit, aspirations élevées; il n'avait commis aucun crime; mais il avait fait pire: il avait tué son cœur, sa jeunesse; il s'était perdu, sans même avoir une forte passion pour excuse, mais faute de volonté.

L'approche même de la mort ne le change pas...

La même inconséquence étrange, la même hésitation, la même légèreté de pensée....

La mort.... A cette époque, elle commence à hanter l'âme de Tolstoï. *Trois Morts* (1858-9)[85] annoncent déjà la sombre analyse de *la Mort d'Ivan Iliitch*, la solitude du mourant, sa haine pour les vivants, ses: «Pourquoi?» désespérés. Le triptyque des trois morts—la dame riche, le vieux postillon phtisique et le bouleau abattu—a de la grandeur; les portraits sont bien tracés, les images assez frappantes, bien que l'œuvre, trop vantée, soit d'une trame un peu lâche, et que la mort du bouleau manque de la poésie précise qui fait le prix des beaux paysages de Tolstoï. Dans l'ensemble, on ne sait encore ce qui l'emporte de l'art pour l'art ou de l'intention morale.

Tolstoï l'ignorait lui-même. Le 4 février 1859, pour son discours de réception à la *Société Moscovite des Amateurs des Lettres russes*, il faisait l'apologie de l'art pour l'art[86]; et c'était le président de la Société, Khomiakov, qui, après avoir salué en lui «le représentant de la littérature proprement artistique», prenait contre lui la défense de l'art social et moral[87].

Un an plus tard, la mort de son frère chéri, Nicolas, emporté par la phtisie[88], à Hyères, le 19 septembre 1860, bouleversait Tolstoï, au point «d'ébranler sa foi dans le bien, en tout», et lui faisait renier l'art:

La vérité est horrible.... Sans doute, tant qu'existe le désir de la savoir et de la dire, on tâche de la savoir et de la dire. C'est la seule chose qui me soit restée de ma conception morale. C'est la seule chose que je ferai, mais pas sous la forme de votre art. L'art, c'est le mensonge, et je ne peux plus aimer le beau mensonge[89].

Mais, moins de six mois après, il revenait au «beau mensonge», avec *Polikouchka*[90], qui est peut-être son œuvre la plus dénuée d'intentions morales, à part la malédiction latente qui pèse sur l'argent et sur son pouvoir néfaste; œuvre purement écrite pour l'art; un chef-d'œuvre d'ailleurs, auquel on ne peut reprocher que sa richesse excessive d'observation, une abondance de matériaux qui auraient pu suffire à un grand roman, et le contraste trop dur, un peu cruel, entre l'atroce dénouement et le début humoristique[91].

De cette époque de transition, où le génie de Tolstoï tâtonne, doute de lui-même et semble s'énerver, «sans forte passion, sans volonté directrice», comme le Nekhludov du *Journal d'un Marqueur*, sort l'œuvre la plus pure qui soit jamais née de lui, *le Bonheur Conjugal* (1859)[92]. C'est le miracle de l'amour.

Depuis de longues années, il était ami de la famille Bers. Il avait été amoureux tour à tour de la mère et des trois filles[93]. Ce fut définitivement de la seconde qu'il s'éprit. Mais il n'osait l'avouer. Sophie-Andréievna Bers était encore une enfant: elle avait dix-sept ans; lui, avait plus de trente ans: il se regardait comme un vieux homme, qui n'avait pas le droit d'associer sa vie usée, souillée, à celle d'une innocente jeune fille. Il résista, trois ans[94]. Plus tard, il a conté dans *Anna Karénine* comment il fit sa déclaration à Sophie Bers et comment elle y répondit, — en dessinant tous deux, avec de la craie sur une table, les initiales des mots qu'ils n'osaient dire. Comme Levine dans *Anna Karénine*, il eut la cruelle loyauté de remettre son *Journal* intime à sa fiancée, afin qu'elle n'ignorât rien de ses hontes passées; et, comme Kitty dans *Anna*, Sophie en ressentit une amère souffrance. Le 23 septembre 1862 se fit leur mariage.

Mais depuis trois ans déjà, ce mariage était fait dans la pensée du poète, écrivant *Bonheur Conjugal*[95]. Depuis trois ans, il avait déjà vécu par avance les ineffables jours de l'amour qui s'ignore, et les jours enivrés de l'amour qui se découvre, et, l'heure où les divines paroles attendues se murmurent, les larmes «d'un bonheur qui s'envole pour toujours et ne reviendra jamais»; et la réalité triomphante des premiers temps du mariage, l'égoïsme amoureux, «la joie incessante et sans cause»; puis, la fatigue qui vient, le mécontentement vague, l'ennui de la vie monotone, les deux âmes unies qui doucement se disjoignent et s'éloignent l'une de l'autre, la griserie dangereuse du monde pour la jeune femme,—coquetteries, jalousie, malentendus mortels,—l'amour voilé, perdu; enfin le tendre et triste automne du cœur, la figure de l'amour qui reparaît, pâlie, vieillie, plus touchante par ses larmes, ses rides, le souvenir des épreuves, le regret du mal que l'on se fit et des années perdues,—sérénité du soir, passage auguste de l'amour à l'amitié et du roman de la passion à la maternité.... Tout ce qui devait venir, tout, Tolstoï l'avait rêvé, goûté par avance. Et afin de le mieux vivre, il l'avait vécu en elle, en la bien-aimée. Pour la première fois,—l'unique fois peut-être dans l'œuvre de Tolstoï,—le roman se passe dans le cœur d'une femme et est raconté par elle. Avec quelle délicatesse! Beauté de l'âme qui s'enveloppe d'un voile de pudeur.... L'analyse de Tolstoï a renoncé, pour cette fois, à sa lumière un peu crue; elle ne s'acharne pas, avec fièvre, à mettre à nu la vérité. Les secrets de la vie intérieure se laissent deviner, plutôt qu'ils ne sont livrés. Le cœur et l'art de Tolstoï sont attendris. Équilibre harmonieux de la forme et de la pensée: *Bonheur conjugal* a la perfection d'une œuvre racinienne.

Le mariage, dont Tolstoï pressentait avec une clarté profonde la douceur et les troubles, devait être son salut. Il était las, malade, dégoûté de lui et de ses efforts. Aux succès éclatants qui avaient accueilli ses premières œuvres avait succédé le silence complet de la critique[96] et l'indifférence du public. Hautainement, il affectait de s'en réjouir.

Ma réputation a beaucoup perdu de sa popularité, qui m'attristait. Maintenant, je suis tranquille, je sais que j'ai à dire quelque chose et que j'ai la force de le dire très haut. Quant au public, qu'il pense ce qu'il voudra![97]

Mais il se vantait: de son art, lui-même n'était pas sûr. Sans doute, il était maître de son instrument littéraire; mais il ne savait qu'en faire. Comme il le disait, à propos de *Polikouchka*, «c'était un bavardage sur le premier sujet venu, par un homme qui sait tenir sa plume[98]». Ses œuvres sociales avortaient. En 1862, il démissionna de sa charge d'arbitre territorial. La même année, la police vint perquisitionner à Iasnaïa Poliana, bouleversa tout, ferma l'école. Tolstoï était alors absent, surmené; il craignait la phtisie.

Les querelles d'arbitrage m'étaient devenues si pénibles, le travail de l'école si vague, mes doutes qui provenaient du désir d'instruire les autres en cachant mon ignorance de ce qu'il fallait enseigner m'étaient si écœurants que je tombai malade. Peut-être serais-je arrivé alors au désespoir où je faillis succomber quinze ans plus tard, s'il n'y avait pas eu pour moi un côté inconnu de la vie qui me promettait le salut: c'était la vie de famille[99].

Il en jouit d'abord, avec la passion qu'il mettait à tout[100]. L'influence personnelle de la comtesse Tolstoï fut précieuse pour l'art. Bien douée littérairement[101], elle était, ainsi qu'elle le dit, «une vraie femme d'écrivain», tant elle prenait à cœur l'œuvre de son mari. Elle travaillait avec lui, écrivait sous sa dictée, recopiait ses brouillons[102]. Elle tâchait de le défendre contre son démon religieux, ce redoutable esprit qui soufflait déjà, par moments, la mort de l'art. Elle tâchait que sa porte fût close aux utopies sociales[103]. Elle réchauffait en lui le génie créateur. Elle fit plus: elle apporta à ce génie la richesse nouvelle de son âme féminine. A part de jolies silhouettes dans *Enfance* et *Adolescence*, la femme est à peu près absente des premières œuvres de Tolstoï, ou elle reste au second plan. Elle apparaît dans *Bonheur conjugal*, écrit sous l'influence de l'amour pour Sophie Behrs. Dans les œuvres qui suivent, les types de jeunes filles et de femmes abondent et ont une vie intense, supérieure même à celle des hommes. On aime à croire que la comtesse Tolstoï a non seulement servi de modèle à son mari pour Natacha, dans *Guerre et Paix*[104], et pour Kitty, dans *Anna Karénine*, mais que, par ses confidences et sa vision propre, elle put lui être une précieuse et discrète collaboratrice. Certaines pages d'*Anna Karénine*[105] me semblent déceler une main de femme.

Grâce au bienfait de cette union, Tolstoï goûta, pendant dix ou quinze ans, une paix et une sécurité qui lui étaient depuis longtemps inconnues[106]. Alors il put, sous l'aile de l'amour, rêver et réaliser à loisir les chefs-d'œuvre de sa pensée, monuments colossaux qui dominent tout le roman du XIXe siècle: *Guerre et Paix* (1864-1869) et *Anna Karénine* (1873-1877).

Guerre et Paix est la plus vaste épopée de notre temps, une *Iliade* moderne. Un monde de figures et de passions s'y agite. Sur cet Océan humain aux flots innombrables plane une âme souveraine, qui soulève et refrène les tempêtes avec sérénité. Plus d'une fois, en contemplant cette œuvre, j'ai pensé à Homère et à Gœthe, malgré les différences énormes et d'esprit et de temps. Depuis, j'ai vu qu'en effet, à l'époque où il y travaillait, la pensée de Tolstoï se nourrissait d'Homère et de Gœthe[107]. Bien plus, dans des notes de 1865 où il classe les divers genres littéraires, il inscrit comme étant de la même famille: «*Odyssée, Iliade, 1805*[108]...» Le mouvement naturel de son esprit l'entraînait du roman des destinées individuelles au roman des armées et des peuples, des grands troupeaux humains où se fondent les volontés des millions d'êtres. Ses tragiques expériences du siège de Sébastopol l'acheminaient à comprendre l'âme de la nation russe et sa vie séculaire. L'immense *Guerre et Paix* ne devait être, dans ses projets, que le panneau central d'une série de fresques épiques, où se déroulerait le poème de la Russie, de Pierre le Grand aux Décembristes[109].

Il faut, pour bien sentir la puissance de l'œuvre, se rendre compte de son unité cachée[110]. La plupart des lecteurs français, un peu myopes, n'en voient que les milliers de détails, dont la profusion les émerveille et les déroute. Ils sont perdus dans cette forêt de vie. Il faut s'élever au-dessus et embrasser du regard l'horizon libre, le cercle des bois et des champs; alors on percevra l'esprit homérique de l'œuvre, le calme des lois éternelles; le rythme imposant du souffle du destin, le sentiment de l'ensemble auquel tous les détails sont liés, et, dominant son œuvre, le génie de l'artiste, comme le Dieu de la Genèse qui flotte sur les eaux.

D'abord, la mer immobile. La paix, la société russe à la veille de la guerre. Les cent premières pages reflètent, avec une exactitude impassible et une ironie supérieure, le néant des âmes mondaines. Vers la centième page seulement, s'élève le cri d'un de ces morts vivants,—le pire d'entre eux, le prince Basile:

Nous péchons, nous trompons, et tout cela pourquoi? J'ai dépassé la cinquantaine, mon ami... Tout finit par la mort... La mort, quelle terreur!

Parmi ces âmes fades, menteuses et désœuvrées, capables de toutes les aberrations et des crimes, s'esquissent certaines natures plus saines:—les sincères, par naïveté maladroite comme Pierre Besoukhov, par indépendance foncière, par sentiment vieux-russe, comme Marie Dmitrievna, par fraîcheur juvénile, comme les petits Rostov;—les âmes bonnes et résignées, comme la princesse Marie;—et celles qui ne sont pas bonnes, mais fières, et que tourmente cette existence malsaine, comme le prince André.

Mais voici le premier frémissement des flots. L'action. L'armée russe en Autriche. La fatalité règne, nulle part plus dominatrice que dans le déchaînement des forces élémentaires, — dans la guerre. Les véritables chefs sont ceux qui ne cherchent pas à diriger, mais, comme Koutouzov ou comme Bagration, à «laisser croire que leurs intentions personnelles sont en parfait accord avec ce qui est en réalité le simple effet de la force des circonstances, de la volonté des subordonnés et des caprices du hasard». Bienfait de s'abandonner à la main du Destin! Bonheur de l'action pure, état normal et sain. Les esprits troublés retrouvent leur équilibre. Le prince André respire, commence à vivre.... Et tandis que là-bas, loin du souffle vivifiant de ces tempêtes sacrées, les deux âmes les meilleures, Pierre et la princesse Marie, sont menacées par la contagion de leur monde, par le mensonge d'amour, André, blessé à Austerlitz, a soudain, au milieu de l'ivresse de l'action, brutalement rompue, la révélation de l'immensité sereine. Étendu sur le dos, «il ne voit plus rien que très haut au-dessus de lui un ciel infini, profond, où voguaient mollement de légers nuages grisâtres».

Quel calme! Quelle paix! se disait-il, quelle différence avec ma course forcenée! Comment ne l'avais-je pas remarqué plus tôt, ce haut ciel? Comme je suis heureux de l'avoir enfin aperçu! Oui, tout est vide, tout est déception, excepté lui... Il n'y a rien, hors lui... Et Dieu en soit loué!

Cependant, la vie le reprend, et la vague retombe. Abandonnées de nouveau à elles-mêmes, dans l'atmosphère démoralisante des villes, les âmes découragées, inquiètes, errent au hasard dans la nuit. Parfois, au souffle empoisonné du monde se mêlent les effluves enivrants et affolants de la nature, le printemps, l'amour, les forces aveugles, qui rapprochent du prince André la charmante Natacha, et qui, l'instant d'après, la jettent dans les bras du premier séducteur venu. Tant de poésie, de tendresse, de pureté de cœur, que le monde a flétries! Et toujours «le grand ciel qui plane sur l'abjection outrageante de la terre». Mais les hommes ne le voient pas. Même André a oublié la lumière d'Austerlitz. Pour lui, le ciel n'est plus «qu'une voûte sombre et pesante», qui recouvre le néant.

Il est temps que se lève de nouveau sur ces âmes anémiées l'ouragan de la guerre. La patrie est envahie. Borodino. Grandeur solennelle de cette journée. Les inimitiés s'effacent. Dologhov embrasse son ennemi Pierre. André, blessé, pleure de tendresse et de pitié sur le malheur de l'homme qu'il haïssait le plus, Anatole Kouraguine, son voisin d'ambulance. L'unité des cœurs s'accomplit par le sacrifice passionné à la patrie et par la soumission aux lois divines.

Accepter l'effroyable nécessité de la guerre, sérieusement, avec austérité... L'épreuve la plus difficile est la soumission de la liberté humaine aux lois divines. La simplicité de cœur consiste dans la soumission à la volonté de Dieu.

L'âme du peuple russe et sa soumission au destin s'incarnent dans le généralissime Koutouzov:

Ce vieillard, qui n'avait plus, en fait de passions, que l'expérience, résultat des passions, et chez qui l'intelligence, destinée à grouper les faits et à en tirer des conclusions, était remplacée par une contemplation philosophique des événements, n'invente rien, n'entreprend rien; mais il écoute et se rappelle tout, il saura s'en servir au bon moment, n'entravera rien d'utile, ne permettra rien de nuisible. Il épie sur le visage de ses troupes cette force insaisissable qui s'appelle la volonté de vaincre, la victoire future. Il admet quelque chose de plus puissant que sa volonté: la marche inévitable des faits qui se déroulent devant ses yeux; il les voit, il les suit, et il sait faire abstraction de sa personne.

Enfin, il a le cœur russe. Ce fatalisme du peuple russe, tranquillement héroïque, se personnifie aussi dans le pauvre moujik, Platon Karataiev, simple, pieux, résigné, avec son bon sourire dans les souffrances et dans la mort. A travers les épreuves, les ruines de la patrie, les affres de l'agonie, les deux héros du livre, Pierre et André, arrivent à la délivrance morale et à la joie mystique, par l'amour et la foi, qui font voir Dieu vivant.

Tolstoï ne termine point là. L'épilogue, qui se passe en 1820, est une transition d'une époque à une autre, de l'âge napoléonien à l'âge des Décembristes. Il donne le sentiment de la continuité et du recommencement de la vie. Au lieu de débuter et de finir en pleine crise, Tolstoï finit, comme il a débuté, au moment où une grande vague s'efface et où la vague suivante naît. Déjà l'on aperçoit les héros à venir, les conflits qui s'élèveront entre eux et les morts qui ressuscitent dans les vivants[111].

J'ai tâché de dégager les grandes lignes du roman: car il est rare qu'on se donne la peine de les chercher. Mais que dire de la puissance extraordinaire de vie de ces centaines de héros, tous individuels et dessinés d'une façon inoubliable, soldats, paysans, grands seigneurs, Russes, Autrichiens et Français! Rien ne sent ici l'improvisation. Pour cette galerie de portraits, sans analogue dans toute la littérature européenne, Tolstoï a fait des esquisses sans nombre, «combiné, disait-il, des millions de projets», fouillé dans les bibliothèques, mis à contribution ses archives de famille[112], ses notes antérieures, ses souvenirs personnels. Cette préparation minutieuse assure la solidité du travail, mais ne lui enlève rien de sa spontanéité. Tolstoï travaillait, d'enthousiasme, avec une ardeur et une joie qui se communiquent au lecteur. Surtout, ce qui fait le plus grand charme de *Guerre et Paix*, c'est sa jeunesse de cœur. Il n'est pas une autre œuvre de Tolstoï qui soit aussi riche en âmes d'enfants et d'adolescents; et chacune est une musique, d'une pureté de source, d'une grâce qui attendrit comme une mélodie de Mozart: le jeune Nicolas Rostov, Sonia, le pauvre petit Pétia.

La plus exquise est Natacha. Chère petite fille, fantasque, rieuse, au cœur aimant, qu'on voit grandir auprès de soi, que l'on suit dans la vie, avec la chaste tendresse qu'on aurait pour une sœur, — qui ne croit l'avoir connue?... Nuit admirable de printemps, où Natacha, à sa fenêtre que baigne le clair de lune, rêve et parle follement, au-dessus de la fenêtre du prince André qui l'écoute.... Émotions du premier bal, amour, attente d'amour, floraison de désirs et de rêves désordonné, course en traîneau, la nuit, dans la forêt neigeuse où s'allument des lueurs fantastiques. Nature, qui vous étreint de sa trouble tendresse. Soirée à l'Opéra, monde étrange de l'art, où la raison se grise; folie du cœur, folie du corps qui se languit d'amour; douleur qui lave l'âme, divine pitié, qui veille le bien-aimé mourant.... On ne peut évoquer ces pauvres souvenirs sans l'émotion qu'on aurait à parler d'une amie, la plus aimée. Ah! qu'une telle création fait mesurer la faiblesse des types féminins dans presque tout le roman et le théâtre contemporains! La vie même est saisie, et si souple, si fluide que, d'une ligne à l'autre, il semble qu'on la voie palpiter et changer. — La princesse Marie, la laide, belle par la bonté, n'est pas une peinture moins parfaite; mais comme elle eût rougi, la fille timide et gauche, comme elles rougiront, celles qui lui ressemblent, en voyant dévoilés tous les secrets d'un cœur, qui se cache peureusement aux regards!

En général, les caractères de femmes sont, comme je l'indiquais, très supérieurs aux caractères d'hommes, surtout à ceux des deux héros où Tolstoï a mis sa pensée propre: la nature molle et faible de Pierre Besoukhov, la nature ardente et sèche du prince André Bolkonski. Ce sont des âmes qui manquent de centre; elles oscillent perpétuellement, plutôt qu'elles n'évoluent; elles vont d'un pôle à l'autre, sans jamais avancer. On répondra sans doute qu'en cela elles sont bien russes. Je remarquerai pourtant que des Russes ont fait les mêmes critiques. C'est à ce propos que Tourgueniev reprochait à la psychologie de Tolstoï de rester stationnaire. «Pas de vrai développement. D'éternelles hésitations, des vibrations du sentiment[113].» Tolstoï convenait lui-même qu'il avait un peu sacrifié, par moments, les caractères individuels[114] à la fresque historique.

Et la gloire, en effet, de *Guerre et Paix* est dans la résurrection de tout un âge de l'histoire, de ces migrations de peuples, de la bataille des nations. Ses vrais héros, ce sont les peuples; et derrière eux, comme derrière les héros d'Homère, les dieux qui les mènent: les forces invisibles, «les infiniment petits qui dirigent les masses», le souffle de l'Infini. Ces combats gigantesques, où un destin caché entrechoque les nations aveugles, ont une grandeur mythique. Par delà l'*Iliade*, on songe aux épopées hindoues[115].

*

*   *

Anna Karénine marque, avec *Guerre et Paix*, le sommet de cette période de maturité[116]. C'est une œuvre plus parfaite, que mène un esprit encore plus sûr de son métier artistique, plus riche aussi d'expérience, et pour qui le monde du cœur n'a plus aucun secret. Mais il y manque cette flamme de jeunesse, cette fraîcheur d'enthousiasme,—les grandes ailes de *Guerre et Paix*. Tolstoï n'a déjà plus la même joie à créer. La quiétude passagère des premiers temps du mariage a disparu. Dans le cercle enchanté de l'amour et de l'art, que la comtesse Tolstoï a tracé autour de lui, recommencent à se glisser les inquiétudes morales.

Déjà, dans les premiers chapitres de *Guerre et Paix*, un an après le mariage, les confidences du prince André à Pierre, au sujet du mariage, marquaient le désenchantement de l'homme qui voit dans la femme aimée l'étrangère, l'innocente ennemie, l'obstacle involontaire à son développement moral. Des lettres de 1865 annoncent le prochain retour des tourments religieux. Ce ne sont encore que de brèves menaces, qu'efface le bonheur de vivre. Mais dans les mois où Tolstoï termine *Guerre et Paix*, en 1869, voici une secousse plus grave:

Il avait quitté les siens, pour quelques jours, il visitait un domaine. Une nuit, il était couché; deux heures du matin venaient de sonner:

J'étais terriblement fatigué, j'avais sommeil et me sentais assez bien. Tout d'un coup, je fus saisi d'une telle angoisse, d'un tel effroi que jamais je n'ai éprouvé rien de pareil. Je te raconterai cela en détail[117]: c'était vraiment épouvantable. Je sautai du lit et ordonnai d'atteler. Pendant qu'on attelait, je m'endormis, et quand on m'éveilla, j'étais complètement remis. Hier, la même chose s'est reproduite, mais à un degré beaucoup moindre...[118].

Le château d'illusions, laborieusement construit par l'amour de la comtesse Tolstoï, se lézarde. Dans le vide où l'achèvement de *Guerre et Paix* laisse l'esprit de l'artiste, celui-ci est repris par ses préoccupations philosophiques[119] et pédagogiques: il veut écrire un *Abécédaire*[120] pour le peuple; il y travaille quatre ans avec acharnement; il en est plus fier que de *Guerre et Paix*, et, lorsqu'il l'a écrit (1872), il en récrit un second (1875). Puis, il s'entiche du grec, il l'étudie du matin au soir, il laisse tout autre travail, il découvre «le délicieux Xénophon», et Homère, le vrai Homère, non pas celui des traducteurs, «tous ces Joukhovski et ces Voss qui chantent d'une voix quelconque, gutturale, geignarde, doucereuse», mais «cet autre diable, qui chante à pleine voix, sans que jamais lui vienne en tête que quelqu'un peut l'écouter[121]».

Sans la connaissance du grec, pas d'instruction!... Je suis convaincu que de tout ce qui, dans le verbe humain, est vraiment beau, d'une beauté simple, jusqu'à présent je ne savais rien[122].

C'est une folie: il en convient. Il se remet à l'école avec une telle passion qu'il en tombe malade. Il doit, en 1871, aller faire une cure de koumiss, à Samara, chez les Bachkirs. Sauf du grec, il est mécontent de tout. A la suite d'un procès, en 1872, il parle sérieusement de vendre tout ce qu'il a en Russie et de s'installer en Angleterre. La comtesse Tolstoï se désole:

Si tu t'absorbes toujours dans tes Grecs, tu ne guériras pas. Ce sont eux qui te valent cette angoisse et cette indifférence pour la vie présente. Ce n'est pas en vain qu'on appelle le grec une langue morte: elle met dans un état d'esprit mort[123].

Enfin, après beaucoup de projets abandonnés, à peine ébauchés, le 19 mars 1873, à la grande joie de la comtesse, il commence *Anna Karénine*[124]. Tandis qu'il y travaille, sa vie est attristée par des deuils domestiques[125]; sa femme est malade. «La béatitude ne règne pas dans la maison[126]...»

L'œuvre porte un peu la trace de cette expérience attristée, de ces passions désabusées[127]. Sauf dans les jolis chapitres des fiançailles de Levine, l'amour n'a plus la jeune poésie qui égale certaines pages de *Guerre et Paix* aux plus belles poésies lyriques de tous les temps. En revanche, il a pris un caractère âpre, sensuel, impérieux. La fatalité qui règne sur le roman n'est plus, comme dans *Guerre et Paix*, une sorte de dieu Krichna, meurtrier et serein, le Destin des Empires, mais la folie d'aimer, «la Vénus tout entière...» C'est elle qui, dans la scène merveilleuse du bal, où la passion s'empare, à leur insu, d'Anna et de Wronski, prête à la beauté innocente d'Anna, couronnée de pensées et vêtue de velours noir, «une séduction presque infernale»[128]. C'est elle qui, lorsque Wronski vient de se déclarer, fait rayonner le visage d'Anna, — «non de joie: c'était le

rayonnement terrible d'un incendie, par une nuit obscure[129]».
C'est elle qui, dans les veines de cette femme loyale et
raisonnable, de cette jeune mère aimante, fait couler une force
voluptueuse de sève et s'installe dans son cœur, qu'elle ne
quittera plus qu'après l'avoir détruit. Aucun de ceux qui
approchent Anna n'est sans subir l'attirance et l'effroi du démon
caché. La première, Kitty, le découvre, avec saisissement. Une
crainte mystérieuse se mêle à la joie de Wronski, quand il va
voir Anna. Levine, en sa présence, perd toute sa volonté. Anna
elle-même sait bien qu'elle ne s'appartient plus. A mesure que
l'histoire se déroule, l'implacable passion ronge, pièce par pièce,
tout l'édifice moral de la fière personne. Tout ce qu'il y a de
meilleur en elle, son âme brave et sincère, s'effrite et tombe: elle
n'a plus la force de sacrifier sa vanité mondaine; sa vie n'a plus
d'autre objet que de plaire à son amant; elle s'interdit
peureusement, honteusement, d'avoir des enfants; la jalousie, la
torture; la force sensuelle qui l'asservit l'oblige à mentir dans ses
gestes, dans sa voix, dans ses yeux; elle tombe au rang des
femmes qui ne cherchent plus qu'à tourner la tête à tout
homme, quel qu'il soit; elle a recours à la morphine pour
s'abrutir, jusqu'au jour où les tourments intolérables qui la
dévorent la jettent, avec l'amer sentiment de sa déchéance
morale, sous les roues d'un wagon. «Et le petit moujik à barbe
ébouriffée», — la vision sinistre qui a hanté ses rêves et ceux de
Wronski, — «se penche du marchepied du wagon sur la voie»;
et, disait le rêve prophétique, «il était courbé en deux sur un
sac, et il y enfouissait les restes de quelque chose, qui avait été
la vie, avec ses tourments, ses trahisons et ses douleurs...»

«*Je me suis réservé la vengeance*[130]», dit le Seigneur....

Autour de cette tragédie d'une âme que l'amour consume et
qu'écrase la Loi de Dieu, — peinture d'une seule coulée et d'une
profondeur effrayante, — Tolstoï a disposé, comme dans *Guerre
et Paix*, les romans d'autres vies. Malheureusement ici, ces

histoires parallèles alternent d'une façon un peu raide et factice, sans atteindre à l'unité organique de la symphonie de *Guerre et Paix*. On peut aussi trouver que le parfait réalisme de certains tableaux — les cercles aristocratiques de Pétersbourg et leurs oisifs entretiens, — touche parfois à l'inutilité. Enfin, plus ouvertement encore que dans *Guerre et Paix*, Tolstoï a juxtaposé sa personnalité morale et ses idées philosophiques au spectacle de la vie. Mais l'œuvre n'en est pas moins d'une richesse merveilleuse. Même profusion de types que dans *Guerre et Paix*, et tous d'une justesse frappante. Les portraits d'hommes me semblent même supérieurs. Tolstoï s'est complu à peindre Stepane Arcadievitch, l'aimable égoïste, que nul ne peut voir sans répondre à son affectueux sourire, et Karénine, le type parfait du grand fonctionnaire, l'homme d'État distingué et médiocre, avec sa manie de cacher ses sentiments vrais sous une ironie perpétuelle: mélange de dignité et de lâcheté, de pharisianisme et de sentiment chrétien; produit étrange d'un monde artificiel, dont il lui est impossible malgré son intelligence et sa générosité réelle de se dégager jamais, — et qui a bien raison de se défier de son cœur: car, lorsqu'il s'y abandonne, c'est pour tomber à la fin dans une niaiserie mystique.

Mais l'intérêt principal du roman, avec la tragédie d'Anna et les tableaux variés de la société russe vers 1860, — salons, cercles d'officiers, bals, théâtres, courses, — est dans son caractère autobiographique. Beaucoup plus qu'aucun autre personnage de Tolstoï, Constantin Levine est son incarnation. Non seulement Tolstoï lui a prêté ses idées à la fois conservatrices et démocratiques, son anti-libéralisme d'aristocrate paysan qui méprise les intellectuels[131]; mais il lui a prêté sa vie. L'amour de Levine et de Kitty et leurs premières années de mariage sont une transposition de ses propres souvenirs domestiques, — de même que la mort du frère de Levine est une douloureuse évocation de la mort du frère de Tolstoï, Dmitri. Toute la dernière partie, inutile au roman, nous fait lire dans les troubles qui l'agitaient alors. Si l'épilogue de *Guerre et Paix* était une transition artistique à une autre œuvre projetée, l'épilogue d'*Anna Karénine* est une transition autobiographique à la révolution morale, qui devait, deux ans plus tard, s'exprimer par *les Confessions*. Déjà, au cours du livre, revient perpétuellement, sous une forme ironique ou violente, la critique de la société contemporaine, qu'il ne cessera de combattre dans ses œuvres futures. Guerre au mensonge, à tous les mensonges, aussi bien aux mensonges vertueux qu'aux mensonges vicieux, aux bavardages libéraux, à la charité mondaine, à la religion de salon, à la philanthropie! Guerre au monde, qui fausse tous les sentiments vrais et fatalement brise les élans généreux de l'âme! La mort jette une lumière subite sur les conventions sociales. Devant Anna mourante, le guindé Karénine s'attendrit. Dans cette âme sans vie, où tout est fabriqué, pénètre un rayon d'amour et de pardon chrétien. Tous trois, le mari, la femme et l'amant, sont momentanément transformés. Tout devient simple et loyal. Mais à mesure qu'Anna se rétablit, ils sentent, tous les trois, «en face de la force morale, presque sainte qui les guidait intérieurement, l'existence d'une autre force, brutale, mais toute-puissante, qui dirige leur vie malgré eux, et ne leur accordera pas la paix.» Et ils savent d'avance qu'ils seront impuissants dans cette lutte, où «ils seront obligés de faire le mal, que le monde jugera nécessaire[132]».

Si Levine, comme Tolstoï qu'il incarne, s'épure lui aussi, dans l'épilogue du livre, c'est que la mort l'a, lui aussi, touché. Jusque-là, «incapable de croire, il l'était également de douter tout à fait[133]». Depuis qu'il a vu mourir son frère, la terreur de son ignorance le tient. Son mariage a, pour un temps, étouffé ces angoisses. Mais, dès la naissance de son premier enfant, elles reparaissent. Il passe alternativement par des crises de prière et de négation. Il lit en vain les philosophes. Dans son affolement, il en vient à redouter la tentation du suicide. Le travail physique le soulage: ici, point de doutes, tout est clair. Levine cause avec les paysans; un d'eux lui parle des hommes «qui vivent non pour soi, mais pour Dieu». Ce lui est une illumination. Il voit l'antagonisme entre la raison et le cœur. La raison enseigne la lutte féroce pour la vie; il n'y a rien de raisonnable à aimer son prochain:

La raison ne m'a rien appris; tout ce que je sais m'a été donné, révélé par le cœur[134].

Dès lors, le calme revient. Le mot de l'humble moujik, dont le cœur est le seul guide, l'a ramené à Dieu... Quel Dieu? Il ne cherche pas à le savoir. Levine, à ce moment, comme Tolstoï le restera longtemps, est humble à l'égard de l'Église, et nullement en révolte contre les dogmes.

Il y a une vérité, même dans l'illusion de la voûte céleste et dans les mouvements apparents des astres[135].

Ces angoisses de Levine, ces velléités de suicide qu'il cachait à Kitty, Tolstoï au même moment les cachait à sa femme. Mais il n'avait pas encore atteint le calme qu'il prêtait à son héros. A vrai dire, ce calme n'est guère communicatif. On sent qu'il est désiré plus que réalisé, et que tout à l'heure Levine retombera dans ses doutes. Tolstoï n'en était pas dupe. Il avait eu bien de la peine à aller jusqu'au bout de son œuvre. *Anna Karénine* l'ennuyait, avant qu'il eût fini[136]. Il ne pouvait plus travailler. Il restait là, inerte, sans volonté, en proie au dégoût et à la terreur de lui-même. Alors, dans le vide de sa vie, se leva le grand vent qui sortait de l'abîme, le vertige de la mort. Tolstoï a raconté ces terribles années, plus tard, quand il venait d'échapper au gouffre[137].

«Je n'avais pas cinquante ans, dit-il[138], j'aimais, j'étais aimé, j'avais de bons enfants, un grand domaine, la gloire, la santé, la vigueur physique et morale; j'étais capable de faucher comme un paysan; je travaillais dix heures de suite sans fatigue. Brusquement, ma vie s'arrêta. Je pouvais respirer, manger, boire, dormir. Mais ce n'était pas vivre. Je n'avais plus de désirs. Je savais qu'il n'y avait rien à désirer. Je ne pouvais même pas souhaiter de connaître la vérité. La vérité était que la vie est une insanité. J'étais arrivé à l'abîme et je voyais nettement que devant moi il n'y avait rien, que la mort. Moi, homme bien portant et heureux, je sentais que je ne pouvais plus vivre. Une force invincible m'entraînait à me débarrasser de la vie... Je ne dirai pas que je voulais me tuer. La force qui me poussait hors de la vie était plus puissante que moi; c'était une aspiration semblable à mon ancienne aspiration à la vie, seulement en sens inverse. Je devais user de ruse envers moi-même pour ne pas y céder trop vite. Et voilà que moi, l'homme heureux, je me cachais à moi-même la corde, pour ne pas me pendre à la poutre, entre les armoires de ma chambre, où chaque soir je restais seul à me déshabiller. Je n'allais plus à la chasse avec mon fusil, pour ne pas me laisser tenter[139]. Il me semblait que ma vie était une farce stupide, qui m'était jouée par quelqu'un. Quarante ans de travail, de peines, de progrès, pour voir qu'il n'y a rien! Rien. De moi, il ne restera que la pourriture et les vers... On peut vivre, seulement pendant qu'on est ivre de la vie; mais aussitôt l'ivresse dissipée, on voit que tout n'est que supercherie, supercherie stupide... La famille et l'art ne pouvaient plus me suffire. La famille, c'étaient des malheureux comme moi. L'art est un miroir de la vie. Quand la vie n'a plus de sens, le jeu du miroir ne peut plus amuser. Et le pire, je ne pouvais me résigner. J'étais semblable à un homme égaré dans une forêt, qui est saisi d'horreur, parce qu'il s'est égaré, et qui court de tous côtés et ne peut s'arrêter, bien qu'il sache qu'à chaque pas il s'égare davantage...»

Le salut vint du peuple. Tolstoï avait toujours eu pour lui «une affection étrange, toute physique[140]», que n'avaient pu ébranler les expériences répétées de ses désillusions sociales. Dans les dernières années, il s'était, comme Levine, beaucoup rapproché de lui[141]. Il se prit à penser à ces milliards d'êtres en dehors du cercle étroit des savants, des riches et des oisifs qui se tuaient, s'étourdissaient, ou traînaient lâchement, comme lui, une vie désespérée. Et il se demanda pourquoi ces milliards d'êtres échappaient à ce désespoir, pourquoi ils ne se tuaient pas. Il aperçut alors qu'ils vivaient, non par le secours de la raison, mais sans se soucier d'elle, — par la foi. Qu'était-ce que cette foi, qui ignorait la raison?

La foi est la force de la vie. On ne peut pas vivre sans la foi. Les idées religieuses ont été élaborées dans le lointain infini de la pensée humaine. Les réponses données par la foi au sphinx de la vie contiennent la sagesse la plus profonde de l'humanité.

Suffit-il donc de connaître ces formules de la sagesse, qu'a enregistrées le livre des religions? — Non, la foi n'est pas une science, la foi est une action; elle n'a de sens que si elle est vécue. Le dégoût qu'inspira à Tolstoï la vue des gens riches et *bien pensants,* pour qui la foi n'était qu'une sorte de «consolation épicurienne de la vie», le rejeta décidément parmi les hommes simples, qui mettaient seuls d'accord leur vie avec leur foi.

Et il comprit que la vie du peuple travailleur était la vie elle-même et que le sens attribué à cette vie était la vérité.

Mais comment se faire peuple, et partager sa foi? On a beau savoir que les autres ont raison; il ne dépend pas de nous que nous soyons comme eux. En vain, nous prions Dieu; en vain, nous tendons vers lui nos bras avides. Dieu fuit. Où le saisir?

Un jour, la grâce vint.

Un jour de printemps précoce, j'étais seul dans la forêt et j'écoutais ses bruits. Je pensais à mes agitations des trois dernières années, à ma recherche de Dieu, à mes sautes perpétuelles de la joie au désespoir... Et brusquement je vis que je ne vivais que lorsque je croyais en Dieu. A sa seule pensée, les ondes joyeuses de la vie se soulevaient en moi. Tout s'animait autour, tout recevait un sens. Mais dès que je n'y croyais plus, soudain la vie cessait.

— Alors, qu'est-ce que je cherche encore? cria en moi une voix. C'est donc Lui, ce sans quoi on ne peut vivre! Connaître Dieu et vivre, c'est la même chose. Dieu, c'est la vie....

Depuis, cette lumière ne m'a plus quitté[142].

Il était sauvé. Dieu lui était apparu[143].

Mais comme il n'était pas un mystique de l'Inde, à qui l'extase suffit, comme en lui se mêlaient aux rêves de l'Asiatique la manie de raison et le besoin d'action de l'homme d'Occident, il lui fallait ensuite traduire sa révélation en foi pratique et dégager de cette vie divine des règles pour la vie quotidienne. Sans aucun parti-pris, avec le désir sincère de croire aux croyances des siens, il commença par étudier la doctrine de l'Église orthodoxe, dont il faisait partie[144]. Afin d'en être plus près, il se soumit pendant trois ans à toutes les cérémonies, se confessant, communiant, n'osant juger ce qui le choquait, s'inventant des explications pour ce qu'il trouvait obscur ou incompréhensible, s'unissant dans leur foi à tous ceux qu'il aimait, vivants ou morts, et toujours gardant l'espoir qu'à un certain moment «l'amour lui ouvrirait les portes de la vérité».— Mais il avait beau faire: sa raison et son cœur se révoltaient. Tels actes, comme le baptême et la communion, lui semblaient scandaleux. Quand on le força à répéter que l'hostie était le vrai corps et le vrai sang du Christ, «il en eut comme un coup de couteau au cœur». Ce ne furent pourtant pas les dogmes qui élevèrent entre lui et l'Église un mur infranchissable, mais les questions pratiques,—deux surtout: l'intolérance haineuse et mutuelle des Églises[145], et la sanction, formelle ou tacite, donnée à l'homicide,—la guerre et la peine de mort.

Alors Tolstoï brisa net; et sa rupture fut d'autant plus violente que depuis trois années il comprimait sa pensée. Il ne ménagea plus rien. Avec emportement, il foula aux pieds cette religion, que la veille encore il s'obstinait à pratiquer. Dans sa *Critique de la théologie dogmatique* (1879-1881), il la traita non seulement «d'insanité, mais de mensonge conscient et intéressé[146]». Il lui opposa l'Évangile, dans sa *Concordance et Traduction des quatre Évangiles* (1881-1883). Enfin, sur l'Évangile, il édifia sa foi (*En quoi consiste ma foi*, 1883).

Elle tient toute en ces mots:

Je crois en la doctrine du Christ. Je crois que le bonheur n'est possible sur la terre que quand tous les hommes l'accompliront.

Et elle a pour pierre angulaire le Sermon sur la Montagne, dont Tolstoï ramène l'enseignement essentiel à cinq commandements:

I. Ne te mets pas en colère.
II. Ne commets pas l'adultère.
III. Ne prête pas serment.
IV. Ne résiste pas au mal par le mal.
V. Ne sois l'ennemi de personne.

C'est la partie négative de la doctrine, dont la partie positive se résume en ce seul commandement:

Aime Dieu et ton prochain comme toi-même.

Le Christ a dit que celui qui aura violé le moindre de ces commandements tiendra la plus petite place dans le royaume des cieux.

Et Tolstoï ajoute naïvement:

Si étrange que cela paraisse, j'ai dû, après dix-huit siècles, découvrir ces règles comme une nouveauté.

Tolstoï croit-il donc à la divinité du Christ? — En aucune façon. A quel titre l'invoque-t-il? Comme le plus grand de la lignée des sages, — Brahmanes, Bouddha, Lao-Tse, Confucius, Zoroastre, Isaïe, — qui ont montré aux hommes le vrai bonheur auquel ils aspirent et la voie qu'il faut suivre[147]. Tolstoï est le disciple de ces grands créateurs religieux, de ces demi-dieux et de ces prophètes hindous, chinois et hébraïques. Il les défend — comme il sait défendre: en attaquant — contre ceux qu'il nomme «les Pharisiens» et «les Scribes»: contre les Églises établies et contre les représentants de la science orgueilleuse, ou plutôt «du philosophisme scientifique[148]». Ce n'est pas qu'il fasse appel à la révélation contre la raison. Depuis qu'il est sorti de la période de troubles que racontent *les Confessions,* il est et reste essentiellement un croyant en la Raison, on pourrait dire un mystique de la Raison.

«Au commencement était le Verbe, répète-t-il avec saint Jean, *le Verbe, Logos, c'est-à-dire la Raison*[149]*.»*

Son livre *De la Vie* (1887) porte, en épigraphe, les lignes fameuses de Pascal[150]:

L'homme n'est qu'un roseau, le plus faible de la nature, mais c'est un roseau pensant.... Toute notre dignité consiste dans la pensée... Travaillons donc à bien penser: voilà le principe de la morale.

Et le livre entier n'est qu'un hymne à la Raison.

Il est vrai que sa Raison n'est pas la raison scientifique, raison restreinte, «qui prend la partie pour le tout et la vie animale pour la vie tout entière», mais la loi souveraine qui régit la vie de l'homme, «la loi suivant laquelle doivent forcément vivre *les êtres raisonnables, c'est-à-dire les hommes*».

C'est une loi analogue à celles qui régissent la nutrition et la reproduction de l'animal, la croissance et la floraison de l'herbe et de l'arbre, le mouvement de la terre et des astres. Ce n'est que dans l'accomplissement de cette loi, dans la soumission de notre nature animale à la loi de la raison, en vue d'acquérir le bien, que consiste notre vie... La raison ne peut être définie, et nous n'avons pas besoin de la définir, car non seulement nous la connaissons tous, mais nous ne connaissons qu'elle... Tout ce que l'homme sait, il le connaît au moyen de la raison et non pas de la foi[151]... La vraie vie ne commence qu'au moment où se manifeste la raison. La seule vie véritable est la vie de la raison.

Qu'est-ce donc que l'existence visible, notre vie individuelle? «Elle n'est pas notre vie», dit Tolstoï, car elle ne dépend pas de nous.

Notre activité animale s'accomplit en dehors de nous... L'humanité en a fini avec l'idée de la vie considérée comme existence individuelle. La négation de la possibilité du bien individuel reste une vérité inébranlable pour tout homme de notre époque, qui est doué de raison[152].

Il y a là toute une série de postulats, que je n'ai pas à discuter ici, mais qui montrent avec quelle passion la raison s'était emparée de Tolstoï. En vérité, elle était une passion, non moins aveugle et jalouse que les autres passions qui l'avaient possédé pendant la première moitié de sa vie. Un feu s'éteint, l'autre s'allume. Ou plutôt, c'est toujours le même feu. Mais il change d'aliments.

Et ce qui ajoute à la ressemblance entre les passions «individuelles» et cette passion «rationnelle», c'est que l'une comme les autres ne se satisfont pas d'aimer, elles veulent agir, elles veulent se réaliser.

Il ne faut pas parler, mais agir, a dit le Christ.

Et quelle est l'activité de la raison? — L'amour.

L'amour est la seule activité raisonnable de l'homme, l'amour est l'état de l'âme le plus rationnel et le plus lumineux. Tout ce dont il a besoin, c'est que rien ne lui cache le soleil de la raison, qui seul le fait croître... L'amour est le bien réel, le bien suprême, qui résout toutes les contradictions de la vie, qui non seulement fait disparaître l'épouvante de la mort, mais pousse l'homme à se sacrifier aux autres; car il n'y a pas d'autre amour que celui qui donne sa vie pour ceux qu'on aime; l'amour n'est digne de ce nom que lorsqu'il est un sacrifice de soi-même. Aussi le véritable amour n'est-il réalisable que lorsque l'homme comprend qu'il lui est impossible d'acquérir le bonheur individuel. C'est alors que tous les sucis de sa vie viennent alimenter la noble greffe de l'amour véritable; et cette greffe emprunte pour sa croissance toute sa vigueur au tronc de cet arbre sauvage, l'individualité animale...[153].

Ainsi, Tolstoï n'arrive pas à la foi, comme un fleuve épuisé, qui se perd dans les sables. Il y apporte le torrent de forces impétueuses amassées durant une puissante vie. — On allait s'en apercevoir.

Cette foi passionnée, où s'unissent en une ardente étreinte la Raison et l'Amour, a trouvé son expression la plus auguste dans la célèbre réponse au Saint-Synode qui l'excommuniait[154]:

Je crois en Dieu, qui est pour moi l'Esprit, l'Amour, le Principe de tout. Je crois qu'il est en moi, comme je suis en lui. Je crois que la volonté de Dieu n'a jamais été plus clairement exprimée que dans la doctrine de l'homme Christ; mais on ne peut considérer Christ comme

Dieu et lui adresser des prières, sans commettre le plus grand des sacrilèges. Je crois que le vrai bonheur de l'homme consiste en l'accomplissement de la volonté de Dieu; je crois que la volonté de Dieu est que tout homme aime ses semblables et agisse toujours envers eux, comme il voudrait qu'ils agissent envers lui, ce qui résume, dit l'Évangile, toute la loi et les prophètes. Je crois que le sens de la vie, pour chacun de nous, est seulement d'accroître l'amour en lui, je crois que ce développement de notre puissance d'aimer nous vaudra, dans cette vie, un bonheur qui grandira chaque jour, et dans l'autre monde, une félicité plus parfaite; je crois que cet accroissement de l'amour contribuera, plus que toute autre force, à fonder sur terre le royaume de Dieu, c'est-à-dire à remplacer une organisation de la vie où la division, le mensonge et la violence sont tout-puissants; par un ordre nouveau où régneront la concorde, la vérité et la fraternité. Je crois que pour progresser dans l'amour, nous n'avons qu'un moyen: les prières. Non la prière publique dans les temples, que le Christ a formellement réprouvée (Matth., VI, 5-13). Mais la prière dont lui-même nous a donné l'exemple, la prière solitaire qui raffermit en nous la conscience du sens de notre vie et le sentiment que nous dépendons seulement de la volonté de Dieu... Je crois à la vie éternelle, je crois que l'homme est récompensé selon ses actes, ici et partout, maintenant et toujours. Je crois tout cela si fermement qu'à mon âge, sur le bord de la tombe, je dois souvent faire un effort pour ne pas appeler de mes vœux la mort de mon corps, c'est-à-dire ma naissance à une vie nouvelle...[155].

Il pensait être arrivé au port, avoir atteint le refuge où son âme inquiète pourrait se reposer. Il n'était qu'au début d'une activité nouvelle.

Un hiver passé à Moscou (ses devoirs de famille l'avaient obligé à y suivre les siens)[156], le recensement de la population, auquel il obtint de prendre part, en janvier 1882, lui furent une occasion de voir de près la misère des grandes villes. L'impression produite sur lui fut effroyable. Le soir du jour où il avait pris contact, pour la première fois, avec cette plaie cachée de la civilisation, racontant à un ami ce qu'il avait vu, «il se mit à crier, pleurer, brandir le poing».

«On ne peut pas vivre ainsi!» disait-il avec des sanglots, «Cela ne peut pas être! Cela ne peut pas être[157]!...» Il retomba, pour des mois, dans un désespoir affreux. La comtesse Tolstoï lui écrivait, le 3 mars 1882:

Tu disais naguère: «A cause du manque de foi, je voulais me pendre». Maintenant, tu as la foi, pourquoi donc es-tu malheureux?

Parce qu'il n'avait pas la foi du pharisien, la foi béate et satisfaite de soi, parce qu'il n'avait pas l'égoïsme du penseur mystique, trop occupé de son salut pour songer à celui des autres[158], parce qu'il avait l'amour, parce qu'il ne pouvait plus oublier maintenant les misérables qu'il avait vus, et que dans la bonté passionnée de son cœur, il lui semblait être responsable de leurs souffrances et de leur abjection: ils étaient les victimes de cette civilisation, aux privilèges de laquelle il participait, de cette idole monstrueuse à laquelle une caste élue sacrifiait des millions d'hommes. Accepter le bénéfice de tels crimes, c'était s'y associer. Sa conscience n'eut plus de repos qu'il ne les eût dénoncés.

Que devons-nous faire? (1884-86)[159] est l'expression de cette deuxième crise, beaucoup plus tragique que la première, et bien plus grosse en conséquences. Qu'étaient les angoisses religieuses personnelles de Tolstoï dans cet océan de misère humaine, de misère réelle, non forgée par l'esprit d'un oisif qui s'ennuie? Impossible de ne pas la voir. Et impossible, l'ayant vue, de ne pas chercher à la supprimer, à tout prix. — Hélas! est-ce possible?...

Un admirable portrait, que je ne puis regarder sans émotion[160], dit ce que Tolstoï souffrit alors. Il est représenté de face, assis, les bras croisés, en blouse de moujik; il a l'air accablé. Ses cheveux sont encore noirs, sa moustache déjà grise, sa grande barbe et ses favoris tout blancs. Une double ride laboure dans le beau front large un sillon harmonieux. Il y a tant de bonté dans le gros nez de bon chien, dans les yeux qui vous regardent, si francs, si clairs, si tristes! Ils lisent si sûrement en vous! Ils vous plaignent et vous implorent. La figure est creusée, porte les traces de la souffrance, de grands plis au-dessous des yeux. Il a pleuré. Mais il est fort et prêt au combat.

Il avait une logique héroïque.

Je m'étonne toujours de ces paroles si souvent répétées: «Oui, c'est bien en théorie; mais comment sera-ce en pratique?» Comme si la théorie consistait en de belles paroles nécessaires pour la conversation, mais pas du tout pour y conformer la pratique!... Quand j'ai compris une chose à laquelle j'ai réfléchi, alors je ne puis la faire autrement que je l'ai comprise[161].

Il commence par décrire, avec une exactitude photographique, la misère à Moscou, telle qu'il l'a vue, au cours de ses visites aux quartiers pauvres, ou aux asiles de nuit[162]. Il se convainc que ce n'est pas avec de l'argent, comme il l'avait cru d'abord, qu'il pourra sauver ces malheureux, tous plus ou moins atteints par la corruption des villes. Alors, il cherche bravement d'où vient le mal. Et d'anneau en anneau se déroule la chaîne effrayante des responsabilités. Les riches d'abord, et la contagion de leur luxe maudit, qui attire et déprave[163]. La séduction universelle de la vie sans travail. — L'État ensuite, cette entité meurtrière, créée par les violents pour dépouiller et asservir, à leur profit, le reste de l'humanité.—L'Église, associée; la science et l'art, complices... Comment combattre toutes ces armées du mal? D'abord, en refusant de s'y enrôler. En refusant de participer à l'exploitation humaine. En renonçant à l'argent et à la possession de la terre[164], en ne servant point l'État.

Mais ce n'est pas assez, il faut «ne pas mentir», ne pas avoir peur de la vérité. Il faut «se repentir», et arracher l'orgueil, enraciné avec l'instruction. Il faut enfin travailler de ses mains. *«Tu gagneras ton pain à la sueur de ton front»*: c'est le premier commandement et le plus essentiel[165]. Et Tolstoï, répondant par avance aux railleries de l'élite, dit que le travail physique n'entrave en rien l'énergie intellectuelle, mais qu'il l'accroît au contraire et qu'il répond aux exigences normales de la nature. La santé ne peut qu'y gagner; l'art, davantage encore. De plus, il rétablit l'union entre les hommes.

Dans ses ouvrages suivants, Tolstoï complétera ces préceptes d'hygiène morale. Il s'inquiétera d'achever la cure de l'âme, d'en refaire l'énergie, en proscrivant les plaisirs vicieux, qui endorment la conscience[166], et les plaisirs cruels, qui la tuent[167]. Il donne l'exemple. En 1884, il a fait le sacrifice de sa passion la plus enracinée: la chasse[168]. Il pratique l'abstinence, qui forge la volonté. Tel, un athlète qui s'impose une dure discipline, pour combattre et pour vaincre.

Que devons-nous faire? marque la première étape de la route difficile où Tolstoï allait s'engager, quittant la paix relative de la méditation religieuse pour la mêlée sociale. Et dès lors commença cette guerre de vingt ans, qu'au nom de l'Évangile le vieux prophète d'Iasnaïa Poliana livra, seul, en dehors de tous les partis, et les condamnant tous, aux crimes et aux mensonges de la civilisation.

Autour de lui, la révolution morale de Tolstoï rencontrait peu de sympathie; elle désolait sa famille.

Depuis longtemps déjà, la comtesse Tolstoï observait, inquiète, les progrès d'un mal qu'elle combattait en vain. Dès 1874, elle s'indignait de voir son mari perdre tant de forces et de temps à des travaux pour les écoles.

Ce Syllabaire, cette arithmétique, cette grammaire, je les méprise et ne puis faire semblant de m'y intéresser.

Ce fut bien autre chose quand à la pédagogie succéda la religion. Si hostile fut l'accueil fait par la comtesse aux premières confidences du nouveau converti que Tolstoï éprouve le besoin de s'excuser, quand il parle de Dieu dans ses lettres:

Ne te fâche pas, comme tu le fais parfois, quand je mentionne Dieu; je ne puis l'éviter, car il est la base même de ma pensée[169].

La comtesse est touchée, sans doute; elle tâche de dissimuler son impatience; mais elle ne comprend pas; elle observe son mari avec inquiétude:

Ses yeux sont étranges, fixes. Il ne parle presque pas. Il semble n'être pas de ce monde[170].

Elle pense qu'il est malade:

Léon travaille toujours, à ce qu'il dit. Hélas! il écrit des discussions religieuses quelconques. Il lit et réfléchit, jusqu'à se donner mal à la tête, et tout cela pour montrer que l'Église n'est pas d'accord avec la doctrine de l'Évangile. C'est à peine s'il se trouve en Russie une dizaine de personnes que cela puisse intéresser. Mais il n'y a rien à faire. Je ne souhaite qu'une chose: qu'il en finisse au plus vite, et que cela passe comme une maladie[171].

La maladie ne passa point. La situation devint de plus en plus pénible entre les deux époux. Ils s'aimaient, ils avaient l'un pour l'autre une estime profonde; mais il leur était impossible de se comprendre. Ils tâchaient de se faire des concessions mutuelles, qui devenaient—comme c'est l'habitude—de mutuels tourments. Tolstoï s'obligeait à suivre les siens, à Moscou. Il écrivait dans son *Journal*:

Le mois le plus pénible de ma vie. L'installation à Moscou. Tous s'installent. Quand donc commenceront-ils à vivre? Tout cela, non pour vivre, mais parce que les autres gens font ainsi! Les malheureux[172]!...

Dans ces mêmes jours, la comtesse écrivait:

Moscou. Il y aura demain un mois que nous sommes ici. Les deux premières semaines, j'ai pleuré chaque jour, parce que Léon était non seulement triste, mais tout à fait abattu. Il ne dormait pas, il ne mangeait pas, et même parfois, il pleurait; j'ai cru que je deviendrais folle[173].

Ils durent s'éloigner l'un de l'autre, pendant quelque temps. Ils se demandent pardon de se faire souffrir. Comme ils s'aiment toujours!... Il lui écrit:

Tu dis: «Je t'aime et tu n'en as pas besoin». C'est la seule chose dont j'aie besoin... Ton amour me réjouit plus que tout au monde[174].

Mais, dès qu'ils se retrouvent ensemble, le désaccord s'accuse. La comtesse ne peut prendre son parti de cette manie religieuse, qui pousse maintenant Tolstoï à apprendre l'hébreu avec un rabbin.

Rien autre ne l'intéresse plus. Il dépense ses forces à des sottises. Je ne puis cacher mon mécontentement[175].

Elle lui écrit:

Je ne puis que m'attrister que de pareilles forces intellectuelles se dépensent à couper du bois, chauffer le samovar, et coudre des bottes.

Et elle ajoute, avec le sourire affectueux et moqueur d'une mère qui regarde jouer son enfant, un peu fou:

Enfin, je me suis calmée avec le proverbe russe: «Que l'enfant s'amuse de n'importe quoi, pourvu qu'il ne pleure pas[176]!»

Mais la lettre n'est pas partie qu'elle voit en pensée son mari lisant ces lignes, de ses bons yeux candides, qu'attriste ce ton d'ironie; et elle rouvre la lettre, dans un élan d'amour:

Tout d'un coup, tu t'es représenté si clairement à moi, et j'ai senti un tel accès de tendresse pour toi! Il y a en toi quelque chose de si sage, de si bon, de si naïf, de si persévérant, tout cela éclairé par une lumière de compassion pour tous, et ce regard qui va droit à l'âme... Et cela n'appartient qu'à toi seul.

Ainsi, ces deux êtres qui s'aimaient, se torturaient l'un l'autre et se désolaient ensuite du mal qu'ils avaient pu faire, sans pouvoir l'empêcher. Situation sans issue, qui dura près de trente ans, et à laquelle, seule, devait mettre fin, dans une heure d'égarement, la fuite du vieux roi Lear, mourant, à travers la steppe.

On n'a pas assez remarqué l'appel émouvant aux femmes, qui termine *Que devons-nous faire?* — Tolstoï n'a aucune sympathie pour le féminisme moderne[177]. Mais pour celle qu'il nomme «la femme-mère», pour celle qui connaît le vrai sens de la vie, il a des paroles d'adoration pieuse; il fait un magnifique éloge de ses peines et de ses joies, de la grossesse et de la maternité, de ces souffrances terribles, de ces années sans repos, de ce travail invisible, épuisant, dont la femme n'attend la récompense de personne, et de cette béatitude qui inonde l'âme, au sortir de la douleur, quand elle a accompli la Loi. Il trace le portrait de l'épouse vaillante, qui est pour son mari une aide, non un obstacle. Elle sait que, «seul le sacrifice obscur, sans récompense, pour la vie des autres, est la vocation de l'homme».

Une telle femme non seulement n'encouragera pas son mari à un travail faux et trompeur, qui n'a pour but que de jouir du travail des autres; mais avec horreur et dégoût, elle envisagera cette activité qui serait une séduction pour ses enfants. Elle exigera de son compagnon le vrai travail, qui veut de l'énergie et ne craint pas le danger... Elle sait que les enfants, les générations à venir, sont ce qu'il est donné aux hommes de voir de plus saint, et qu'elle vit pour servir, de tout son être, cette œuvre sacrée. Elle développera dans ses enfants et dans son mari la force du sacrifice... Ce sont de telles femmes, qui dominent les hommes et leur servent d'étoile conductrice... O femmes-mères! Entre vos mains est le salut du monde[178]!

C'est l'appel d'une voix qui supplie, qui espère encore... Ne sera-t-elle pas entendue?...

Quelques années plus tard, la dernière lueur d'espoir est éteinte:

Vous ne le croirez peut-être pas; mais vous ne sauriez imaginer combien je suis isolé, jusqu'à quel point mon moi véritable est méprisé par tous ceux qui m'entourent[179].

Si les plus aimants méconnaissaient ainsi la grandeur de sa transformation morale, on ne pouvait attendre des autres ni plus de pénétration, ni plus de respect. Tourgueniev, avec qui Tolstoï avait tenu à se réconcilier, plutôt dans un esprit d'humilité chrétienne que parce qu'il avait changé de sentiments à son égard[180], disait ironiquement: «Je plains beaucoup Tolstoï; mais d'ailleurs, comme disent les Français, chacun tue ses puces, à sa manière[181]».

Quelques années plus tard, sur le point de mourir, il écrivait à Tolstoï la lettre connue, où il suppliait son «ami, le grand écrivain de la terre russe», de «retourner à la littérature[182]».

Tous les artistes européens s'associaient à l'inquiétude et à la prière de Tourgueniev, mourant. Eugène-Melchior de Vogüé, à la fin de l'étude qu'en 1886 il consacrait à Tolstoï, prenait prétexte d'un portrait de l'écrivain en costume de moujik, tirant l'alène, pour lui adresser une éloquente apostrophe:

Artisan de chefs-d'œuvre, ce n'est pas là votre outil!... Notre outil, c'est la plume; notre champ, l'âme humaine, qu'il faut abriter et nourrir, elle aussi. Permettez qu'on vous rappelle ce cri d'un paysan russe, du premier imprimeur de Moscou, alors qu'on le remettait à la charrue: «Je n'ai pas affaire de semer le grain de blé, mais de répandre dans le monde les semences spirituelles».

Comme si Tolstoï avait jamais songé à renier son rôle de semeur du blé de la pensée!... A la fin de: *En quoi consiste ma foi*[183], il écrivait:

Je crois que ma vie, ma raison, ma lumière, m'est donnée exclusivement pour éclairer les hommes. Je crois que ma connaissance de la vérité est un talent qui m'est prêté pour cet objet, que ce talent est un feu, qui n'est feu que quand il brûle. Je crois que l'unique sens de ma vie, c'est de vivre dans cette lumière qui est en moi, et de la tenir haut devant les hommes pour qu'ils la voient[184].

Mais cette lumière, ce feu «qui n'est feu que quand il brûle», inquiétaient la plupart des artistes. Les plus intelligents n'étaient pas sans prévoir que leur art risquait fort d'être la première proie de l'incendie. Ils affectaient de croire que l'art tout entier était menacé et que, comme Prospero, Tolstoï brisait pour jamais sa baguette magique d'illusions créatrices.

Or, rien n'était moins vrai; et j'entends démontrer que, loin de ruiner l'art, Tolstoï a suscité en lui des énergies qui restaient en jachère, et que sa foi religieuse, au lieu de tuer son génie artistique, l'a renouvelé.

Il est singulier que, lorsqu'on parle des idées de Tolstoï sur la science et sur l'art, on laisse généralement de côté le plus important des livres où ces idées sont exprimées: *Que devons-nous faire?* (1884-1886). C'est là que, pour la première fois, Tolstoï engage le combat contre la science et l'art; et jamais nul des combats suivants n'a dépassé en violence cette première rencontre. On s'étonne que, lors des récents assauts livrés chez nous à la vanité de la science et des intellectuels, personne n'ait songé à reprendre ces pages. Elles constituent le réquisitoire le plus terrible qu'on ait écrit contre «les eunuques de la science» et les «forbans de l'art», contre ces castes de l'esprit, qui, après avoir détruit ou asservi les anciennes castes régnantes: Église, État, Armée, se sont installées à leur place, et, sans vouloir ou pouvoir rien faire d'utile aux hommes, prétendent qu'on les admire et qu'on les serve aveuglément, édictant comme des dogmes une foi impudente en la science pour la science et en l'art pour l'art, — masque menteur dont cherche à se couvrir leur justification personnelle, l'apologie de leur monstrueux égoïsme et de leur néant.

«Ne me faites point dire, continue Tolstoï, que je nie l'art et la science. Non seulement je ne les nie pas, mais c'est en leur nom que je veux chasser les vendeurs du temple.»

La science et l'art sont aussi nécessaires que le pain et l'eau, même plus nécessaires.... La vraie science est la connaissance de la mission, et par conséquent du vrai bien de tous les hommes. Le vrai art est l'expression de la connaissance de la mission et du vrai bien de tous les hommes.

Et il loue ceux qui, «depuis que les hommes existent, ont sur les harpes et sur les tympanons, par les images et la parole, exprimé leur lutte contre la duplicité, leurs souffrances dans cette lutte, leur espoir dans le triomphe du bien, leur désespoir au triomphe du mal et leur enthousiasme à la vue prophétique de l'avenir».

Alors, il trace l'image du vrai artiste, dans une page brûlante d'ardeur douloureuse et mystique:

L'activité de la science et de l'art n'a de fruit que lorsqu'elle ne s'arroge aucun droit et ne se connaît que des devoirs. C'est seulement parce que cette activité est telle, parce que son essence est le sacrifice, que l'humanité l'honore. Les hommes qui sont appelés à servir les autres par le travail spirituel souffrent toujours dans l'accomplissement de cette tâche: car le monde spirituel naît seulement dans les souffrances et les tortures. Le sacrifice et la souffrance, tel est le sort du penseur et de l'artiste: car son but est le bien des hommes. Les hommes sont malheureux, ils souffrent, ils meurent; on n'a pas le temps de flâner et de s'amuser. Le penseur ou l'artiste ne reste jamais assis sur les hauteurs olympiennes, comme nous sommes habitués à le croire; il est toujours dans le trouble et dans l'émotion. Il doit décider et dire ce qui donnera le bien aux hommes, ce qui les délivrera des souffrances, et il ne l'a pas décidé, il ne l'a pas dit; et demain il sera peut-être trop tard, et il mourra... Ce n'est pas celui qui est élevé dans un établissement où l'on forme des artistes et des savants (à dire vrai, on en fait des destructeurs de la science et de l'art); ce n'est pas celui qui reçoit des diplômes et un traitement, qui sera un penseur ou un artiste; c'est celui qui serait heureux de ne pas penser et de ne pas exprimer ce qui lui est mis dans l'âme, mais qui ne peut se dispenser de le faire: car il y est entraîné par deux forces invincibles: son besoin intérieur et son amour des hommes. Il n'y a pas d'artistes gras, jouisseurs, et satisfaits de soi[185].

Cette page splendide, qui jette un jour tragique sur le génie de Tolstoï, était écrite sous l'impression immédiate de la souffrance que lui causait le spectacle de la misère à Moscou et dans la conviction que la science et l'art étaient complices de tout le système actuel d'inégalité sociale et de violence hypocrite.— Cette conviction, jamais il ne la perdra. Mais l'impression de sa première rencontre avec la misère du monde ira en s'atténuant; la blessure est moins saignante[186]; et dans nul de ses livres suivants on ne retrouvera le frémissement de douleur et de colère vengeresse qui tremble en celui-ci. Nulle part, cette sublime profession de foi de l'artiste qui crée avec son sang, cette exaltation du sacrifice et de la souffrance, «qui sont le lot du penseur», ce mépris pour l'art olympien, à la façon de Gœthe. Les ouvrages où il reprendra ensuite la critique de l'art traiteront la question d'un point de vue littéraire et moins mystique; le problème de l'art y sera dégagé du fond de cette misère humaine, à laquelle Tolstoï ne peut penser sans délirer, comme le soir de sa visite à l'asile de nuit, où, rentré chez lui, il sanglote et crie désespérément.

Ce n'est pas à dire que ces ouvrages didactiques soient jamais froids. Froid, il lui est impossible de l'être. Jusqu'à la fin de sa vie, il restera celui qui écrivait à Fet:

Si l'on n'aime pas ses personnages, même les moindres, alors il faut les insulter de telle façon que le ciel en ait chaud, ou se moquer d'eux jusqu'à ce que le ventre en éclate[187].

Il ne s'en fait pas faute, dans ses écrits sur l'art. La partie négative—insultes et sarcasmes—y est d'une telle vigueur qu'elle est la seule qui ait frappé les artistes. Elle blessait trop violemment leurs superstitions et leurs susceptibilités pour qu'ils ne vissent point, dans l'ennemi de leur art, l'ennemi de tout art. Mais jamais la critique, chez Tolstoï, ne va sans la reconstruction. Jamais il ne détruit pour détruire, mais pour réédifier. Et dans sa modestie, il ne prétend même pas rien bâtir de nouveau; il défend l'Art, qui fut et sera toujours, contre les faux artistes qui l'exploitent et qui le déshonorent:

La science véritable et l'art véritable ont toujours existé et existeront toujours; il est impossible et inutile de les contester, m'écrivait-il, en 1887, dans une lettre qui devance de plus de dix ans sa fameuse Critique de l'Art[188]. *Tout le mal d'aujourd'hui vient de ce que les gens soi-disant civilisés, ayant à leur côté les savants et les artistes, sont une caste privilégiée comme les prêtres. Et cette caste a tous les défauts de toutes les castes. Elle dégrade et rabaisse le principe en vertu duquel elle s'organise. Ce qu'on appelle dans notre monde les sciences et les arts n'est qu'un immense* humbug, *une grande superstition dans laquelle nous tombons ordinairement, dès que nous nous affranchissons de la vieille superstition de l'Église. Pour voir clair dans la route que nous devons suivre, il faut commencer par le commencement, – il faut relever le capuchon qui me tient chaud, mais qui me couvre la vue. – La tentation est grande. Nous naissons ou nous nous hissons sur les marches de l'échelle; et nous nous trouvons parmi les privilégiés, les prêtres de la civilisation, de la* Kultur, *comme disent les Allemands. Il nous faut, comme aux prêtres brahmanes ou catholiques, beaucoup de sincérité et un grand amour du vrai, pour mettre en doute les principes qui nous assurent cette position avantageuse. Mais un homme sérieux, qui se pose la question de la vie, ne peut pas hésiter. Pour commencer à voir clair, il faut qu'il s'affranchisse de la superstition où il se trouve, quoiqu'elle lui soit avantageuse. C'est une condition* sine quâ non.... *Ne pas avoir de superstition. Se mettre dans l'état d'un enfant, ou d'un Descartes...*

Cette superstition de l'art moderne, dans laquelle se complaisent des castes intéressées, «cet immense *humbug*», Tolstoï les dénonce dans son livre: *Qu'est-ce que l'Art?* Avec une rude verve, il en montre les ridicules, la pauvreté, l'hypocrisie, la corruption foncière. Il fait table rase. Il apporte à cette démolition la joie d'un enfant qui massacre ses jouets. Toute cette partie critique est souvent pleine d'humour, mais aussi d'injustice: c'est la guerre. Tolstoï se sert de toutes armes et frappe au hasard, sans regarder au visage ceux qu'il frappe. Bien souvent, il arrive—comme dans toutes les batailles—qu'il blesse tels de ceux qu'il eût été de son devoir de défendre: Ibsen ou Beethoven. C'est la faute de son emportement qui ne lui laisse pas le temps de réfléchir assez avant d'agir, de sa passion qui l'aveugle souvent sur la faiblesse de ses raisons, et—disons-le—c'est aussi la faute de sa culture artistique incomplète.

En dehors de ses lectures littéraires, que peut-il bien connaître de l'art contemporain? Qu'a-t-il pu voir de la peinture, qu'a-t-il pu entendre de la musique européenne, ce gentilhomme campagnard, qui a passé les trois quarts de sa vie dans son village moscovite, qui n'est plus venu en Europe depuis 1860;—et qu'y a-t-il vu alors, à part les écoles, qui seules l'intéressaient?—Pour la peinture, il en parle d'après ouï-dire, citant pêle-mêle, parmi les décadents, Puvis, Manet, Monet, Bœcklin, Stuck, Klinger, admirant de confiance, à cause de leurs bons sentiments, Jules Breton et Lhermitte, méprisant Michel-Ange, et, parmi les peintres de l'âme, ne faisant pas une fois mention de Rembrandt.—Pour la musique, il la sent beaucoup mieux[189], mais ne la connaît guère: il en reste à ses impressions d'enfance, s'en tient à ceux qui étaient déjà des classiques vers 1840, n'a rien appris à connaître depuis, (à part Tschaikovsky, dont la musique le fait pleurer); il jette au fond du même sac Brahms et Richard Strauss, fait la leçon à Beethoven[190], et, pour juger Wagner, croit en savoir assez après une seule représentation de *Siegfried* où il arrive après le lever du rideau et d'où il part au milieu du second acte[191].—Pour la littérature, il est (cela va sans dire) un peu mieux informé. Mais par quelle étrange aberration évite-t-il de juger les écrivains russes qu'il connaît bien et se mêle-t-il de faire la loi aux poètes étrangers, dont l'esprit est le plus loin du sien et dont il feuillette les livres avec une hautaine négligence[192]!

Son intrépide assurance augmente encore avec l'âge. Il en vient à écrire un livre, pour prouver que Shakespeare «*n'était pas un artiste*».

Il pouvait être n'importe quoi; mais il n'était pas un artiste[193].

Admirez cette certitude! Tolstoï ne doute pas. Il ne discute pas. Il a la vérité. Il vous dira:

La Neuvième Symphonie est une œuvre qui désunit les hommes[194].

Ou:

En dehors de l'air célèbre pour violon de Bach, du Nocturne en Es dur de Chopin, et d'une dizaine de morceaux, non pas même entiers, choisis parmi les œuvres de Haydn, Mozart, Schubert, Beethoven et Chopin,... tout le reste doit être rejeté et méprisé, comme un art qui désunit les hommes.

Ou:

Je vais prouver que Shakespeare ne peut être tenu même pour un écrivain de quatrième ordre. Et, comme peintre de caractères, il est nul.

Que le reste de l'humanité soit d'un autre avis, n'est pas pour l'arrêter: au contraire!

Mon opinion, écrit-il fièrement, *est entièrement différente de celle qui s'est établie sur Shakespeare, dans tout le monde européen.*

Dans sa hantise du mensonge, il le flaire partout; et plus une idée est généralement répandue, plus il se hérisse contre elle; il s'en défie, il y soupçonne, comme il dit à propos de la gloire de Shakespeare, «une de ces influences épidémiques qu'ont toujours subies les hommes. Telles, les Croisades du moyen âge, la croyance aux sorciers, la recherche de la pierre philosophale, la passion des tulipes. Les hommes ne voient la folie de ces influences qu'une fois qu'ils en sont débarrassés. Avec le développement de la presse, ces épidémies sont devenues particulièrement extraordinaires.»—Et il donne comme type le plus récent de ces maladies contagieuses l'Affaire Dreyfus, dont il parle, lui, l'ennemi de toutes les injustices, le défenseur de tous les opprimés, avec une indifférence dédaigneuse[195]. Exemple bien frappant des excès où peuvent l'entraîner sa méfiance du mensonge et cette répulsion instinctive contre «les épidémies morales» dont il s'accusait lui-même, sans pouvoir la combattre. Revers des vertus humaines, inconcevable aveuglement qui entraîne ce voyant des âmes, cet évocateur des forces passionnées, à traiter *le Roi Lear* «d'œuvre inepte» et la fière Cordelia de «créature sans aucun caractère[196]».

Notez qu'il voit très bien certains des défauts réels de Shakespeare, défauts que nous n'avons pas la sincérité d'avouer: ainsi, le caractère artificiel de la langue poétique, uniformément prêtée à tous les personnages, la rhétorique de la passion, de l'héroïsme, voire de la simplicité. Et je comprends parfaitement qu'un Tolstoï, qui fut le moins littérateur de tous les écrivains, ait manqué de sympathie pour l'art de celui qui fut le plus génial des hommes de lettres. Mais pourquoi perdre son temps à parler de ce qu'on ne peut comprendre, et quelle valeur peuvent avoir des jugements sur un monde qui vous est fermé?

Valeur nulle, si nous y cherchons la clef de ces mondes étrangers. Valeur inestimable, si nous leur demandons la clef de l'art de Tolstoï. On ne réclame pas d'un génie créateur l'impartialité critique. Quand un Wagner, quand un Tolstoï parlent de Beethoven ou de Shakespeare, ce n'est pas de Beethoven ou de Shakespeare qu'ils parlent, c'est d'eux-mêmes: ils exposent leur idéal. Ils n'essaient même pas de nous donner le change. Pour juger Shakespeare, Tolstoï ne tâche pas de se faire «objectif». Bien plus, il reproche à Shakespeare son art objectif. Le peintre de *Guerre et Paix*, le maître de l'art impersonnel n'a pas assez de mépris pour ces critiques allemands, qui, à la suite de Goethe, «inventèrent Shakespeare» et «la théorie que l'art doit être objectif, c'est-à-dire représenter les événements, en dehors de toute valeur morale,—ce qui est la négation délibérée de l'objet religieux de l'art».

Ainsi, c'est du haut d'une foi que Tolstoï édicte ses jugements artistiques. Ne cherchez dans ses critiques nulle arrière-pensée personnelle. Il ne se donne pas en exemple; il est aussi impitoyable pour ses œuvres que pour celles des autres[197]. Que veut-il donc, et que vaut pour l'art l'idéal religieux qu'il propose?

Cet idéal est magnifique. Le mot «art religieux» risque de tromper sur l'ampleur de la conception. Bien loin de rétrécir l'art, Tolstoï l'élargit. L'art, dit-il, est partout.

L'art pénètre toute notre vie; ce que nous nommons art: théâtres, concerts, livres, expositions, n'en est qu'une infime partie. Notre vie est remplie de manifestations artistiques de toutes sortes, depuis les jeux d'enfants jusqu'aux offices religieux. L'art et la parole sont les deux organes du progrès humain. L'un fait communier les cœurs, et l'autre les pensées. Si l'un des deux est faussé, la société est malade. L'art d'aujourd'hui est faussé.

Depuis la Renaissance, on ne peut plus parler d'un art des nations chrétiennes. Les classes se sont séparées. Les riches, les privilégiés ont prétendu s'arroger le monopole de l'art; et ils ont fait de leur plaisir le critérium de la beauté. En s'éloignant des pauvres, l'art s'est appauvri.

La catégorie des émotions éprouvées par ceux qui ne travaillent pas pour vivre est bien plus limitée que les émotions de ceux qui travaillent. Les sentiments de notre société actuelle se ramènent à trois: l'orgueil, la sensualité et la lassitude de vivre. Ces trois sentiments et leurs ramifications constituent presque exclusivement le sujet de l'art des riches.

Il infecte le monde, il pervertit le peuple, il propage la dépravation sexuelle, il est devenu le pire obstacle à la réalisation du bonheur humain. Il est d'ailleurs sans beauté véritable, sans naturel, sans sincérité, — un art affecté, fabriqué, cérébral.

En face de ce mensonge d'esthètes, de ce passe-temps de riches, élevons l'art vivant, l'art humain, celui qui unit les hommes, de toutes classes, de toutes nations. Le passé nous en offre de glorieux modèles.

Toujours la majorité des hommes a compris et aimé ce que nous considérons comme l'art le plus élevé: l'épopée de la Genèse, les paraboles de l'Évangile, les légendes, les contes, les chansons populaires.

L'art le plus grand est celui qui traduit la conscience religieuse de l'époque. N'entendez point par là une doctrine de l'Église. «Chaque société a une conception religieuse de la vie: c'est l'idéal du plus grand bonheur auquel tend cette société.» Tous en ont un sentiment plus ou moins clair; quelques hommes d'avant-garde l'expriment nettement.

Il existe toujours une conscience religieuse. C'est le lit où coule le fleuve[198].

La conscience religieuse de notre époque est l'aspiration au bonheur réalisé par la fraternité des hommes. Il n'y a d'art véritable que celui qui travaille à cette union. Le plus haut est celui qui l'accomplit directement par la puissance de l'amour. Mais il en est un autre qui participe à la même tâche, en combattant par les armes de l'indignation et du mépris tout ce qui s'oppose à la fraternité. Tels, les romans de Dickens, ceux de Dostoievsky, *les Misérables* de Hugo, les tableaux de Millet.

Même sans atteindre à ces hauteurs, tout art qui représente la vie journalière avec sympathie et vérité rapproche entre eux les hommes. Ainsi, le *Don Quichotte* et le théâtre de Molière. Il est vrai que ce dernier genre d'art pèche habituellement par son réalisme trop minutieux et par la pauvreté des sujets, «quand on les compare aux modèles antiques, comme la sublime histoire de Joseph». La précision excessive des détails nuit aux œuvres, qui ne peuvent, pour cette raison, devenir universelles.

Les œuvres modernes sont gâtées par un réalisme, qu'il serait plus juste de taxer de provincialisme en art.

Ainsi Tolstoï condamne, sans hésiter, le principe de son génie propre. Que lui importe de se sacrifier tout entier à l'avenir, — et qu'il ne reste plus rien de lui?

L'art de l'avenir ne continuera plus celui du présent, il sera fondé sur d'autres bases. Il ne sera plus la propriété d'une caste. L'art n'est pas un métier, il est l'expression de sentiments vrais. Or, l'artiste ne peut éprouver un sentiment vrai que lorsqu'il ne s'isole pas, lorsqu'il vit de l'existence naturelle à l'homme. C'est pourquoi celui qui se trouve à l'abri de la vie est dans les pires conditions pour créer.

Dans l'avenir, «les artistes seront tous les hommes doués». L'activité artistique deviendra accessible à tous «par l'introduction dans les écoles élémentaires de l'enseignement de la musique et de la peinture, qui sera donné à l'enfant, en même temps que les premiers éléments de la grammaire». Au reste, l'art n'aura plus besoin d'une technique compliquée, comme celle d'à présent; il s'acheminera vers la simplicité, la netteté, la concision, qui sont le propre de l'art classique et sain, de l'art homérique[199]. Comme il sera beau de traduire dans cet art aux lignes pures des sentiments universels! Composer un conte ou une chanson, dessiner une image pour des millions d'êtres, a bien plus d'importance — et de difficulté — que d'écrire un roman ou une symphonie[200]. C'est un domaine immense et presque vierge. Grâce à de telles œuvres, les hommes apprendront le bonheur de l'union fraternelle.

L'art doit supprimer la violence, et seul il peut le faire. Sa mission est de faire régner le royaume de Dieu, c'est-à-dire de l'Amour[201].

Qui de nous n'épouserait ces généreuses paroles? Et qui ne voit qu'avec beaucoup d'utopies et quelques puérilités, la conception de Tolstoï est vivante et féconde! Oui, l'ensemble de notre art n'est que l'expression d'une caste, qui se subdivise elle-même, d'une nation à l'autre, en petits clans ennemis. Il n'y a pas en Europe une seule âme d'artiste qui réalise en elle l'union des partis et des races. La plus universelle, en notre temps, fut celle même de Tolstoï. En elle nous nous sommes aimés, hommes de tous les peuples et de toutes les classes. Et qui a, comme nous, goûté la joie puissante de ce vaste amour, ne saurait plus se satisfaire des lambeaux de la grande âme humaine, que nous offre l'art des cénacles européens.

La plus belle théorie n'a de prix que par les œuvres où elle s'accomplit. Chez Tolstoï, théorie et création sont toujours unies, comme foi et action. Dans le même temps où il élaborait sa Critique de l'Art, il donnait des modèles de l'art nouveau qu'il voulait, — des deux formes de l'art, l'une plus haute, l'autre moins pure, mais toutes deux «religieuses», au sens le plus humain, — l'une travaillant à l'union des hommes par l'amour, l'autre en livrant combat au monde ennemi de l'amour. Il écrivait ces chefs-d'œuvre: *la Mort d'Ivan Iliitch* (1884-86), *les Récits et les Contes populaires* (1881-86), *la Puissance des Ténèbres* (1886), *la Sonate à Kreutzer* (1889) et *Maître et Serviteur*

(1895)[202]. Au sommet et au terme de cette période artistique, comme une cathédrale aux deux tours, symbolisant l'une, l'amour éternel, l'autre, la haine du monde, s'élève *Résurrection* (1899).

Toutes ces œuvres se distinguent des précédentes par des caractères artistiques nouveaux. Les idées de Tolstoï n'avaient pas seulement changé sur l'objet de l'art, mais sur sa forme. On est frappé, dans *Qu'est-ce que l'art?* ou dans le livre sur *Shakespeare*, des principes de goût et d'expression qu'il énonce. Ils sont, pour la plupart, en contradiction avec ses plus grandes œuvres antérieures. «Netteté, simplicité, concision», lisons-nous dans *Qu'est-ce que l'art?* Mépris de l'effet matériel. Condamnation du réalisme minutieux.—Et dans le *Shakespeare*: idéal tout classique de perfection et de mesure. «Sans le sentiment de la mesure, il ne saurait exister d'artistes.»—Et si, dans les œuvres nouvelles, le vieil homme ne parvient pas à s'effacer tout à fait, avec son génie d'analyse et sa sauvagerie native, qui, par certains côtés, s'accuse même davantage, son art s'est profondément modifié par la netteté du dessin plus vigoureusement accentué, par les raccourcis d'âmes, par la concentration du drame intérieur, ramassé sur lui-même comme une bête de proie qui se tend pour bondir[203], par l'universalité de l'émotion, dégagée des détails passagers d'un réalisme local, enfin, par la langue imagée, savoureuse, qui sent la terre.

Son amour du peuple lui avait depuis longtemps fait goûter la beauté de la langue populaire. Enfant, il avait été bercé par les récits des conteurs mendiants. Homme fait et écrivain célèbre, il éprouvait une jouissance artistique à causer avec ses paysans.

Ces hommes-là, disait-il plus tard à M. Paul Boyer[204], *sont des maîtres. Autrefois, quand je causais avec eux, ou avec ces errants qui vont, le bissac à l'épaule, par nos campagnes, je notais soigneusement telles de leurs expressions que j'entendais pour la première fois,*

*oubliées souvent de notre langue littéraire moderne, mais toujours
frappées au bon vieux coin russe.... Oui, le génie de la langue vit en
ces hommes....*

Il devait y être d'autant plus sensible que son esprit n'était pas
encombré de littérature[205]. A force de vivre loin des villes, au
milieu des paysans, il s'était fait un peu la façon de penser du
peuple. Il en avait la dialectique lente, le bon sens raisonneur
qui se traîne pas à pas, avec de brusques saccades qui
déconcertent, la manie de répéter une idée dont on est
convaincu, de la répéter dans les mêmes termes, sans se lasser,
indéfiniment.

Mais c'en étaient plutôt les défauts que les qualités. A la longue
seulement, il prit garde au génie latent du parler populaire, à la
saveur d'images, à la crudité poétique, à la plénitude de sagesse
légendaire. Dès l'époque de *Guerre et Paix*, il avait commencé
d'en subir l'influence. En mars 1872, il écrivait à Strakov:

*J'ai changé le procédé de ma langue et de mon écriture. La langue du
peuple a des sons pour exprimer tout ce que peut dire le poète, et elle
m'est très chère. Elle est le meilleur régulateur poétique. Veut-on dire
quelque chose de trop, d'emphatique ou de faux, la langue ne le
supporte pas. Au lieu que notre langue littéraire n'a pas de squelette,
on peut la tirailler dans tous les sens, tout ressemble à de la
littérature[206].*

Il ne dut pas seulement au peuple des modèles de style; il lui
dut plusieurs de ses inspirations. En 1877, un conteur de *bylines*
vint à Iasnaïa Poliana, et Tolstoï nota plusieurs de ses récits. Du
nombre étaient la légende *De quoi vivent les hommes* et *les Trois
Vieillards*, qui devinrent, comme on sait, deux des plus beaux
Récits et Contes populaires que Tolstoï publia quelques années
plus tard[207].

Œuvre unique dans l'art moderne. Œuvre plus haute que l'art: qui songe, en la lisant, à la littérature? L'esprit de l'Évangile, le chaste amour de tous les hommes frères, s'unit à la bonhomie souriante de la sagesse populaire. Simplicité, limpidité, bonté de cœur ineffable,—et cette lueur surnaturelle qui, si naturellement, baigne le tableau par moments! Elle enveloppe d'une auréole la figure centrale, le vieillard Elysée[208], ou plane dans l'échoppe du cordonnier Martin,—celui qui, par sa lucarne au ras du sol, voit passer les pieds des gens et à qui le Seigneur fait visite, sous la figure des pauvres qu'a secourus le bon savetier[209]. Souvent se mêle, en ces récits, aux paraboles évangéliques, je ne sais quel parfum de légendes orientales, de ces *Mille et une Nuits*, que Tolstoï aimait depuis l'enfance[210]. Parfois aussi, la lueur fantastique se fait sinistre et donne au conte une grandeur effrayante. Tel *le Moujik Pakhom*[211], l'homme qui se tue à acquérir beaucoup de terre, toute la terre dont il fera le tour, en marchant pendant une journée. Et il meurt en arrivant.

Sur la colline, le starschina, assis par terre, le regardait courir, et il s'esclafait, se tenant le ventre à deux mains. Et Pakhom tomba.

—«*Ah! Bravo, mon gaillard, tu as acquis beaucoup de terre.*»

Le starschina se leva, jeta au domestique de Pakhom une pioche:

—«*Voilà, enterre-le.*»

Le domestique resta seul. Il creusa à Pakhom une fosse, juste de la longueur des pieds à la tête: trois archines,—et il l'enterra.

Presque tous ces contes renferment sous leur poétique enveloppe la même morale évangélique de renoncement et de pardon:

Ne te venge pas de qui t'offense[212].

Ne résiste pas à qui te fait du mal[213].

C'est à moi qu'appartient la vengeance, dit le Seigneur[214].

Et partout et toujours, pour conclusion, l'amour. Tolstoï, qui voulait fonder un art pour tous les hommes, a atteint du premier coup à l'universalité. L'œuvre a eu, dans le monde entier, un succès qui ne peut cesser: car elle est épurée de tous les éléments périssables de l'art; il n'y a plus rien là que d'éternel.

La Puissance des Ténèbres ne s'élève pas à cette auguste simplicité de cœur; elle n'y prétend point: c'est l'autre tranchant du glaive. D'un côté, le rêve de l'amour divin. De l'autre, l'atroce réalité. On peut voir, en lisant ce drame, si la foi de Tolstoï et son amour du peuple étaient jamais capables de lui faire idéaliser le peuple et trahir la vérité!

Tolstoï, si gauche dans la plupart de ses essais dramatiques[215], atteint ici à la maîtrise. Les caractères et l'action sont posés avec aisance: le bellâtre Nikita, la passion emportée et sensuelle d'Anissia, la bonhomie cynique de la vieille Matrena, qui couve maternellement l'adultère de son fils, et la sainteté du vieux Akim à la langue bègue, — Dieu vivant dans un corps ridicule. — Puis, c'est la chute de Nikita, faible et sans méchanceté, mais englué dans le péché, roulant au fond du crime, malgré ses efforts pour se retenir sur la pente; sa mère et sa femme l'entraînent...

Les moujiks ne valent pas cher. Mais les babas! Des fauves! Elles n'ont peur de rien... Vous autres sœurs, vous êtes des millions de Russes, et vous êtes toutes aveugles comme des taupes, vous ne savez rien, vous ne savez rien!... Le moujik, lui au moins, il peut apprendre quelque chose, au cabaret, ou qui sait? en prison ou à la caserne; mais la baba,... quoi? Elle n'a rien vu, rien entendu. Telle elle a grandi, telle elle meurt... Elles sont comme des petits chiens aveugles, qui vont courant et heurtant de la tête contre les ordures. Elles ne savent que leurs sottes chansons: «Ho-ho! Ho-ho!»... Eh quoi! Ho-ho?... Elles ne savent pas[216].

Ensuite, la scène terrible du meurtre de l'enfant nouveau-né. Nikita ne veut pas tuer. Anissia, qui pour lui a assassiné son mari, et dont les nerfs sont depuis torturés par son crime, devient féroce, folle, menace de le livrer; elle crie:

Au moins, je ne serai plus seule. Il sera aussi un assassin. Qu'il sache ce que c'est!

Nikita écrase l'enfant, entre deux planches. Au milieu de son crime, il s'enfuit, épouvanté, il menace de tuer Anissia et sa mère, il sanglote, il supplie:

Ma petite mère, je n'en peux plus!

Il croit entendre crier l'enfant écrasé.

Où me sauver?...

C'est une scène de Shakespeare. — Moins sauvage et plus poignante encore la variante de l'acte IV, le dialogue de la petite fille et du vieux domestique, qui, seuls dans la maison, la nuit, entendent, devinent le crime qui s'accomplit au dehors.

Enfin, l'expiation volontaire. Nikita, accompagné de son père, le vieux Akim, entre, déchaussé, au milieu d'une noce. Il s'agenouille, il demande pardon à tous, il s'accuse de tous les crimes. Le vieux Akim l'encourage, le regarde avec un sourire de douleur extatique:

Dieu! oh! le voilà, Dieu!

Ce qui donne au drame une saveur d'art spéciale, c'est sa langue paysanne.

«J'ai dépouillé mes calepins de notes pour écrire *la Puissance des Ténèbres*», disait Tolstoï à M. Paul Boyer.

Ces images imprévues, jaillies de l'âme lyrique et railleuse du peuple russe, ont une verve et une vigueur auprès desquelles toutes les images littéraires semblent pâles. Tolstoï s'en délecte; on sent que l'artiste s'amuse, en écrivant son drame, à noter ces expressions et ces pensées, dont le comique ne lui échappe point[217], tandis que l'apôtre se désole des ténèbres de l'âme.

Tout en observant le peuple et en laissant tomber dans sa nuit un rayon de la lumière d'en haut, Tolstoï consacrait à la nuit plus sombre encore des classes riches et bourgeoises deux romans tragiques. On sent que la forme du théâtre domine, à cette époque, sa pensée artistique. *La Mort d'Ivan Iliitch* et *la Sonate à Kreutzer* sont toutes deux de vrais drames intérieurs, resserrés, concentrés; et dans *la Sonate* c'est le héros du drame qui le raconte lui-même.

La Mort d'Ivan Iliitch (1884-86) est une des œuvres russes qui ont le plus remué le public français. Je notais, au début de cette étude, comment j'avais été le témoin du saisissement causé par ces pages à des lecteurs bourgeois de la province française, qui semblaient indifférents à l'art. C'est que l'œuvre met en scène, avec une vérité troublante, un type de ces hommes moyens, fonctionnaires consciencieux, vides de religion, d'idéal, et presque de pensée, qui s'absorbent dans leurs fonctions, dans leur vie machinale, jusqu'à l'heure de la mort, où ils s'aperçoivent avec effroi qu'ils n'ont pas vécu. Ivan Iliitch est le représentant de cette bourgeoisie européenne de 1880, qui lit Zola, va entendre Sarah Bernhardt, et, sans avoir aucune foi, n'est même pas irréligieuse: car elle ne se donne la peine ni de croire ni de ne pas croire, — elle n'y pense jamais.

Par la violence du réquisitoire, tour à tour âpre et presque bouffon, contre le monde et surtout contre le mariage, la Mort d'Ivan Iliitch ouvre une série d'œuvres nouvelles; elle annonce les peintures plus farouches encore de la Sonate à Kreutzer et de Résurrection. Vide lamentable et risible de cette vie (comme il y en a des milliers, des milliers), avec ses ambitions grotesques, ses pauvres satisfactions d'amour-propre, qui ne font guère plaisir, — «toujours plus que de passer la soirée en tête-à-tête avec sa femme», — les déboires de carrière, les passe-droits qui aigrissent, le vrai bonheur: le whist. Et cette vie ridicule est perdue pour une cause plus ridicule encore, en tombant d'une échelle, un jour qu'Ivan a voulu accrocher un rideau à la fenêtre du salon. Mensonge de la vie. Mensonge de la maladie. Mensonge du médecin bien portant, qui ne pense qu'à lui-même. Mensonge de la famille, que la maladie dégoûte. Mensonge de la femme, qui affecte le dévouement et calcule comment elle vivra, lorsque le mari sera mort. Universel mensonge, auquel s'oppose, seule, la vérité d'un domestique compatissant, qui ne cherche pas à cacher au mourant son état et l'aide fraternellement. Ivan Iliitch, «plein d'une pitié infinie pour lui-même», pleure son isolement et l'égoïsme des hommes; il souffre horriblement, jusqu'au jour où il s'aperçoit que sa vie passée a été un mensonge, et que ce mensonge, il peut le réparer. Aussitôt, tout s'éclaire, — une heure avant sa mort. Il ne pense plus à lui, il pense aux siens, il s'apitoie sur eux; il doit mourir et les débarrasser de lui.

— Où es-tu donc, douleur? — La voilà... Eh bien, tu n'as qu'à persister. — Et la mort, où est-elle?... — Il ne la trouva plus. Au lieu de la mort, il y avait la lumière. — «C'est fini», dit quelqu'un. — Il entendit ces paroles et se les répéta. — «La mort n'existe plus», se dit-il.

Ce «rayon de lumière» ne se montre même plus dans *la Sonate à Kreutzer*[218]. C'est une œuvre féroce, lâchée contre la société, comme une bête blessée, qui se venge de ce qu'elle a souffert. N'oublions pas qu'elle est la confession d'une brute humaine, qui vient de tuer, et que le virus de la jalousie infecte. Tolstoï s'efface derrière son personnage. Et sans doute, on retrouve ses idées, montées de ton, dans ces invectives enragées contre l'hypocrisie générale: hypocrisie de l'éducation des femmes, de l'amour, du mariage—cette «prostitution domestique»,—du monde, de la science, des médecins,—ces «semeurs de crimes». Mais son héros l'entraîne à une brutalité d'expressions, à une violence d'images charnelles,—toutes les ardeurs d'un corps luxurieux,—et par réaction, toutes les fureurs de l'ascétisme, la peur haineuse des passions, la malédiction à la vie jetée par un moine du moyen âge, brûlé de sensualité. Après avoir écrit son livre, Tolstoï lui-même fut épouvanté:

Je ne prévoyais pas du tout, dit-il dans sa *Postface à la Sonate à Kreutzer*[219], *qu'une logique rigoureuse me conduirait, en écrivant cette œuvre, où je suis venu. Mes propres conclusions m'ont d'abord terrifié, je voulais ne pas les croire, mais je ne le pouvais pas... J'ai dû les accepter.*

Il devait, en effet, reprendre, sous une forme sereine, les cris farouches du meurtrier Posdnicheff contre l'amour et le mariage:

Celui qui regarde la femme—surtout sa femme—avec sensualité, commet déjà l'adultère avec elle.

Quand les passions auront disparu, alors l'humanité n'aura plus de raison d'être, elle aura exécuté la Loi; l'union des êtres sera accomplie.

Il montrera, en s'appuyant sur l'Évangile selon saint Mathieu, que «l'idéal chrétien n'est pas le mariage, qu'il ne peut exister de mariage chrétien, que le mariage, au point de vue chrétien, n'est pas un élément de progrès, mais de déchéance, que l'amour, ainsi que tout ce qui le précède et le suit, est un obstacle au véritable idéal humain[220]...»

Mais ces idées ne s'étaient jamais formulées en lui avec cette netteté, avant qu'elles fussent sorties de la bouche de Posdnicheff. Comme il arrive souvent chez les grands créateurs, l'œuvre a entraîné l'auteur; l'artiste a devancé le penseur. — L'art n'y a rien perdu. Pour la puissance de l'effet, pour la concentration passionnée, pour le relief brutal des visions, pour la plénitude et la maturité de la forme, nulle œuvre de Tolstoï n'égale *la Sonate à Kreutzer*.

Il me reste à expliquer son titre. — A vrai dire, il est faux. Il trompe sur l'œuvre. La musique ne joue là qu'un rôle accessoire. Supprimez la sonate: rien ne sera changé. Tolstoï a eu le tort de mêler deux questions qu'il prenait à cœur: la puissance dépravante de la musique et celle de l'amour. Le démon musical méritait une œuvre à part; la place que Tolstoï lui accorde en celle-ci est insuffisante à prouver le danger qu'il dénonce. Je dois m'arrêter un peu sur ce sujet: car je ne crois pas qu'on ait jamais compris l'attitude de Tolstoï à l'égard de la musique.

Il s'en fallait de beaucoup qu'il ne l'aimât point. On ne craint ainsi que ce qu'on aime. Qu'on se souvienne de la place que tiennent les souvenirs musicaux dans *Enfance* et surtout dans *Bonheur Conjugal,* où tout le cycle d'amour, de son printemps à son automne, se déroule entre les phrases de la Sonate *quasi una fantasia* de Beethoven. Qu'on se souvienne aussi des symphonies merveilleuses qu'entendent chanter en eux Nekhludov[221] et le petit Pétia, la nuit avant sa mort[222]. Si Tolstoï avait appris fort médiocrement la musique[223], elle l'émouvait jusqu'aux larmes; et il s'y livra avec passion, à certaines époques de sa vie. En 1858, il fonda à Moscou une

Société musicale, qui devint plus tard le Conservatoire de Moscou.

Il aimait beaucoup la musique, écrit son beau-frère S.-A. Bers. Il touchait du piano et affectionnait les maîtres classiques. Souvent, avant de se mettre au travail[224], il s'asseyait au piano. Probablement y trouvait-il l'inspiration. Il accompagnait toujours ma sœur cadette, dont il aimait la voix. J'ai remarqué que les sensations provoquées en lui par la musique étaient accompagnées d'une légère pâleur du visage et d'une grimace imperceptible qui, semblait-il, exprimait l'effroi[225].

C'était bien l'effroi qu'il éprouvait, au choc de ces forces inconnues qui ébranlaient jusqu'aux racines de son être! Dans ce monde de la musique, il sentait fondre sa volonté morale, sa raison, toute la réalité de la vie. Qu'on relise, dans le premier volume de *Guerre et Paix*, la scène où Nicolas Rostov, qui vient de perdre au jeu, rentre désespéré. Il entend sa sœur Natacha qui chante. Il oublie tout.

Il attendait avec une fiévreuse impatience la note qui allait suivre, et pendant un moment, il n'y eut plus au monde que la mesure à trois temps: Oh! mio crudele affetto!

—«*Quelle absurde existence que la nôtre, pensait-il. Le malheur, l'argent, la haine, l'honneur, tout cela n'est rien... Voilà le vrai!... Natacha, ma petite colombe!... Voyons si elle va atteindre le si?... Elle l'a atteint, Dieu merci!*»

Et lui-même, sans s'apercevoir qu'il chantait, pour renforcer le si, il l'accompagna à la tierce.

—«*Oh! mon Dieu, que c'est beau! Est-ce moi qui l'ai donné? quel bonheur!*» *pensait-il; et la vibration de cette tierce éveilla dans son âme tout ce qu'il y avait de meilleur et de plus pur. Qu'étaient, à côté de cette sensation surhumaine, et sa perte au jeu et sa parole donnée!... Folies! On pouvait tuer, voler, et pourtant être heureux[226].*

Nicolas ne tue ni ne vole, et la musique n'est pour lui qu'un trouble passager; mais Natacha est sur le point de s'y perdre. C'est à la suite d'une soirée à l'Opéra, «dans ce monde étrange, insensé de l'art, à mille lieues du réel, où le bien et le mal, l'extravagant et le raisonnable se mêlent et se confondent», qu'elle écoute la déclaration d'Anatole Kouraguine qui l'affole et qu'elle consent à l'enlèvement.

Plus Tolstoï avance en âge, plus il a peur de la musique[227]. Un homme qui eut de l'influence sur lui, Auerbach, qu'il vit à Dresde en 1860, fortifia sans doute ses préventions. «Il parlait de la musique comme d'un *Pflichtloser Genuss* (une jouissance déréglée). Selon lui, elle était un tournant vers la dépravation[228].»

Entre tant de musiciens dépravants, pourquoi, demande M. Camille Bellaigue[229], avoir été choisir justement le plus pur et le plus chaste de tous, Beethoven? — Parce qu'il est le plus fort. Tolstoï l'avait aimé, et il l'aima toujours. Ses plus lointains souvenirs d'*Enfance* étaient liés à la *Sonate Pathétique*; et quand Nekhludov, à la fin de *Résurrection*, entend jouer l'*andante* de la *Symphonie en ut mineur*, il a peine à retenir ses larmes; «il s'attendrit sur lui-même». — Cependant, on a vu avec quelle animosité Tolstoï s'exprime dans *Qu'est-ce que l'Art?*[230] au sujet des «œuvres maladives du sourd Beethoven»; et déjà en 1876, l'acharnement avec lequel «il aimait à démolir Beethoven et à émettre des doutes sur son génie» avait révolté Tschaikovsky et refroidi l'admiration qu'il avait pour Tolstoï. *La Sonate à Kreutzer* nous permet de voir au fond de cette injustice passionnée. Que reproche Tolstoï à Beethoven? Sa puissance. Il est comme Gœthe, écoutant la *Symphonie en ut mineur*, et, bouleversé par elle, réagissant avec colère contre le maître impérieux qui l'assujettit à sa volonté[231]:

Cette musique, dit Tolstoï, *me transporte immédiatement dans l'état d'âme où se trouvait celui qui l'écrivit... La musique devrait être chose d'État, comme en Chine. On ne devrait pas admettre que le premier venu disposât d'un pouvoir aussi effroyable d'hypnotisme... Ces choses-là (le premier* Presto *de la* Sonate), *on ne devrait avoir la permission de les jouer que dans certaines circonstances importantes...*

Et voyez, après cette révolte, comme il cède au pouvoir de Beethoven, et comme ce pouvoir est, de son aveu même, ennoblissant et pur! En écoutant le morceau, Posdnicheff tombe dans un état indéfinissable qu'il ne peut analyser, mais dont la conscience le rend joyeux; la jalousie n'y a plus de place. La femme n'est pas moins transfigurée. Elle a, tandis qu'elle joue, *«une sévérité d'expression majestueuse»*, puis, *«un sourire faible, pitoyable, bienheureux, après qu'elle a fini»*.... Qu'y a-t-il, en tout cela, de pervers?—Il y a ceci que l'esprit est esclave et que la force inconnue des sons peut faire de lui ce qu'elle veut. Le détruire, s'il lui plaît.

Cela est vrai; mais Tolstoï n'oublie qu'une chose: c'est la médiocrité ou l'absence de vie chez la plupart de ceux qui écoutent ou qui font de la musique. La musique ne saurait être dangereuse pour ceux qui ne sentent rien. Le spectacle de la salle de l'Opéra, pendant une représentation de *Salomé*, est bien fait pour rassurer sur l'immunité du public aux émotions les plus malsaines de l'art des sons. Il faut être riche de vie, comme Tolstoï, pour risquer d'en souffrir.—La vérité, c'est que, malgré son injustice blessante pour Beethoven, Tolstoï sent plus profondément sa musique que la majorité de ceux qui aujourd'hui l'exaltent. Lui, du moins, il connaît ces passions frénétiques, cette violence sauvage, qui grondent dans l'art du «*Vieux Sourd*», et que ne sent plus aucun des virtuoses ni des orchestres d'aujourd'hui. Beethoven eût été peut-être plus content de sa haine que de l'amour des Beethovéniens.

Dix ans séparent *Résurrection de la Sonate à Kreutzer*[232], dix ans qu'absorbe de plus en plus la propagande morale. Et dix ans la séparent du terme auquel aspire cette vie affamée de l'éternel. *Résurrection* est en quelque sorte le testament artistique de Tolstoï. Elle domine cette fin de vie de même que *Guerre et Paix* en couronne la maturité. C'est la dernière cime, la plus haute peut-être, — sinon la plus puissante, — le faîte invisible[233] se perd au milieu de la brume. Tolstoï a soixante-dix ans. Il contemple le monde, sa vie, ses erreurs passées, sa foi, ses colères saintes. Il les regarde d'en haut. C'est la même pensée que dans les œuvres précédentes, la même guerre à l'hypocrisie; mais l'esprit de l'artiste, comme dans *Guerre et Paix*, plane au-dessus de son sujet; à la sombre ironie, à l'âme tumultueuse de *la Sonate à Kreutzer* et de *la Mort d'Ivan Iliitch* il mêle une sérénité religieuse, détachée de ce monde qui se reflète en lui, exactement. On dirait, par instants, d'un Gœthe chrétien.

Tous les caractères d'art que nous avons notés dans les œuvres de la dernière période se retrouvent ici, et surtout la concentration du récit, plus frappante en un long roman qu'en de courtes nouvelles. L'œuvre est une, très différente en cela de *Guerre et Paix* et d'*Anna Karénine*. Presque pas de digressions épisodiques. Une seule action, suivie avec ténacité, et fouillée dans tous ses détails. Même vigueur de portraits, peints en pleine pâte, que dans *la Sonate*. Une observation de plus en plus lucide, robuste, impitoyablement réaliste, qui voit l'animal dans l'homme, — «la terrible persistance de la bête dans l'homme, plus terrible, quand cette animalité n'est pas à découvert, quand elle se cache sous des dehors soi-disant poétiques[234]». Ces conversations de salon, qui ont simplement pour objet de satisfaire un besoin physique: «le besoin d'activer la digestion, en remuant les muscles de la langue et du gosier[235]». Une vision crue des êtres qui n'épargne personne, ni la jolie Korchaguine, «avec les os de ses coudes saillants, la largeur de son ongle du pouce», et son décolletage qui inspire à Nekhludov «honte et dégoût, dégoût et honte», — ni l'héroïne, la Maslova, dont rien n'est dissimulé de la dégradation, son usure précoce, son expression vicieuse et basse, son sourire provocant, son odeur d'eau-de-vie, son visage rouge et enflammé. Une brutalité de détails naturalistes: la femme qui cause, accroupie sur le cuveau aux ordures. L'imagination poétique, la jeunesse se sont évanouies, sauf dans les souvenirs du premier amour, dont la musique bourdonne en nous avec une intensité hallucinante, la chaste nuit du Samedi Saint, et la nuit de Pâques, le dégel, le brouillard blanc si épais «qu'à cinq pas de la maison, l'on ne voyait rien qu'une masse sombre d'où jaillissait la lueur rouge d'une lampe», le chant des coqs dans la nuit, la rivière glacée qui craque, ronfle, s'éboule et résonne comme un verre qui se brise, et le jeune homme qui, du dehors, regarde à travers la vitre la jeune fille qui ne le voit pas, assise près de la table, à la lueur tremblante de la petite lampe, — Katucha pensive, qui sourit et qui rêve.

Le lyrisme de l'auteur tient peu de place. Son art a pris un tour plus impersonnel, plus dégagé de sa propre vie. Tolstoï a fait effort pour renouveler le champ de son observation. Le monde criminel et le monde révolutionnaire, qu'il étudie ici, lui étaient étrangers[236]; il n'y pénètre que par un effort de sympathie volontaire; il convient même qu'avant de les regarder de près, les révolutionnaires lui inspiraient une invincible aversion[237]. D'autant plus admirable est son observation véridique, ce miroir sans défauts. Quelle abondance de types et de détails précis! Et comme tout est vu, bassesses et vertus, sans dureté, sans faiblesse, avec une calme intelligence et une pitié fraternelle!... Lamentable tableau des femmes dans la prison! Elles sont impitoyables entre elles; mais l'artiste est le bon Dieu: il voit, dans le cœur de chacune, la détresse sous l'abjection, et sous le masque d'effronterie le visage qui pleure. La pure et pâle lueur, qui peu à peu s'annonce dans l'âme vicieuse de la Maslova et l'illumine à la fin d'une flamme de sacrifice, prend la beauté émouvante d'un de ces rayons de soleil qui transfigurent une humble scène de Rembrandt. Nulle sévérité, même pour les bourreaux. *«Pardonnez-leur, Seigneur, ils ne savent ce qu'ils font»*... Le pire est que, souvent, ils savent ce qu'ils font, ils en ont le remords, et ne peuvent point ne pas le faire. Il se dégage du livre le sentiment de l'écrasante fatalité qui pèse sur ceux qui souffrent, comme sur ceux qui font souffrir, — ce directeur de prison, plein de bonté naturelle, las de sa vie de geôlier, autant que des exercices de piano de sa fille chétive et blême, aux yeux cernés, qui massacre inlassablement une rapsodie de Liszt; — ce général gouverneur d'une ville sibérienne, intelligent et bon, qui, pour échapper à l'insoluble conflit entre le bien qu'il veut faire et le mal qu'il est forcé de faire, s'alcoolise depuis trente-cinq ans, assez maître de lui toutefois pour garder de la tenue, même lorsqu'il est ivre; — et la tendresse familiale qui règne chez ces gens, que leur métier rend sans entrailles à l'égard des autres.

Le seul des caractères qui n'ait point une vérité objective, est celui du héros, Nekhludov, parce que Tolstoï lui a prêté ses idées propres. C'était déjà le défaut — ou le danger — de plusieurs des types les plus célèbres de *Guerre et Paix* ou d'*Anna Karénine*: le prince André, Pierre Besoukhov, Levine, etc. Mais il était moins grave alors: car les personnages se trouvaient, par leur situation et leur âge, plus près de l'état d'esprit de Tolstoï. Au lieu qu'ici, l'auteur loge dans le corps d'un viveur de trente-cinq ans son âme désincarnée de vieillard de soixante-dix ans. Je ne dis point que la crise morale d'un Nekhludov ne puisse être vraie, ni même qu'elle ne puisse se produire avec cette soudaineté[238]. Mais rien, dans le tempérament, dans le caractère, dans la vie antérieure du personnage, tel que Tolstoï le représente, n'annonçait ni n'explique cette crise; et quand elle est commencée rien ne l'interrompt plus. Sans doute, Tolstoï a marqué avec profondeur l'alliage impur qui est d'abord mêlé aux pensées de sacrifice; les larmes d'attendrissement et d'admiration pour soi, puis plus tard l'épouvante et la répugnance qui saisissent Nekhludov, en face de la réalité. Mais jamais sa résolution ne fléchit. Cette crise n'a aucun rapport avec des crises antérieures, violentes mais momentanées[239]. Rien ne peut plus arrêter cet homme faible et indécis. Ce prince, riche, considéré, très sensible aux satisfactions du monde, sur le point d'épouser une jolie fille qui l'aime et qui ne lui déplaît point, décide brusquement de tout abandonner, richesse, monde, situation sociale, et d'épouser une prostituée, afin de réparer une faute ancienne; et son exaltation se soutient, sans fléchir, pendant des mois; elle résiste à toutes les épreuves, même à la nouvelle que celle dont il veut faire sa femme continue sa vie de débauche[240]. — Il y a là une sainteté, dont la psychologie d'un Dostoievsky nous eût montré la source dans les obscures profondeurs de la conscience et jusque dans l'organisme de ses héros. Mais Nekhludov n'a rien d'un héros de Dostoievsky. Il est le type de l'homme moyen, médiocre et sain, qui est le héros habituel de Tolstoï. En vérité, l'on sent trop la juxtaposition d'un personnage très réaliste[241] avec une crise morale qui appartient à un autre homme; — et cet autre, c'est le vieillard Tolstoï.

La même impression de dualité d'éléments se retrouve, à la fin du livre, où se juxtapose à une troisième partie d'observation strictement réaliste une conclusion évangélique qui n'est pas nécessaire — acte de foi personnel, qui ne sort pas logiquement de la vie observée. Ce n'était pas la première fois que la religion de Tolstoï s'ajoutait à son réalisme; mais, dans les œuvres passées, les deux éléments sont mieux fondus. Ici, ils coexistent, ils ne se mêlent point; et le contraste frappe d'autant plus que la foi de Tolstoï se passe davantage de toute preuve, et que son réalisme se fait de jour en jour plus libre et plus aiguisé. Il y a là trace, non de fatigue, mais d'âge,—une certaine raideur dans les articulations. La conclusion religieuse n'est pas le développement organique de l'œuvre. C'est un *Deus ex machinâ*.... Et je suis convaincu que, tout au fond de Tolstoï, en dépit de ses affirmations, la fusion n'était point parfaite entre ses natures diverses: sa vérité d'artiste et sa vérité de croyant.

Mais si *Résurrection* n'a pas l'harmonieuse plénitude des œuvres de la jeunesse, si je lui préfère, pour ma part, *Guerre et Paix*, elle n'en est pas moins un des plus beaux poèmes de compassion humaine,—le plus véridique peut-être. Plus qu'au travers de toute autre, j'aperçois dans cette œuvre les yeux clairs de Tolstoï, les yeux gris-pâle qui pénètrent, «ce regard qui va droit à l'âme[242]», et dans chaque âme voit Dieu.

Tolstoï ne renonça jamais à l'art. Un grand artiste ne peut, même s'il le veut, abdiquer sa raison de vivre. Il peut, pour des causes religieuses, renoncer à publier; il ne le peut, à écrire. Jamais Tolstoï n'interrompit sa création artistique. M. Paul Boyer, qui l'a vu à Iasnaïa Poliana, dans ces dernières années, dit qu'il menait de front les œuvres d'évangélisation ou de polémique et les œuvres d'imagination; il se délassait des unes par les autres. Quand il avait terminé quelque traité social, quelque *Appel aux Dirigeants* ou *aux Dirigés*, il s'accordait le droit de reprendre une des belles histoires qu'il se contait à lui-même,—tel son *Hadji-Mourad*, une épopée militaire, qui chantait un épisode des guerres du Caucase et de la résistance des montagnards sous Schamyl[243]. L'art était resté son délassement, son plaisir. Mais il eût regardé comme une vanité d'en faire parade[244]. A part son *Cycle de lectures pour tous les jours de l'année* (1904-5)[245], où il rassembla les *Pensées de divers écrivains sur la vérité et la vie*—véritable Anthologie de la sagesse poétique du monde, depuis les Livres Saints d'Orient jusqu'aux artistes contemporains,—presque toutes ses œuvres proprement artistiques, à partir de 1900, sont restées manuscrites[246].

En revanche, il jetait hardiment, ardemment, ses écrits polémiques et mystiques dans la bataille sociale. De 1900 à 1910, elle absorbe le meilleur de ses forces. La Russie traversait une crise formidable, où l'empire des tsars parut un moment craquer sur ses bases et déjà près de s'effondrer. La guerre russo-japonaise, la débâcle qui suivit, l'agitation révolutionnaire, les mutineries de l'armée et de la flotte, les massacres, les troubles agraires semblaient marquer «la fin d'un monde»,—comme dit le titre d'un ouvrage de Tolstoï.—Le sommet de la crise fut atteint entre 1904 et 1905. Tolstoï publia, dans ces années, une série d'œuvres retentissantes: *Guerre et Révolution*[247], *le Grand Crime*, *la Fin d'un Monde*.[248] Durant cette dernière période de dix ans, il occupe une situation unique, non seulement en Russie, mais dans l'univers. Il est seul, étranger à tous les partis, à toutes les patries, rejeté de son Église qui l'a excommunié[249]. La logique de sa raison, l'intransigeance de sa foi, l'ont «acculé à ce dilemme: se séparer des autres hommes, ou de la vérité.» Il s'est souvenu du dicton russe: «Un vieux qui ment, c'est un riche qui vole»; et il s'est séparé des hommes, pour dire la vérité. Il la dit tout entière à tous. Le vieux chasseur de mensonges continue de traquer infatigablement toutes les superstitions religieuses ou sociales, tous les fétiches. Il n'en a pas seulement aux anciens pouvoirs malfaisants, à l'Église persécutrice, à l'autocratie tsarienne. Peut-être même s'apaise-t-il un peu à leur égard, maintenant que tout le monde leur jette la pierre. On les connaît, elles ne sont plus si redoutables! Et après tout, elles font leur métier, elles ne trompent pas. La lettre de Tolstoï au tsar Nicolas II[250] est, dans sa vérité sans ménagements pour le souverain, pleine de douceur pour l'homme, qu'il appelle son «cher frère», qu'il prie de «lui pardonner s'il l'a chagriné sans le vouloir»; et il signe: «Votre frère qui vous souhaite le véritable bonheur».

Mais ce que Tolstoï pardonne le moins, ce qu'il dénonce avec virulence, ce sont les nouveaux mensonges, car les anciens sont percés à jour. Ce n'est pas le despotisme, c'est l'illusion de la liberté. Et l'on ne sait ce qu'il hait le plus, parmi les sectateurs de nouvelles idoles, des socialistes ou des «libéraux».

Il avait pour les libéraux une antipathie de longue date. Tout de suite, il l'avait ressentie, quand, officier de Sébastopol, il s'était trouvé dans le cénacle des gens de lettres de Pétersbourg. Ç'avait été une des causes de son malentendu avec Tourgueniev. L'aristocrate orgueilleux, l'homme d'antique race, ne pouvait supporter ces intellectuels et leur prétention de faire, bon gré, mal gré, le bonheur de la nation, en lui imposant leurs utopies. Très Russe, de vieille souche[251], il avait une méfiance pour les nouveautés libérales, pour ces idées constitutionnelles qui venaient d'Occident; et ses deux voyages en Europe ne firent que fortifier ses préventions. Au retour du premier voyage, il écrit:

Éviter l'ambition du libéralisme[252].

Au retour du second, il note que «la société privilégiée» n'a aucunement le droit d'élever à sa manière le peuple qui lui est étranger[253]....

Dans *Anna Karénine*, il expose largement son dédain pour les libéraux. Levine refuse de s'associer à l'œuvre des institutions provinciales pour instruire le peuple et aux innovations à l'ordre du jour. Le tableau des élections à l'assemblée provinciale des seigneurs montre le marché de dupe que fait un pays, en substituant à son ancienne administration conservatrice une administration libérale. Rien de changé, mais un mensonge de plus et qui n'a point l'excuse ou la consécration des siècles.

«Nous ne valons peut-être pas grand'chose, dit le représentant de l'ancien régime, mais nous n'en avons pas moins duré mille ans.»

Et Tolstoï s'indigne contre l'abus que les libéraux font du mot: *«Peuple, Volonté du peuple...»* Eh! que savent-ils du peuple? Qu'est-ce que le peuple?

C'est surtout à l'époque où le mouvement libéral semble sur le point de réussir et fait convoquer la première Douma, que Tolstoï exprime violemment sa désapprobation des idées constitutionnelles.

En ces derniers temps, la déformation du christianisme a donné lieu à une nouvelle supercherie, qui a mieux enfoncé nos peuples dans leur servilité. A l'aide d'un système complexe d'élections parlementaires, il leur fut suggéré qu'en élisant leurs représentants directement, ils participaient au gouvernement, et qu'en leur obéissant, ils obéissaient à leur propre volonté, ils étaient libres. C'est une fourberie. Le peuple ne peut exprimer sa volonté, même avec le suffrage universel: 1° parce qu'une pareille volonté collective d'une nation de plusieurs millions d'habitants ne peut exister; 2° parce que, même si elle existait, la majorité des voix ne serait pas son expression. Sans insister sur ce fait que les élus légifèrent et administrent, non pour le bien général, mais pour se maintenir au pouvoir, — sans appuyer sur le fait de la dépravation du peuple due à la pression et à la corruption électorale, — ce mensonge est particulièrement funeste, en raison de l'esclavage présomptueux où tombent ceux qui s'y soumettent... Ces hommes libres rappellent les prisonniers qui s'imaginent jouir de la liberté, lorsqu'ils ont le droit d'élire ceux parmi leurs geôliers qui sont chargés de la police intérieure de la prison... Un membre d'un État despotique peut être entièrement libre, même parmi les plus cruelles violences. Mais un membre d'un État constitutionnel est toujours esclave, car il reconnaît la légalité des violences commises contre lui... Et voici qu'on voudrait amener le peuple russe au même état d'esclavage constitutionnel que les autres peuples européens[254]!...

Dans son éloignement du libéralisme, c'est le dédain qui domine. Vis-à-vis du socialisme, c'est—ou plutôt ce serait—la haine, si Tolstoï ne se défendait de haïr quoi que ce fût. Il le déteste doublement, parce que le socialisme amalgame en lui deux mensonges: celui de la liberté et celui de la science. Ne se prétend-il pas fondé sur je ne sais quelle science économique, dont les lois absolues régentent le progrès du monde!

Tolstoï est très sévère pour la science. Il a des pages d'une ironie terrible sur cette superstition moderne et «ces futiles problèmes: origine des espèces, analyse spectrale, nature du radium, théorie des nombres, animaux fossiles et autres sornettes, auxquelles on attribue aujourd'hui la même importance qu'on attribuait, au moyen âge, à l'Immaculée Conception ou à la Dualité de la Substance».—Il raille «ces servants de la science, qui, de même que les servants de l'Église, se persuadent et persuadent aux autres qu'ils sauvent l'humanité, qui, de même que l'Église, croient en leur infaillibilité, ne sont jamais d'accord entre eux, se divisent en chapelles, et qui, de même que l'Église, sont la cause principale de la grossièreté, de l'ignorance morale, du retard que met l'homme à s'affranchir du mal dont il souffre: car ils ont rejeté la seule chose qui pouvait unir l'humanité: la conscience religieuse[255].»

Mais son inquiétude redouble et son indignation éclate, quand il voit cette arme dangereuse du nouveau fanatisme dans les mains de ceux qui prétendent régénérer l'humanité. Tout révolutionnaire l'attriste, quand il recourt à la violence. Mais le révolutionnaire intellectuel et théoricien lui fait horreur: c'est un pédant meurtrier, une âme orgueilleuse et sèche, qui n'aime pas les hommes, qui n'aime que ses idées[256].

De basses idées, d'ailleurs.

Le socialisme a pour but la satisfaction des besoins les plus bas de l'homme: son bien-être matériel. Et ce but même, il est impuissant à l'atteindre par les moyens qu'il préconise[257].

Au fond il est sans amour. Il n'a que de la haine pour les oppresseurs et «une envie noire pour la vie douce et rassasiée des riches: une avidité de mouches qui se rassemblent autour des déjections[258]». Quand le socialisme aura vaincu, l'aspect du monde sera terrible. La horde européenne se ruera sur les peuples faibles et sauvages avec une force redoublée, et elle en fera des esclaves, afin que les anciens prolétaires de l'Europe puissent tout à leur aise se dépraver par le luxe oisif, comme les Romains[259].

Heureusement que la meilleure force du socialisme se dépense en fumées, — en discours, comme ceux de Jaurès....

Quel admirable orateur! Il y a de tout dans ses discours, — et il n'y a rien... Le socialisme, c'est un peu comme notre orthodoxie russe: vous le pressez, vous le poussez dans ses derniers retranchements, vous croyez l'avoir saisi, et brusquement il se retourne et vous dit: «Mais non! je ne suis pas celui que vous croyez, je suis autre.» Et il vous glisse dans la main... Patience! Laissons faire le temps. Il en sera des théories socialistes comme des modes de femmes, qui très rapidement passent du salon à l'antichambre[260].

Si Tolstoï fait ainsi la guerre aux libéraux et aux socialistes, ce n'est pas, tant s'en faut, pour laisser le champ libre à l'autocratie; c'est au contraire pour que la bataille se livre dans toute son ampleur entre le vieux monde et le monde nouveau, après qu'on aura éliminé de l'armée les éléments troubles et dangereux. Car lui aussi, il croit dans la Révolution. Mais sa Révolution a une bien autre envergure que celle des révolutionnaires: c'est celle d'un croyant mystique du moyen âge, qui attend pour le lendemain le règne du Saint-Esprit:

Je crois qu'à cette heure précise commence la grande révolution, qui se prépare depuis deux mille ans dans le monde chrétien, — la révolution qui substituera au christianisme corrompu et au régime de domination qui en découle le véritable christianisme, base de l'égalité entre les hommes et de la vraie liberté, à laquelle aspirent tous les êtres doués de raison[261].

Et quelle heure choisit-il, le voyant prophétique, pour annoncer la nouvelle ère de bonheur et d'amour? L'heure la plus sombre de la Russie, l'heure des désastres et des hontes. Pouvoir superbe de la foi créatrice! Tout est lumière autour d'elle, — jusqu'à la nuit. Tolstoï aperçoit dans la mort les signes du renouvellement, — dans les calamités de la guerre de Mandchourie, dans la débâcle des armées russes, dans l'affreuse anarchie et la sanglante lutte de classes. Sa logique de rêve tire de la victoire du Japon cette conclusion étonnante que la Russie doit se désintéresser de toute guerre: car les peuples non chrétiens auront toujours l'avantage, à la guerre, sur les peuples chrétiens «qui ont franchi la phase de soumission servile». — Est-ce abdication pour son peuple? — Non, c'est orgueil suprême. La Russie doit se désintéresser de toute guerre, parce qu'elle doit accomplir «*la grande révolution*».

Et voici que l'Évangéliste de Iasnaïa Poliana, ennemi de la violence, prophétise, sans s'en douter, la Révolution Communiste[262]!

La Révolution de 1905, qui affranchira les hommes de l'oppression brutale, doit commencer en Russie. — Elle commence.

Pourquoi la Russie doit-elle jouer ce rôle de peuple élu? — Parce que la révolution nouvelle doit avant tout réparer «*le grand Crime*», la monopolisation du sol au profit de quelques milliers de riches, l'esclavage de millions d'hommes, le plus cruel des esclavages[263]. Et parce que nul peuple n'a conscience de cette iniquité autant que le peuple russe[264].

Mais surtout parce que le peuple russe est, de tous les peuples, le plus pénétré du vrai christianisme, et que la révolution qui vient doit réaliser, au nom du Christ, la loi d'union et d'amour. Or cette loi d'amour ne peut s'accomplir, si elle ne s'appuie sur la loi de non-résistance au mal[265]. Et cette non-résistance est, a toujours été un trait essentiel du peuple russe.

Le peuple russe a toujours observé à l'égard du pouvoir une tout autre attitude que les autres pays européens. Jamais il n'est entré en lutte contre le pouvoir; jamais surtout il n'y a participé, et par conséquent il n'a pu en être souillé. Il l'a considéré comme un mal qu'il faut éviter. Une antique légende représente les Russes faisant appel aux Variagues, pour venir les gouverner. La majorité des Russes a toujours mieux aimé supporter les actes de violence que d'y répondre ou d'y tremper. Elle s'est donc toujours soumise...

Soumission volontaire, qui n'a aucun rapport avec l'obéissance servile[266].

Le vrai chrétien peut se soumettre, il lui est même impossible de ne pas se soumettre sans lutte à toute violence; mais il ne saurait y obéir, c'est-à-dire en reconnaître la légitimité[267].

Au moment où Tolstoï écrivait ces lignes, il était sous l'émotion d'un des plus tragiques exemples de cette non-résistance héroïque d'un peuple, — la sanglante manifestation du 22 janvier 1905, à Saint-Pétersbourg, où une foule désarmée, conduite par le pope Gapone, se laissa fusiller, sans un cri de haine, sans un geste pour se défendre.

Depuis longtemps en Russie, les vieux croyants, qu'on nommait les *sectateurs*, pratiquaient opiniâtrément, malgré les persécutions, la non-obéissance à l'État et refusaient de reconnaître la légitimité du pouvoir[268]. Après les désastres de la guerre russo-japonaise, cet état d'esprit n'eut pas de peine à se propager dans le peuple des campagnes. Les refus de service militaire se multiplièrent; et plus ils furent cruellement réprimés, plus la révolte grossit au fond des cœurs.—D'autre part, des provinces, des races entières, sans connaître Tolstoï, avaient donné l'exemple du refus absolu et passif d'obéissance à l'État: les Doukhobors du Caucase, dès 1898, les Géorgiens de la Gourie, vers 1905. Tolstoï agit beaucoup moins sur ces mouvements qu'ils n'agirent sur lui; et l'intérêt de ses écrits est justement qu'en dépit de ce qu'ont prétendu les écrivains du parti de la révolution, comme Gorki[269], il fut la voix du vieux peuple russe.

L'attitude qu'il garda, vis-à-vis des hommes qui mettaient en pratique, au péril de leur vie, les principes qu'il professait[270], fut très modeste et très digne. Pas plus avec les Doukhobors et les Gouriens qu'avec les soldats réfractaires, il ne se pose en maître qui enseigne.

Celui qui ne supporte aucune épreuve ne peut rien apprendre à celui qui en supporte[271].

Il implore «le pardon de tous ceux que ses paroles et ses écrits ont pu conduire aux souffrances[272]». Jamais il n'engage personne à refuser le service militaire. C'est à chacun de se décider soi-même. S'il a affaire à quelqu'un qui hésite, «il lui conseille toujours d'entrer au service et de ne pas refuser l'obéissance, tant que ce ne lui sera pas moralement impossible». Car, si l'on hésite, c'est que l'on n'est pas mûr; et «mieux vaut qu'il y ait un soldat de plus qu'un hypocrite ou un renégat, ce qui est le cas avec ceux qui entreprennent des œuvres au-dessus de leurs forces[273]». Il se défie de la résolution du réfractaire Gontcharenko. Il craint «que ce jeune homme n'ait été entraîné par l'amour-propre et par la gloriole, non par l'amour de Dieu[274]». Aux Doukhobors, il écrit de ne pas persister dans leur refus d'obéissance, par orgueil et par respect humain, mais, «s'ils en sont capables, de délivrer des souffrances leurs faibles femmes et leurs enfants. Personne ne les condamnera pour cela». Ils ne doivent s'obstiner «que si l'esprit du Christ est ancré en eux, parce qu'alors ils seront heureux de souffrir[275]». En tout cas, il prie ceux qui se font persécuter «de ne rompre, à aucun prix, leurs rapports affectueux avec ceux qui les persécutent[276]». Il faut aimer Hérode, comme il l'écrit, dans une belle lettre à un ami:

Vous dites: «On ne peut aimer Hérode». – Je l'ignore, mais je sens, et vous aussi, qu'il faut l'aimer. Je sais, et vous aussi, que si je ne l'aime pas, je souffre, qu'il n'y a pas en moi la vie[277].

Divine pureté, ardeur inlassable de cet amour, qui finit par ne plus se contenter des paroles mêmes de l'Évangile: «*Aime ton prochain comme toi-même*», parce qu'il y trouve encore un relent d'égoïsme[278]!

Amour trop vaste, au gré de certains, et si dégagé de tout égoïsme humain qu'il se dilue dans le vide! – Et pourtant, qui plus que Tolstoï se défie de «*l'amour abstrait*»?

Le plus grand péché d'aujourd'hui: l'amour abstrait des hommes, l'amour impersonnel pour ceux qui sont quelque part, au loin.... Aimer les hommes qu'on ne connaît pas, qu'on ne rencontrera jamais, c'est si facile! On n'a besoin de rien sacrifier. Et en même temps, on est si content de soi! La conscience est bernée. – Non. Il faut aimer le prochain, – celui avec qui l'on vit, et qui vous gêne[279].

Je lis dans la plupart des études sur Tolstoï que sa philosophie et sa foi ne sont pas originales. Il est vrai: la beauté de ces pensées est trop éternelle pour qu'elle paraisse jamais une nouveauté à la mode.... D'autres relèvent leur caractère utopique. Il est encore vrai: elles sont utopiques, comme l'Évangile. Un prophète est un utopiste; il vit dès ici-bas de la vie éternelle; et que cette apparition nous ait été accordée, que nous ayons vu parmi nous le dernier des prophètes, que le plus grand de nos artistes ait cette auréole au front, – c'est là, me semble-t-il, un fait plus original et d'importance plus grande pour le monde qu'une religion de plus, ou une philosophie nouvelle. Aveugles, ceux qui ne voient pas le miracle de cette grande âme, incarnation de l'amour fraternel dans un siècle ensanglanté par la haine!

Sa figure avait pris les traits définitifs, sous lesquels elle restera dans la mémoire des hommes: le large front que traverse l'arc d'une double ride, les broussailles blanches des sourcils, la barbe de patriarche, qui rappelle le Moïse de Dijon. Le vieux visage s'était adouci, attendri; il portait la marque de la maladie, du chagrin, de l'affectueuse bonté. Comme il avait changé, depuis la brutalité presque animale des vingt ans et la raideur empesée du soldat de Sébastopol! Mais les yeux clairs ont toujours leur fixité profonde, cette loyauté de regard, qui ne cache rien de soi, et à qui rien n'est caché.

Neuf ans avant sa mort, dans la réponse au Saint-Synode (17 avril 1901), Tolstoï disait:

Je dois à ma foi de vivre dans la paix et la joie, et de pouvoir aussi, dans la paix et la joie, m'acheminer vers la mort.

Je songe, en l'entendant, à la parole antique: «*que l'on ne doit appeler heureux aucun homme avant qu'il soit mort*».

Cette paix et cette joie, qu'alors il se vantait d'avoir, lui sont-elles restées fidèles?

Les espérances de la «grande Révolution» de 1905 s'étaient évanouies. Des ténèbres amoncelées, la lumière attendue n'était point sortie. Aux convulsions révolutionnaires succédait l'épuisement. A l'ancienne injustice rien n'avait changé, sinon que la misère avait encore grossi. Déjà en 1906, Tolstoï a perdu un peu confiance dans la vocation historique du peuple slave de Russie; et sa foi obstinée cherche, au loin, d'autres peuples qu'il puisse investir de cette mission. Il pense au «grand et sage peuple chinois». Il croit «que les peuples d'Orient sont appelés à retrouver cette liberté, que les peuples d'Occident ont perdue presque sans retour», et que la Chine, à la tête des Asiatiques, accomplira la transformation de l'humanité dans la voie du *Tao*, de la Loi éternelle[280].

Espoir vite déçu: la Chine de Lao-Tse et de Confucius renie sa sagesse passée, comme déjà l'avait fait le Japon avant elle, pour imiter l'Europe[281]. Les Doukhobors persécutés ont émigré au Canada; et là, ils ont aussitôt, au scandale de Tolstoï, restauré la propriété[282]. Les Gouriens, à peine délivrés du joug de l'État, se sont mis à assommer ceux qui ne pensaient pas comme eux; et les troupes russes, appelées, ont tout fait rentrer dans l'ordre. Il n'est pas jusqu'aux Juifs, — eux, «dont la patrie jusqu'alors, la plus belle que pût désirer un homme, était le Livre[283]», — qui ne tombent dans la maladie du Sionisme, ce mouvement faussement national, «qui est la chair de la chair de l'européanisme contemporain, son enfant rachitique[284]».

Tolstoï est triste, mais il n'est pas découragé. Il fait crédit à Dieu, il croit en l'avenir[285]:

Ce serait parfait, si on pouvait faire pousser une forêt, en un clin d'œil. Malheureusement, c'est impossible, il faut attendre que la semence germe, fasse venir des pousses, puis des feuilles, puis la tige qui se transforme enfin en arbre[286].

Mais il faut beaucoup d'arbres pour faire une forêt; et Tolstoï est seul. Glorieux, mais seul. On lui écrit, du monde entier: des pays mahométans, de la Chine, du Japon, où l'on traduit *Résurrection*, et où se répandent ses idées sur «la restitution de la terre au peuple[287]». Les journaux américains l'interviewent; des Français le consultent sur l'art, ou sur la séparation des Églises et de l'État[288]. Mais il n'a pas trois cents disciples, et il en convient. D'ailleurs, il ne s'est pas soucié d'en faire. Il repousse les tentatives de ses amis pour former des groupes de Tolstoïens:

Il ne faut pas aller à la rencontre l'un de l'autre, mais aller tous à Dieu.... Vous dites: «Ensemble, c'est plus facile...» — Quoi? — Labourer, faucher, oui. Mais s'approcher de Dieu, on ne le peut qu'isolément... Je me représente le monde comme un énorme temple dans lequel la lumière tombe d'en haut et juste au milieu. Pour se réunir, tous doivent aller à la lumière. Là, nous tous, venus de divers côtés, nous nous trouverons ensemble avec des hommes que nous n'attendions pas: en cela est la joie[289].

Combien se sont-ils trouvés ensemble sous le rayon qui tombe de la coupole? — Qu'importe! Il suffit d'un seul, avec Dieu.

De même qu'une matière en combustion peut seule communiquer le feu à d'autres matières, seules la vraie foi et la vraie vie d'un homme peuvent se communiquer à d'autres hommes et répandre la vérité[290].

Peut-être; mais jusqu'à quel point cette foi isolée a-t-elle pu assurer le bonheur à Tolstoï? — Qu'il est loin, à ses derniers jours, de la sérénité volontaire d'un Gœthe! On dirait qu'il la fuit, qu'elle lui est antipathique.

Il faut remercier Dieu d'être mécontent de soi. Puisse-t-on l'être toujours! Le désaccord de la vie avec ce qu'elle devrait être est précisément le signe de la vie, le mouvement ascendant du plus petit au plus grand, du pire au mieux. Et ce désaccord est la condition du bien. C'est un mal, quand l'homme est tranquille et satisfait de soi-même[291].

Et il imagine ce sujet de roman, qui montre curieusement que l'inquiétude persistante d'un Levine ou d'un Pierre Besoukhov n'était pas morte en lui.

Je me représente souvent un homme élevé dans les cercles révolutionnaires, et d'abord révolutionnaire, puis populiste, socialiste, orthodoxe, moine au Mont Athos, ensuite athée, bon père de famille, et enfin Doukhobor. Il commence tout, sans cesse abandonne tout: les hommes se moquent de lui, il n'a rien fait, et meurt oublié, dans un hospice. En mourant, il pense qu'il a gâché sa vie. Et cependant, c'est un saint[292].

Avait-il donc des doutes encore, lui, si plein de sa foi?—Qui sait? Chez un homme resté robuste, de corps et d'esprit, jusque dans sa vieillesse, la vie ne pouvait s'arrêter à un point de la pensée. Il fallait qu'elle marchât.

Le mouvement, c'est la vie[293].

Bien des choses avaient dû changer en lui, au cours des dernières années. Son opinion à l'égard des révolutionnaires n'avait-elle pas été modifiée? Qui peut même dire si sa foi en la non-résistance au mal n'avait pas été un peu ébranlée?—Déjà, dans *Résurrection*, les relations de Nekhludov avec les condamnés politiques changent complètement ses idées sur le parti révolutionnaire russe.

Jusque-là, il avait de l'aversion pour leur cruauté, leur dissimulation criminelle, leurs attentats, leur suffisance, leur contentement de soi, leur insupportable vanité. Mais quand il les voit de plus près, quand il voit comme ils étaient traités par l'autorité, il comprend qu'ils ne pouvaient être autres.

Et il admire leur haute idée du devoir, qui implique le sacrifice total.

Mais depuis 1900, la vague révolutionnaire s'était étendue; partie des intellectuels, elle avait gagné le peuple, elle remuait obscurément des milliers de misérables. L'avant-garde de leur armée menaçante défilait sous la fenêtre de Tolstoï, à Iasnaïa-Poliana. Trois récits, publiés par le *Mercure de France*[294], et qui comptent parmi les dernières pages écrites par Tolstoï, font entrevoir la douleur et le trouble que ce spectacle jetait dans son esprit. Où était-il le temps où, dans la campagne de Toula, passaient les pèlerins, simples d'esprit et pieux? Maintenant, c'est une invasion d'affamés errants. Il en vient, chaque jour. Tolstoï, qui cause avec eux, est frappé de la haine qui les anime; ils ne voient plus, comme autrefois, dans les riches, «des gens qui font le salut de leur âme en distribuant l'aumône, mais des bandits, des brigands, qui boivent le sang du peuple travailleur». Beaucoup sont des gens instruits, ruinés, à deux doigts du désespoir qui rend l'homme capable de tout.

Ce n'est pas dans les déserts et dans les forêts, mais dans les bouges des villes et sur les grandes routes que sont élevés les barbares qui feront de la civilisation moderne ce que les Huns et les Vandales ont fait de l'ancienne.

Ainsi disait Henry George. Et Tolstoï ajoute:

Les Vandales sont déjà prêts en Russie, et ils seront particulièrement terribles parmi notre peuple profondément religieux, parce que nous ne connaissons pas ces freins: les convenances et l'opinion publique, qui sont si développées chez les peuples européens.

Tolstoï recevait souvent des lettres de ces révoltés, protestant contre ses doctrines de la non-résistance et disant qu'à tout le mal que les gouvernants et les riches faisaient au peuple, on ne pouvait que répondre: «Vengeance! Vengeance! Vengeance!» —

Tolstoï les condamne-t-il encore? On ne sait. Mais quand il voit, quelques jours après, saisir dans son village, chez les pauvres qui pleurent, leur samovar et leurs brebis, devant les autorités indifférentes, il a beau faire, lui aussi, il crie vengeance contre les bourreaux, contre «ces ministres et leurs acolytes, qui sont occupés au commerce de l'eau-de-vie, ou à apprendre aux hommes le meurtre, ou à prononcer les condamnations à la déportation, à la prison, au bagne ou à la pendaison, — ces gens, tous parfaitement convaincus que les samovars, les brebis, les veaux, la toile, qu'on enlève aux miséreux, trouvent leur meilleur placement dans la distillation de l'eau-de-vie qui empoisonne le peuple, dans la fabrication des armes meurtrières, dans la construction des prisons, des bagnes, et surtout dans la distribution des appointements à leurs aides et à eux.»

Il est triste, quand on a vécu, toute sa vie, dans l'attente et l'annonce du règne de l'amour, de devoir fermer les yeux, parmi ces visions menaçantes, et de s'en sentir troublé. — Il l'est encore davantage, quand on a la conscience véridique d'un Tolstoï, de se dire qu'on n'a pas mis d'accord tout à fait sa vie avec ses principes.

Ici, nous touchons au point le plus douloureux de ses dernières années, — faut-il dire, de ses trente dernières années? — et il ne nous est permis que de l'effleurer d'une main pieuse et craintive: car cette douleur, dont Tolstoï s'efforça de garder le secret, n'appartient pas seulement à celui qui est mort, mais à d'autres qui vivent, qu'il aima, et qui l'aiment.

Il n'était pas arrivé à communiquer sa foi à ceux qui lui étaient les plus chers, à sa femme, à ses enfants. On a vu que la fidèle compagne, qui partageait vaillamment sa vie et ses travaux artistiques, souffrait de ce qu'il avait renié sa foi dans l'art pour une autre foi morale, qu'elle ne comprenait pas. Tolstoï ne souffrait pas moins de se voir incompris de sa meilleure amie.

Je sens par tout mon être, écrivait-il à Ténéromo, *la vérité de ces paroles: que le mari et la femme ne sont pas des êtres distincts, mais ne font qu'un... Je voudrais ardemment pouvoir transmettre à ma femme une partie de cette conscience religieuse, qui me donne la possibilité de m'élever parfois au-dessus des douleurs de la vie. J'espère quelle lui sera transmise, non par moi, sans doute, mais par Dieu, bien que cette conscience ne soit guère accessible aux femmes[295].*

Il ne semble pas que ce vœu ait été exaucé. La comtesse Tolstoï admirait et aimait la pureté de cœur, l'héroïsme candide, la bonté de la grande âme «qui ne faisait qu'une» avec elle; elle apercevait qu'«il marchait devant la foule et montrait le chemin que doivent suivre les hommes[296]»; quand le Saint-Synode l'excommuniait, elle prenait bravement sa défense et réclamait sa part du danger qui le menaçait. Mais elle ne pouvait faire qu'elle crût ce qu'elle ne croyait pas; et Tolstoï était trop sincère pour l'obliger à feindre,—lui qui haïssait la feintise de la foi et de l'amour, plus que la négation de la foi et de l'amour[297]. Comment donc eût-il pu l'obliger, ne croyant pas, à modifier sa vie, à sacrifier sa fortune et celle de ses enfants?

Avec ses enfants, le désaccord était plus grand encore. M. A. Leroy-Beaulieu, qui vit Tolstoï dans sa famille, à Iasnaïa Poliana, dit qu'«à table, lorsque le père parlait, les fils dissimulaient mal leur ennui et leur incrédulité[298]». Sa foi n'avait effleuré que ses trois filles, dont l'une, sa préférée Marie, était morte[299]. Il était moralement isolé parmi les siens. «Il n'avait guère que sa dernière fille et son médecin[300]» pour le comprendre.

Il souffrait de cet éloignement de pensée, il souffrait des relations mondaines qu'on lui imposait, de ces hôtes fatigants, venus du monde entier, de ces visites d'Américains et de snobs, qui l'excédaient; il souffrait du «luxe» où sa vie de famille le contraignait à vivre. Modeste luxe, si l'on en croit les récits de ceux qui l'ont vu dans sa simple maison, d'un ameublement presque austère, dans sa petite chambre, avec un lit de fer, de pauvres chaises et des murailles nues! Mais ce confort lui pesait: c'était un remords perpétuel. Dans le second des récits publiés par le *Mercure de France*, il oppose amèrement au spectacle de la misère environnante celui du luxe de sa propre maison.

Mon activité, écrivait-il déjà en 1903, *quelque utile qu'elle puisse paraître à certains hommes, perd la plus grande partie de son importance, parce que ma vie n'est pas entièrement d'accord avec ce que je professe*[301].

Que n'a-t-il donc réalisé cet accord! S'il ne pouvait obliger les siens à se séparer du monde, que ne s'est-il séparé d'eux et de leur vie, — évitant ainsi les sarcasmes et le reproche d'hypocrisie, que lui ont jetés ses ennemis, trop heureux de son exemple et s'en autorisant pour nier sa doctrine!

Il y avait pensé. Depuis longtemps, sa résolution était prise. On a retrouvé et publié[302] une admirable lettre que, le 8 juin 1897, il écrivait à sa femme. Il faut la reproduire presque en entier. Rien ne livre mieux le secret de cette âme aimante et douloureuse:

Depuis longtemps, chère Sophie, je souffre du désaccord de ma vie avec mes croyances. Je ne puis vous forcer à changer ni votre vie ni vos habitudes. Je n'ai pas pu davantage vous quitter jusqu'à présent, car je pensais que, par mon éloignement, je priverais les enfants, encore très jeunes, de cette petite influence que je pourrais avoir sur eux, et que je vous ferais à tous beaucoup de peine. Mais je ne puis continuer à vivre comme j'ai vécu pendant ces seize dernières années[303]*, tantôt luttant contre vous et vous irritant, tantôt succombant moi-même aux influences et aux séductions auxquelles je* suis habitué et qui m'entourent. J'ai résolu de faire maintenant ce que je voulais faire depuis longtemps: m'en aller.... De même que les Hindous, arrivés à la soixantaine, s'en vont dans la forêt, de même que chaque homme vieux et religieux désire consacrer les dernières années de sa vie à Dieu et non aux plaisanteries, aux calembours, aux potins, au lawn-tennis, de même moi, parvenu à ma soixante-dixième année, je désire de toutes les forces de mon âme le calme, la solitude, et, sinon un accord complet, du moins pas ce désaccord criant entre toute ma vie et ma conscience. Si je m'en étais allé ouvertement, c'eût été des supplications, des discussions, j'eusse faibli, et peut-être n'aurais-je pas mis à exécution ma décision, tandis quelle doit être exécutée. Je vous prie donc de me pardonner, si mon acte vous attriste. Et principalement toi, Sophie, laisse-moi partir, ne me cherche pas, ne m'en veuille point et ne me blâme pas. Le fait que je t'ai quittée ne prouve pas que j'aie des griefs contre toi.... Je sais que tu ne pouvais pas, tu ne pouvais pas *voir et penser comme moi; c'est pourquoi tu n'as pas pu changer ta vie et faire un sacrifice à ce que tu ne reconnais pas. Aussi, je ne te blâme point; au contraire, je me souviens avec amour et reconnaissance des trente-cinq longues années de notre vie commune, et surtout de la première moitié de ce temps, quand, avec le courage et le dévouement de ta nature maternelle, tu supportais vaillamment ce que tu regardais comme ta mission. Tu as donné à moi et au monde ce que tu pouvais donner. Tu as donné beaucoup d'amour maternel et fait de grands sacrifices.... Mais, dans la dernière période de notre vie, dans les quinze dernières années, nos routes se sont séparées. Je ne puis croire que ce soit moi le coupable; je sais que si j'ai changé, ce n'est ni pour mon plaisir, ni pour le monde, mais parce que je ne pouvais faire autrement. Je ne peux pas t'accuser de ne m'avoir point suivi, et je te remercie, et je me rappellerai toujours avec amour ce que tu m'as donné. — Adieu, ma chère Sophie. Je t'aime.*

«Le fait que je t'ai quittée....» Il ne la quitta point. — Pauvre lettre! Il lui semble qu'il lui suffit de l'écrire, pour que sa résolution soit accomplie.... Après l'avoir écrite, il avait épuisé déjà toute sa force de résolution. — «*Si je m'en étais allé ouvertement; c'eût été des supplications, j'eusse faibli....*» Il ne fut pas besoin de «*supplications*», de «*discussions*», il lui suffit de voir, un moment après, ceux qu'il voulait quitter: il sentit *qu'il ne pouvait pas, il ne pouvait pas* les quitter; la lettre qu'il avait dans sa poche, il l'enfouit dans un meuble, avec cette suscription:

Transmettre ceci, après ma mort, à ma femme Sophie Andréievna.

Et à cela se borna son projet d'évasion.

Était-ce là sa force? N'était-il pas capable de sacrifier sa tendresse à son Dieu? — Certes, il ne manque pas, dans les fastes chrétiens, de saints au cœur plus ferme qui n'hésitèrent jamais à fouler intrépidement aux pieds leurs affections et celles des autres.... Qu'y faire? Il n'était point de ceux-là. Il était faible. Il était homme. Et c'est pour cela que nous l'aimons.

Plus de quinze ans auparavant, dans une page d'une douleur déchirante, il se demandait à lui-même:

— *Eh bien, Léon Tolstoï, vis-tu selon les principes que tu prônes?*

Et il répondait, accablé:

Je meurs de honte, je suis coupable, je mérite le mépris... Pourtant, comparez ma vie d'autrefois à celle d'aujourd'hui. Vous verrez que je cherche à vivre selon la loi de Dieu. Je n'ai pas fait la millième partie de ce qu'il faut faire, et j'en suis confus, mais je ne l'ai pas fait, non parce que je ne l'ai pas voulu, mais parce que je ne l'ai pas pu.... Accusez-moi, mais n'accusez pas la voie que je suis. Si je connais la route qui conduit à ma maison, et si je la suis en titubant, comme un homme ivre, cela veut-il dire que la route soit mauvaise? Ou indiquez-m'en une autre, ou soutenez-moi sur la vraie route, comme je suis prêt à vous soutenir. Mais ne me rebutez pas, ne vous réjouissez pas de ma détresse, ne criez pas, avec transport: «Regardez! Il dit qu'il va à la maison, et il tombe dans le bourbier!» Non, ne vous réjouissez pas, mais aidez-moi, soutenez-moi!... Aidez-moi! Mon cœur se déchire de désespoir que nous nous soyons tous égarés; et lorsque je fais tous mes efforts pour sortir de là, vous, à chacun de mes écarts, au lieu d'avoir compassion, vous me montrez du doigt, en criant: «Voyez, il tombe avec nous dans le bourbier[304]!»

Plus près de la mort, il répétait:

Je ne suis pas un saint, je ne me suis jamais donné pour tel. Je suis un homme qui se laisse entraîner, et qui parfois ne dit pas tout ce qu'il pense et sent; non parce qu'il ne le veut pas, mais parce qu'il ne le peut pas, parce qu'il lui arrive fréquemment d'exagérer ou d'errer. Dans mes actions, c'est encore pis. Je suis un homme tout à fait faible, avec des habitudes vicieuses, qui veut servir le Dieu de vérité, mais qui trébuche constamment. Si l'on me tient pour un homme qui ne peut se tromper, chacune de mes fautes doit paraître un mensonge ou une hypocrisie. Mais si on me tient pour un homme faible, j'apparais alors ce que je suis en réalité: un être pitoyable, mais sincère, qui a constamment et de toute son âme désiré et qui désire encore devenir un homme bon, un bon serviteur de Dieu.

Ainsi, il resta, persécuté par le remords, poursuivi par les reproches muets de disciples plus énergiques et moins humains que lui[305], déchiré par sa faiblesse et son indécision, écartelé entre l'amour des siens et l'amour de Dieu, — jusqu'au jour où un coup de désespoir, et peut-être le vent brûlant de fièvre qui se lève aux approches de la mort, le jetèrent hors du logis, sur les chemins, errant, fuyant, frappant aux portes d'un couvent, puis reprenant sa course, tombant sur sa route enfin, dans un obscur petit pays, pour ne plus se relever[306]. Et, sur son lit de mort, il pleurait, non sur soi, mais sur les malheureux; et il disait, au milieu de ses sanglots:

Il y a sur la terre des millions d'hommes qui souffrent; pourquoi êtes-vous là tous à vous occuper du seul Léon Tolstoy?

Alors, elle vint — c'était le dimanche 20 novembre 1910, peu après six heures du matin, — elle vint, «la délivrance», ainsi qu'il la nommait, «la mort, la mort bénie...»

Le combat était terminé, le combat de quatre-vingt-deux ans, dont cette vie avait été le champ. Tragique et glorieuse mêlée, à laquelle prirent part toutes les forces de la vie, tous les vices et toutes les vertus.—Tous les vices, hors un seul, le mensonge, qu'il pourchassa sans cesse et traqua dans ses derniers refuges.

D'abord, la liberté ivre, les passions qui s'entrechoquent dans la nuit orageuse qu'illuminent de loin en loin d'éblouissants éclairs,—crises d'amour et d'extase, visions de l'Éternel. Années du Caucase, de Sébastopol, années de jeunesse tumultueuse et inquiète... Puis, la grande accalmie des premières années du mariage. Le bonheur de l'amour, de l'art, de la nature,—*Guerre et Paix*. Le plein jour du génie, qui enveloppe tout l'horizon humain et le spectacle de ces luttes, qui pour l'âme sont déjà du passé. Il les domine, il en est maître; et déjà elles ne lui suffisent plus. Comme le prince André, il a les yeux tournés vers le ciel immense qui luit au-dessus d'Austerlitz. C'est ce ciel qui l'attire:

Il y a des hommes aux ailes puissantes, que la volupté fait descendre au milieu de la foule, où leurs ailes se brisent: moi, par exemple. Ensuite, on bat de son aile brisée, on s'élance vigoureusement, et l'on retombe de nouveau. Les ailes seront guéries. Je volerai très haut. Que Dieu m'aide[307]!

Ces paroles sont écrites, au milieu du plus terrible orage, celui dont les *Confessions* sont le souvenir et l'écho. Tolstoï a été plus d'une fois rejeté sur le sol, les ailes fracassées. Et toujours il s'obstine. Il repart. Le voici qui plane dans «le ciel immense et profond», avec ses deux grandes ailes, dont l'une est la raison et l'autre est la foi. Mais il n'y trouve pas le calme qu'il cherchait.

Le ciel n'est pas en dehors de nous. Le ciel est en nous. Tolstoï y souffle ses tempêtes de passions. Par là il se distingue des apôtres qui renoncent: il met à son renoncement la même ardeur qu'il mettait à vivre. Et c'est toujours la vie qu'il étreint, avec une violence d'amoureux. Il est «fou de la vie». Il est «ivre de la vie». Il ne peut vivre sans cette ivresse[308]. Ivre de bonheur et de malheur, à la fois. Ivre de mort et d'immortalité[309]. Son renoncement à la vie individuelle n'est qu'un cri de passion exaltée vers la vie éternelle. Non, la paix qu'il atteint, la paix de l'âme qu'il invoque, n'est pas celle de la mort. C'est celle de ces mondes enflammés qui gravitent dans les espaces infinis. Chez lui, la colère est calme[310], et le calme est brûlant. La foi lui a donné des armes nouvelles pour reprendre, plus implacable, le combat que, dès ses premières œuvres, il ne cessait de livrer aux mensonges de la société moderne. Il ne s'en tient plus à quelques types de romans, il s'attaque à toutes les grandes idoles: hypocrisies de la religion, de l'État, de la science, de l'art, du libéralisme, du socialisme, de l'instruction populaire, de la bienfaisance, du pacifisme[311]... Il les soufflette, il s'acharne contre elles.

Le monde voit, de loin en loin, de ces apparitions de grands esprits révoltés, qui, comme Jean le Précurseur, lancent l'anathème contre une civilisation corrompue. La dernière de ces apparitions avait été Rousseau. Par son amour de la nature[312], par sa haine de la société moderne, par sa jalouse indépendance, par sa ferveur d'adoration pour l'Évangile et pour la morale chrétienne, Rousseau annonce Tolstoï, qui se réclamait de lui: «Telles de ses pages me vont au cœur, disait-il, je crois que je les aurais écrites[313].»

Mais quelle différence entre les deux âmes, et comme celle de Tolstoï est plus purement chrétienne! Quel manque d'humilité, quelle arrogance pharisienne, dans ce cri insolent des *Confessions* de l'homme de Genève:

Être éternel! Qu'un seul te dise, s'il l'ose: Je fus meilleur que cet homme-là!

Ou dans ce défi au monde:

Je le déclare hautement et sans crainte: quiconque pourra me croire un malhonnête homme est lui-même un homme à étouffer.

Tolstoï pleurait des larmes de sang sur les «crimes» de sa vie passée:

J'éprouve les souffrances de l'enfer. Je me rappelle toute ma lâcheté passée, et ces souvenirs ne me quittent pas, ils empoisonnent ma vie. On regrette d'ordinaire que l'on ne garde pas le souvenir après la mort. Quel bonheur qu'il en soit ainsi! Quelle souffrance ce serait, si, dans cette autre vie, je me rappelais tout le mal que je commis ici-bas[314]!...

Ce n'est pas lui qui eût écrit ses *Confessions*, comme Rousseau, parce que, dit celui-ci, «sentant que le bien surpassait le mal, j'avais mon intérêt à tout dire[315]». Tolstoï, après avoir essayé, renonce à écrire ses *Mémoires*; la plume lui tombe des mains: il ne veut pas être un objet de scandale pour ceux qui le liront:

Des gens diraient: Voilà donc cet homme que plusieurs placent si haut! Et quel lâche il était! Alors, à nous, simples mortels, c'est Dieu lui-même qui ordonne d'être lâches[316].

Jamais Rousseau n'a connu de la foi chrétienne la belle pudeur morale, l'humilité qui donne au vieux Tolstoï une candeur ineffable. Derrière Rousseau, — encadrant la statue de l'île aux Cygnes — on voit Saint-Pierre de Genève, la Rome de Calvin. En Tolstoï, on retrouve les pèlerins, les innocents, dont les confessions naïves et les larmes avaient ému son enfance.

Mais, bien plus encore que la lutte contre le monde, qui lui est commune avec Rousseau, un autre combat remplit les trente dernières années de la vie de Tolstoï, un magnifique combat entre les deux plus hautes puissances de son âme: la Vérité et l'Amour.

La Vérité,—«ce regard qui va droit à l'âme»,—la lumière pénétrante de ces yeux gris qui vous percent... Elle était sa plus ancienne foi, la reine de son art.

L'héroïne de mes écrits, celle que j'aime de toutes les forces de mon âme, celle qui toujours fut, est, et sera belle, c'est la vérité[317].

La vérité, seule épave, surnageant du naufrage, après la mort de son frère[318]. La vérité, pivot de sa vie, roc au milieu de la mer...

Mais bientôt, «la vérité horrible[319]» ne lui avait plus suffi. L'Amour l'avait supplantée. C'était la source vive de son enfance, «l'état naturel de son âme[320]». Quand vint la crise morale de 1880, il n'abdiqua point la vérité, il l'ouvrit à l'amour[321].

L'amour est «la base de l'énergie[322]». L'amour est la «raison de vivre», la seule, avec la beauté[323]. L'amour est l'essence de Tolstoï mûri par la vie, de l'auteur de *Guerre et Paix* et de la lettre au Saint-Synode[324].

Cette pénétration de la vérité par l'amour fait le prix unique des chefs-d'œuvre qu'il écrivit, au milieu de sa vie,—*nel mezzo del cammin*,—et distingue son réalisme du réalisme à la Flaubert. Celui-ci met sa force à n'aimer point ses personnages. Si grand qu'il soit ainsi, il lui manque le: *Fiat lux!* La lumière du soleil ne suffit point, il faut celle du cœur. Le réalisme de Tolstoï s'incarne dans chacun des êtres, et, les voyant avec leurs yeux, il trouve, dans le plus vil, des raisons de l'aimer et de nous faire sentir la chaîne fraternelle qui nous unit à tous[325]. Par l'amour, il pénètre aux racines de la vie.

Mais il est difficile de maintenir cette union. Il y a des heures où le spectacle de la vie et ses douleurs sont si amers qu'ils paraissent un défi à l'amour, et que, pour le sauver, pour sauver sa foi, on est obligé de la hausser si loin au-dessus du monde qu'elle risque de perdre tout contact avec lui. Et comment fera celui qui a reçu du sort le don superbe et fatal de voir la vérité, de ne pouvoir pas ne la point voir? Qui dira ce que Tolstoï a souffert du continuel désaccord de ses dernières années, entre ses yeux impitoyables qui voyaient l'horreur de la réalité, et son cœur passionné qui continuait d'attendre et d'affirmer l'amour!

Nous avons tous connu ces tragiques débats. Que de fois nous nous sommes trouvés dans l'alternative de ne pas voir, ou de haïr! Et que de fois un artiste, — un artiste digne de ce nom, un écrivain qui connaît le pouvoir splendide et redoutable de la parole écrite, — se sent-il oppressé d'angoisse au moment d'écrire telle ou telle vérité[326]! Cette vérité saine et virile, nécessaire au milieu des mensonges modernes, des mensonges de la civilisation, cette vérité vitale, semble-t-il, comme l'air qu'on respire... Et puis l'on s'aperçoit que cet air, tant de poumons ne peuvent le supporter, tant d'êtres affaiblis par la civilisation, ou faibles simplement par la bonté de leur cœur! Faut-il donc n'en tenir aucun compte et leur jeter implacablement cette vérité qui tue? N'y a-t-il pas, au-dessus, une vérité qui, comme dit Tolstoï, «est ouverte à l'amour?» — Mais quoi! peut-on pourtant consentir à bercer les hommes avec de consolants mensonges, comme Peer Gynt endort, avec ses contes, sa vieille maman mourante?... La société se trouve sans cesse en face de ce dilemme: la vérité, ou l'amour. Elle le résout, d'ordinaire, en sacrifiant à la fois la vérité et l'amour.

Tolstoï n'a jamais trahi aucune de ses deux Fois. Dans ses œuvres de la maturité, l'amour est le flambeau de la vérité.

Dans les œuvres de la fin, c'est une lumière d'en haut, un rayon de la grâce qui descend sur la vie, mais ne se mêle plus avec elle. On l'a vu dans *Résurrection*, où la foi domine la réalité, mais lui reste extérieure. Le même peuple, que Tolstoï dépeint, chaque fois qu'il regarde les figures isolées, comme très faible et médiocre, prend, dès qu'il y pense d'une façon abstraite, une sainteté divine[327].—Dans sa vie de tous les jours, s'accusait le même désaccord que dans son art, et plus cruellement. Il avait beau savoir ce que l'amour voulait de lui, il agissait autrement; il ne vivait pas selon Dieu, il vivait selon le monde. L'amour lui-même, où le saisir? Comment distinguer entre ses visages divers et ses ordres contradictoires? Était-ce l'amour de sa famille, ou l'amour de tous les hommes?... Jusqu'au dernier jour, il se débattit dans ces alternatives.

Où est la solution?—Il ne l'a pas trouvée. Laissons aux intellectuels orgueilleux le droit de l'en juger avec dédain. Certes, ils l'ont trouvée, eux, ils ont la vérité, et ils s'y tiennent avec assurance. Pour ceux-là, Tolstoï était un faible et un sentimental, qui ne peut servir d'exemple. Sans doute, il n'est pas un exemple qu'ils puissent suivre: ils ne sont pas assez vivants. Tolstoï n'appartient pas à l'élite vaniteuse, il n'est d'aucune église,—pas plus de celle des *Scribes*, comme il les appelait, que de celles des *Pharisiens* de l'une ou l'autre foi. Il est le type le plus haut du libre chrétien, qui s'efforce, toute sa vie, vers un idéal qui reste toujours plus lointain[328].

Tolstoï ne parle pas aux privilégiés de la pensée, il parle aux hommes ordinaires—*hominibus bonæ voluntatis*.—Il est notre conscience. Il dit ce que nous pensons tous, âmes moyennes, et ce que nous craignons de lire en nous. Et il n'est pas pour nous un maître plein d'orgueil, un de ces génies hautains qui trônent dans leur art et leur intelligence, au-dessus de l'humanité. Il est—ce qu'il aimait à se nommer lui-même dans ses lettres, de ce nom le plus beau de tous, le plus doux,—«notre frère».

Janvier 1911.

NOTE SUR LES ŒUVRES POSTHUMES DE TOLSTOY[329]

Tolstoy laissait, en mourant, une quantité d'œuvres inédites. La plus grande partie en a été publiée depuis. Elles forment trois volumes de traduction française par J.-W. Bienstock (collection Nelson)[330]. Ces œuvres sont de toutes les époques de sa vie. Il en est qui remontent jusqu'en 1883 (*Journal d'un fou*). D'autres sont des dernières années. Elles comprennent des nouvelles, des romans, des pièces de théâtre, des dialogues. Beaucoup sont restées inachevées. Je les diviserais volontiers en deux classes: les œuvres que Tolstoy écrivait par volonté morale, et celles qu'il écrivait par instinct artistique. Dans un petit nombre d'entre elles, les deux tendances se fondent harmonieusement.

Malheureusement, il faut déplorer que le désintéressement de sa gloire littéraire, — peut-être même une secrète pensée de mortification — ait empêché Tolstoy de poursuivre la composition de ses œuvres qui s'annonçaient comme devant être les plus belles. Tel *Le journal posthume du vieillard Féodor Kouzmitch*. C'est la fameuse légende du tsar Alexandre Ier, se faisant passer pour mort et s'en allant, sous un faux nom, vieillir en Sibérie, par expiation volontaire. On sent que Tolstoy s'était passionné pour le sujet et identifié avec son héros. On ne se console pas qu'il ne nous reste de ce «journal» que les premiers chapitres: par la vigueur et la fraîcheur du récit, ils valent les meilleures pages de *Résurrection*. Il y a là des portraits inoubliables (la vieille Catherine II), et surtout une puissante peinture du tsar mystique et violent, dont la nature orgueilleuse a encore des soubresauts de réveil chez le vieillard pacifié.

Le père Serge (1891-1904) est aussi dans la grande manière de Tolstoy; mais le récit est un peu écourté. Il a pour sujet l'histoire d'un homme qui cherche Dieu dans la solitude et l'ascétisme, par orgueil blessé, et qui finit par le trouver parmi les hommes, en vivant pour eux. La sauvage violence de quelques pages vous saisit à la gorge. Rien de sobre et de tragique comme la scène où le héros découvre la vilenie de celle qu'il aimait: — (sa fiancée, la femme qu'il adorait comme une sainte, a été la maîtresse du tsar qu'il vénérait passionnément). Non moins saisissante est la nuit de tentation, où le moine, pour retrouver la paix de l'âme troublée, se tranche un doigt avec une hache. A ces épisodes farouches s'opposent l'entretien mélancolique de la fin, avec la pauvre vieille petite amie d'enfance, et les dernières pages, d'un laconisme indifférent et serein.

C'était aussi un sujet émouvant que *La mère*: Une bonne et raisonnable mère de famille, après s'être pendant quarante ans vouée tout entière aux siens, se trouve seule, sans activité, sans raison d'agir, et, quoique libre penseuse, se retire sous l'aile d'un couvent et écrit son Journal. Mais les premières pages seules de cette œuvre subsistent.

Une série de petits récits sont d'un art supérieur:

Alexis le Pot, qui se relie à la veine des beaux contes populaires. Histoire d'un simple, toujours sacrifié, toujours doucement satisfait, et qui meurt. — *Après le bal* (20 août 1903): Un vieillard raconte comment il aimait une jeune fille et comment il cessa brusquement de l'aimer, après avoir vu le père, un colonel, commander la fustigation d'un soldat. Œuvre parfaite, d'abord d'un charme exquis de souvenirs juvéniles, puis d'une précision hallucinante. — *Ce que j'ai vu en rêve* (13 novembre 1906): Un prince ne pardonne pas à sa fille qu'il adorait, parce qu'elle s'est enfuie de la maison, après s'être laissé séduire. Mais à peine l'a-t-il revue que c'est lui qui demande pardon. Et toutefois (la tendresse de Tolstoy et son idéalisme ne l'abusent jamais) il ne peut arriver à vaincre le sentiment de dégoût que lui cause la vue de l'enfant de sa fille.

— *Khodynka*, une courte nouvelle, dont l'action se passe en 1893: Une jeune princesse russe, qui a voulu se mêler à une fête populaire de Moscou, se trouve prise dans une panique, foulée aux pieds, laissée pour morte et ranimée par un ouvrier, qui a été lui-même rudement bousculé. Un sentiment de fraternité affectueuse les unit un instant. Puis ils se quittent et ne se verront plus.

De dimensions beaucoup plus vastes, et s'annonçant comme un roman épique, est *Hadji-Mourad* (décembre 1902), qui raconte un épisode des guerres du Caucase en 1851[331]. Tolstoy, en l'écrivant, était dans la pleine maîtrise de ses moyens artistiques. La vision (des yeux et de l'âme) est parfaite. Mais, chose curieuse, on ne s'intéresse pas véritablement à l'histoire: car on sent que Tolstoy ne s'y intéresse pas tout à fait. Chaque personnage qui paraît, au cours du récit, éveille juste autant de sympathie chez lui; et de chacun, même s'il ne fait que passer sous nos yeux, il trace un portrait achevé. Mais à force d'aimer tous, il ne préfère rien. Il semble écrire cette remarquable nouvelle, sans besoin intérieur, par une nécessité toute physique. Comme d'autres exercent leurs muscles, il faut qu'il exerce son mécanisme intellectuel. Il a besoin de créer. Il crée.

*

* *

D'autres œuvres ont un accent personnel, souvent jusqu'à l'angoisse. Il en est d'autobiographiques, comme *Le journal d'un fou* (20 octobre 1883), qui retrace le souvenir des premières nuits d'effroi de Tolstoy, avant la crise de 1869[332], et comme *Le*

Diable (19 novembre 1889). Cette dernière et très longue nouvelle a des parties de tout premier ordre et, malheureusement, un dénouement absurde: Un propriétaire campagnard, qui a eu des relations avec une jeune paysanne de son domaine, s'est marié et a pris soin (car il est honnête et il aime sa jeune femme) d'écarter la paysanne. Mais il l'a «dans le sang», et il ne peut la voir sans la désirer. Elle le recherche. Il finit par la reprendre; il sent qu'il ne pourra plus s'arracher à elle: il se tue. Les portraits de l'homme, bon, faible, robuste, myope, intelligent, sincère, travailleur, tourmenté,—de sa jeune femme romanesque et amoureuse, qui l'idéalise,—de la belle et saine paysanne, ardente et sans pudeur,—sont des chefs-d'œuvre. Il est fâcheux que Tolstoy ait mis plus de morale dans la fin de son roman qu'il n'en a mis dans l'histoire vécue: car il a eu réellement une aventure analogue.

La lumière luit dans les ténèbres, drame en cinq actes, présente bien des faiblesses artistiques. Mais, lorsqu'on connaît la tragédie cachée de la vieillesse de Tolstoy, qu'elle est émouvante cette œuvre qui, sous d'autres noms, met en scène Tolstoy et les siens! Nicolas Ivanovitch Sarintzeff est parvenu à la même foi que l'auteur de *Que devons-nous faire?* et il essaie de la mettre en pratique. Cela ne lui est point permis. Les larmes de sa femme (sincères ou simulées?) l'empêchent de quitter les siens. Il reste dans sa maison, où il vit pauvrement et fait de la menuiserie. Sa femme et ses enfants continuent de mener grand train et de donner des fêtes. Bien qu'il n'y prenne point part, on l'accuse d'hypocrisie. Cependant, par son influence morale, par le simple rayonnement de sa personnalité, il fait autour de lui des prosélytes—et des malheureux. Un pope, convaincu par ses doctrines, abandonne l'église. Un jeune homme de bonne famille refuse le service militaire et se fait envoyer au bataillon de discipline. Et le pauvre Sarintzeff-Tolstoy est déchiré par le doute. Est-il dans l'erreur? N'entraîne-t-il pas les autres inutilement dans la souffrance et dans la mort? A la fin, il ne voit plus d'autre solution à ses angoisses que de se laisser tuer par la mère du jeune homme, qu'il a sans le vouloir conduit à sa perte.

On trouvera encore, dans un bref récit, des derniers temps de la vie de Tolstoy: *Il n'y a pas de coupable* (septembre 1910), la même confession douloureuse d'un homme qui souffre horriblement de sa situation et qui ne peut en sortir. Aux riches désœuvrés s'opposent les pauvres accablés; et ni les uns ni les autres ne sentent l'ineptie monstrueuse d'un tel état social.

Deux œuvres de théâtre ont une réelle valeur: l'une est une petite pièce paysanne, qui combat les méfaits de l'alcool: *Toutes les qualités viennent d'elle* (Probablement de 1910). Les personnages sont très individuels; leurs traits typiques, leurs ridicules de langage sont saisis de façon amusante. Le paysan qui, à la fin, pardonne à son voleur est à la fois noble et comique, par son inconsciente grandeur morale et son naïf amour-propre. — La seconde pièce, d'une tout autre importance, est un drame en douze tableaux: *le Cadavre vivant*. Elle montre les gens faibles et bons écrasés par la stupide machine sociale. Le héros, Fedia, est un homme qui s'est perdu par sa bonté même et par le profond sentiment moral qu'il cache sous une vie débauchée: car il souffre, d'une façon intolérable, de la bassesse du monde et de sa propre indignité; mais il n'a pas la force de réagir. Il a une femme qu'il aime, qui est bonne, tranquille, raisonnable, mais «*sans le petit raisin qu'on met dans le cidre pour le faire mousser*», «*sans le pétillement dans la vie*», qui procure l'oubli. Et il lui faut l'oubli.

«*Nous tous dans notre milieu*, dit-il, *nous avons trois voies devant nous, trois seulement. Être fonctionnaire, gagner de l'argent et ajouter à la vilenie au milieu de laquelle on vit, cela me dégoûtait; peut-être n'en étais-je pas capable... La seconde voie, c'est celle où l'on combat cette vilenie: pour cela, il faut être un héros, je n'en suis pas*

131

un. Reste la troisième: s'oublier, boire, faire la noce, chanter: c'est celle que j'ai choisie, et vous voyez où cela m'a mené[333]...»

Et, dans un autre passage:

«Comment j'en suis arrivé à ma perte? D'abord, le vin. Ce n'est pas que j'aie plaisir à boire. Mais j'ai toujours le sentiment que tout ce qui se fait autour de moi n'est pas ce qu'il faut; et j'ai honte.... Et quant à être maréchal de la noblesse, ou directeur de banque, c'est si honteux, si honteux!... Après avoir bu, on n'a plus honte.... Et puis, la musique, pas l'opéra ou Beethoven, mais les tsiganes, cela vous verse dans l'âme tant de vie, tant d'énergie.... Et puis les beaux yeux noirs, le sourire.... Mais plus cela enchante, plus on a honte, ensuite[334]....»

Il a quitté sa femme, parce qu'il sent qu'il lui fait du mal et qu'elle ne lui fait pas de bien. Il la laisse à un ami dont elle est aimée, qu'elle aimait sans se l'avouer, et qui lui ressemble. Il disparaît dans les bas-fonds de la bohême; et tout est bien ainsi: les deux autres sont heureux, et lui,—autant qu'ils peuvent l'être. Mais la société ne permet point qu'on se passe de son consentement; elle accule stupidement Fedia au suicide, s'il ne veut pas que ses deux amis soient condamnés pour bigamie.— Cette œuvre étrange, si profondément russe, et qui reflète le découragement des meilleurs après les grandes espérances de la Révolution, brisées, est simple, sobre, sans aucune déclamation. Les caractères sont tous vrais et vivants, même les personnages de second plan: (la jeune sœur intransigeante et passionnée dans sa conception morale de l'amour et du mariage; la bonne figure compassée du brave Karenine, et sa vieille maman, pétrie de nobles préjugés, conservatrice, autoritaire en paroles, accommodante en actes); jusqu'aux silhouettes fugitives des tsiganes et des avocats.

*

* *

J'ai laissé de côté quelques œuvres, où l'intention dogmatique et morale prime la libre vie de l'œuvre — bien qu'elle ne fasse jamais tort à la lucidité psychologique de Tolstoy:

Le faux coupon: un long récit, presque un roman, qui veut montrer l'enchaînement, dans le monde, de tous les actes individuels, bons ou mauvais. Un faux, commis par deux collégiens, déclenche toute une suite de crimes, de plus en plus horribles, — jusqu'à ce que l'acte de résignation sainte d'une pauvre femme qu'assassine une brute agisse sur l'assassin et, par lui, de proche en proche, remonte jusqu'aux premiers auteurs de tout le mal, qui se trouvent ainsi rachetés par leurs victimes. Le sujet est superbe, et touche à l'épopée; l'œuvre aurait pu atteindre à la grandeur fatale des tragédies antiques. Mais le récit est trop long, trop morcelé, sans ampleur; et bien que chaque personnage soit justement caractérisé, ils restent tous indifférents.

La sagesse enfantine est une suite de vingt et un dialogues entre des enfants, sur tous les grands sujets: religion, art, science, instruction, patrie, etc. Ils ne sont pas sans verve; mais le procédé fatigue vite, tant de fois répété.

Le jeune tsar, qui rêve des malheurs qu'il cause malgré lui, est une des œuvres les plus faibles du recueil.

Enfin, je me contente d'énumérer quelques esquisses fragmentaires: *Deux pèlerins*, — *Le pope Vassili*, — *Quels sont les assassins?* etc.

*

* *

Dans l'ensemble de ces œuvres, on est frappé de la vigueur intellectuelle, conservée par Tolstoy jusqu'à son dernier jour[335]. Il peut sembler verbeux, quand il expose ses idées sociales; mais toutes les fois qu'il est en face d'une action, d'un personnage vivant, le rêveur humanitaire disparaît, il ne reste plus que l'artiste au regard d'aigle, qui d'un coup va au cœur. Jamais il n'a perdu cette lucidité souveraine. Le seul appauvrissement que je constate, pour l'art, c'est du côté de la passion. A part de courts instants, on a l'impression que ses œuvres ne sont plus pour Tolstoy l'essentiel de sa vie; elles sont, ou un passe-temps nécessaire, ou un instrument pour l'action. Mais c'est l'action qui est son véritable objet, et non plus l'art. Quand il lui arrive de se laisser reprendre par cette illusion passionnée, il semble qu'il en ait honte; il coupe court ou peut-être, comme pour *Le journal posthume du vieillard Féodor Kouzmitch*, il abandonne complètement l'œuvre qui risquerait de resouder les chaînes qui l'attachaient à l'art... Exemple unique d'un grand artiste, en pleine force créatrice et tourmenté par elle, qui lui résiste et qui l'immole à son Dieu.

R. R.

Avril 1913.

LA RÉPONSE DE L'ASIE A TOLSTOY

Au temps où paraissaient les premières éditions de ce livre, nous ne pouvions mesurer encore le retentissement de la pensée de Tolstoy dans le monde. Le grain était en terre. Il fallait attendre l'été.

Aujourd'hui, la moisson est levée. Et de Tolstoy a surgi un arbre de Jessé. Sa parole s'est faite acte. Au Saint Jean le Précurseur d'Iasnaïa-Poliana a succédé le Messie de l'Inde, qu'il avait consacré: Mahâtmâ Gandhi.

Admirons la magnifique économie de l'histoire humaine, où, malgré les disparitions apparentes des grands efforts de l'esprit, rien ne se perd d'essentiel, et le flux et le reflux des réactions mutuelles forment un courant continu, qui s'enrichit sans cesse, en fécondant la terre.

A dix-neuf ans, en 1847, le jeune Tolstoy, malade à l'hôpital de Kazan, avait pour voisin de lit un prêtre lama bouddhiste, blessé grièvement à la face par un brigand, et il recevait de lui la première révélation de la loi de Non-Résistance, que le torrent de sa vie devait, trente ans, recouvrir.

Soixante-deux ans après, en 1909, le jeune Indien Gandhi recevait des mains de Tolstoy mourant cette sainte lumière, que le vieil apôtre russe avait couvée en lui, réchauffée de son amour, nourrie de sa douleur; et il en faisait le flambeau qui a illuminé l'Inde: la réverbération en a touché toutes les parties de la terre.

Mais, avant d'en arriver au récit de ce baptême dans le Jourdain, nous voulons rapidement retracer l'ensemble des rapports de Tolstoy avec l'Asie. Une *Vie de Tolstoy* serait, sans cette étude, incomplète aujourd'hui. Car l'action de Tolstoy sur l'Asie aura, dans l'histoire, plus d'importance peut-être que l'action sur l'Europe. Il a été la première grande Voie de l'esprit qui relie, de l'Est à l'Ouest, tous les membres du Vieux-Continent. Maintenant la sillonnent, en l'un et l'autre sens, deux rivières de pèlerins.

*

* *

Nous avons maintenant tous les moyens de connaître le sujet: car Paul Birukoff, pieux disciple du maître, a rassemblé en un volume sur *Tolstoy et l'Orient* les documents conservés[336].

L'Orient l'attira toujours. Tout jeune étudiant à l'Université de Kazan, il avait choisi d'abord la faculté des langues orientales arabo-turques. Dans ses années de Caucase, il fut en contact prolongé avec la culture mahométane, et il en subit fortement l'impression. Peu après 1870 commencent à paraître, dans ses recueils de Récits et Légendes pour les Écoles primaires, des contes arabes et indiens. Quand vint l'heure de sa crise religieuse, la Bible ne lui suffit point; il ne tarda pas à consulter les religions d'Orient. Il lut considérablement[337]. Bientôt lui vint l'idée de faire profiter l'Europe de ses lectures, et il rassembla, sous le titre: *Les pensées des hommes sages*, un recueil, où l'Évangile, Bouddhâ, Laotse, Krishna fraternisaient. Il s'était convaincu, dès le premier coup d'œil, de l'unité fondamentale des grandes religions humaines.

Mais ce qu'il cherchait surtout, c'était le rapport direct avec les hommes d'Asie. Et dans les dix dernières années de sa vie, un réseau serré de correspondance se tressa entre Iasnaïa et tous les pays d'Orient.

De tous, c'était la Chine, dont la pensée lui était le plus proche. Et ce fut elle qui se livra le moins. Dès 1884, il étudiait Confucius et Laotse; ce dernier était son préféré, parmi les sages de l'antiquité[338]. Mais, en fait, Tolstoy dut attendre jusqu'en 1905 pour échanger sa première lettre avec un compatriote de Laotse, et il ne paraît avoir eu que deux correspondants chinois. Il est vrai qu'ils sont de marque. L'un était un savant, *Tsien Huang-t'ung*; l'autre ce grand lettré *Ku-Hung-Ming*, dont le nom est bien connu en Europe[339], et qui, professeur d'Université à Pékin, chassé par la Révolution, a dû s'exiler au Japon.

Dans les lettres qu'il adresse à ces deux Chinois d'élite, et particulièrement dans celle, très longue, à Ku-Hung-Ming, qui a la valeur d'un manifeste (octobre 1906), Tolstoy exprime l'attachement et l'admiration qu'il éprouve pour le peuple chinois. Ces sentiments ont été renforcés par les épreuves que la Chine a subies, avec une noble mansuétude, en ces dernières années où les nations d'Europe ont fait assaut contre elle d'ignobles brutalités. Il l'engage à persévérer dans cette sereine patience et prophétise qu'elle lui devra la victoire finale. L'exemple de Port-Arthur, dont l'abandon par la Chine à la Russie a coûté si cher à la Russie (guerre russo-japonaise), assure qu'il en sera de même pour l'Allemagne à Kiautschau et pour l'Angleterre à Wei-ha-Wei. Les voleurs finissent toujours par se voler entre eux. — Mais Tolstoy est inquiet d'apprendre que, depuis peu, l'esprit de violence et de guerre s'éveille chez les Chinois; il les conjure d'y résister. S'ils se laissaient gagner par la contagion, ce serait un désastre, non seulement dans le sens où l'entendait «*un des plus grossiers et ignares représentants de l'Occident, le Kaiser d'Allemagne*», qui redoutait pour l'Europe le péril jaune, — mais dans l'intérêt supérieur de l'humanité. Car, avec la vieille Chine disparaîtrait le point d'appui de la vraie sagesse populaire et pratique, paisible et laborieuse, qui, de l'Empire du Milieu, doit s'étendre progressivement à tous les peuples. Tolstoy croit le moment venu d'une transformation capitale dans la vie de l'humanité; il a la conviction que la Chine est appelée à y jouer le premier rôle, à la tête des peuples d'Orient. La tâche de l'Asie est de montrer au reste du monde le vrai chemin à la vraie liberté; et ce chemin, dit Tolstoy, n'est autre que le *Tao*. Surtout que la Chine se garde de vouloir se réformer sur le plan et l'exemple de l'Occident, — c'est-à-dire en remplaçant son despotisme par un régime constitutionnel, une armée nationale et la grande industrie! Qu'elle considère le tableau lamentable de ces peuples d'Europe, avec l'enfer de leur prolétariat, avec leurs luttes de classes, leur course aux armements et leurs guerres sans fin, leur politique de rapine coloniale, — la banqueroute sanglante de toute une civilisation! L'Europe est un exemple, — oui! — de ce qu'il ne faut pas faire. Et comme la Chine ne peut, d'autre part, rester dans l'état présent, où elle se voit livrée à toutes les agressions, une seule voie lui est ouverte: celle de la Non-Résistance absolue vis-à-vis de son gouvernement et de tous les gouvernements. Qu'elle poursuive, impassible, sa culture de la terre, en se soumettant à la seule loi de Dieu! L'Europe se trouvera désarmée devant la passivité héroïque et sereine de 400 millions d'hommes. Toute la sagesse humaine et le secret du bonheur sont dans la vie de travail paisible sur son champ, en se guidant d'après les principes des trois religions de Chine: le Confucianisme, qui libère de la force brutale; le Taoïsme, qui prescrit de ne pas faire aux autres ce qu'on ne veut pas que les autres vous fassent; et le Bouddhisme, qui est tout abnégation et amour.

Des conseils de Tolstoy, nous voyons ce que la Chine d'aujourd'hui paraît faire; et il ne semble pas que son docte correspondant, Ku-Hung-Ming, en ait beaucoup profité: car son traditionalisme, distingué mais borné, offre pour toute panacée à la fièvre du monde moderne en travail une *Grande Charte de Fidélité* à l'ordre établi par le passé[340]. — Mais il ne faut point juger de l'immense Océan par ses vagues de surface. Et qui peut dire si le peuple de Chine n'est pas beaucoup plus près des pensées de Tolstoy, qui s'accordent avec la millénaire tradition de ses sages, que ne le feraient supposer ces guerres de partis et ces révolutions, qui passent et qui meurent sur son éternité?

*

* *

Tout au contraire des Chinois, les Japonais, avec leur vitalité fébrile, leur curiosité affamée de toute pensée nouvelle dans l'univers, furent les premiers d'Asie avec qui Tolstoy entra en relations (dès 1890, ou peu après). Il se méfiait d'eux, de leur fanatisme national et guerrier, surtout de leur prodigieuse souplesse à s'adapter à la civilisation d'Europe et à en épouser sur-le-champ tous les abus. On ne peut dire que sa méfiance ait été entièrement injustifiée: car la correspondance assez abondante qu'il entretint avec eux lui apporta plus d'un mécompte. Tel qui se disait son disciple, tout en ayant la prétention de concilier son enseignement avec le patriotisme, le désavoua publiquement, comme le jeune *Jokai*, rédacteur en chef du journal *Didaitschoo-lu*, en 1904, au moment de la guerre du Japon avec la Russie. Encore plus décevant fut le jeune *H. S. Tamura* qui, d'abord bouleversé jusqu'aux larmes par la lecture d'un article de Tolstoy sur la guerre russo-japonaise[341], tremblant de tout son corps, et criant, transporté, que «Tolstoy est l'unique prophète de notre temps», se laisse quelques semaines après rouler par la vague de délire patriotique, après la destruction de la flotte russe par les Japonais, à Tsusima, et finit par publier contre Tolstoy un mauvais livre qui l'attaque...

Plus solides et sincères — mais si loin de la vraie pensée de Tolstoy — ces social-démocrates japonais, protestataires héroïques contre la guerre[342], qui écrivent à Tolstoy, en septembre 1904, et à qui Tolstoy, en les remerciant, exprime sa condamnation absolue, à la fois de la guerre et du socialisme[343].

Mais l'esprit de Tolstoy pénétrait, malgré tout, le Japon et le labourait jusqu'au fond. Lorsqu'en 1908, pour son quatre-vingtième anniversaire, ses amis russes s'adressèrent à tous les amis du monde, afin de publier un livre de témoignages, *Naoshi Kato* envoya un intéressant Essai, qui montre l'influence considérable de Tolstoy au Japon. La plupart de ses livres religieux y avaient été traduits; vers 1902-1903, ils produisirent, dit Kato, une révolution morale, non seulement chez les chrétiens japonais, mais chez les bouddhistes; et de cette commotion, un renouvellement du bouddhisme est sorti. Jusqu'alors, la religion était un ordre établi et une loi du dehors.

Elle prit (ou reprit) un caractère intérieur. «*Conscience religieuse*» devint, depuis, le mot à la mode. Et certes, ce réveil du *moi* n'était pas sans dangers. Il pouvait mener,—il mena, en nombre de cas,—vers de tout autres fins que l'esprit de sacrifice et d'amour fraternel—à la jouissance égoïste, à l'indifférentisme, au désespoir, et même au suicide: il y eut des catastrophes chez ce peuple vibrant qui, dans ses crises de passion, porte toutes les doctrines aux ultimes conséquences. Mais il se forma ainsi, particulièrement près de Kioto, de petits groupes tolstoyens qui travaillaient leur champ et professaient le pur Évangile de l'amour[344]. D'une façon générale, on peut dire que la vie spirituelle au Japon a subi, en partie, l'empreinte de la personnalité de Tolstoy. Encore aujourd'hui, subsiste au Japon une *Société Tolstoy*, qui publie une revue mensuelle de soixante-dix pages, intéressante et nourrie[345].

Le plus aimable exemple de ces disciples japonais est le jeune *Kenjiro Tokutomi*, qui contribua aussi au livre du jubilé de 1908. Il avait écrit, de Tokio, une lettre enthousiaste à Tolstoy, dans les premiers mois de 1906, et Tolstoy y avait aussitôt répondu. Mais Tokutomi n'avait pas eu la patience d'attendre la réponse: il s'était embarqué sur le premier bateau, pour aller le voir. Il ne savait pas un mot de russe et très peu d'anglais. Il arriva à Iasnaïa en juillet, y demeura cinq jours, reçu avec une bonté paternelle, et repartit directement pour le Japon, couvant, tout le reste de sa vie, les grands souvenirs de cette semaine et le lumineux «sourire» du vieillard. Il l'évoque dans ses charmantes pages de 1908, où parle son cœur simple et pur:

«Je vois son sourire, à travers le brouillard des 730 jours passés depuis que je l'ai vu, et par-dessus les 10 000 kilomètres qui nous séparent.

Maintenant je vis dans une petite campagne, dans une chétive maison, avec ma femme et mon chien. Je plante des légumes, j'arrache la mauvaise herbe, qui repousse sans cesse. Toute mon énergie et toutes mes journées se dépensent à arracher, arracher, arracher...

Peut-être cela tient-il à ma nature d'esprit, peut-être à ce temps imparfait. Mais je suis, pleinement heureux... Seulement, c'est bien triste, quand on ne sait qu'écrire, dans une occasion pareille!...»

Le petit Japonais a su, par ces simples lignes d'une humble vie heureuse, de sagesse et de labeur, réaliser beaucoup mieux l'idéal de Tolstoy et parler à son cœur que tous les doctes collaborateurs au livre du Jubilé[346].

*

* *

En sa qualité de Russe, Tolstoy avait de nombreuses occasions de connaître les mahométans, — puisque l'empire de Russie en comptait vingt millions de sujets. Aussi tiennent-ils une large place dans sa correspondance. Mais ils n'y apparaissent guère avant 1901. Et ce fut, au printemps de cette année, sa réponse au Saint-Synode et son excommunication qui les lui conquirent. La haute et ferme parole traversa le monde musulman comme le char d'Élie. Ils n'en retinrent que l'affirmation monothéiste, où leur semblait se répercuter la voix de leur Prophète, et ils tâchèrent naïvement de l'annexer. Des Baschkirs de Russie, des muftis indiens, des musulmans de Constantinople lui écrivent qu'ils ont *«pleuré de joie»*, en lisant le démenti public infligé par sa main à toute la chrétienté; et ils le félicitent de s'être enfin délivré *«de la sombre croyance à la Trinité»*. Ils l'appellent leur *«frère»* et s'efforcent de le convertir tout à fait. Avec une comique inconscience, l'un d'eux, un mufti de l'Inde, *Mohammed Sadig*, de Kadiam, Gurdaspur, se réjouit de lui faire connaître que son nouveau Messie islamique (un certain Chazrat Mirza Gulam Achmed) vient d'anéantir le mensonge chrétien de la Résurrection en retrouvant au Kaschmir le tombeau de «Ijuz Azaf» (Jésus), et il lui en envoie une photo, avec le portrait de son saint réformateur.

On ne saurait imaginer l'admirable tranquillité, à peine teintée d'ironie (ou de mélancolie), avec laquelle Tolstoy reçoit ces étranges avances. Qui ne l'a point vu dans ces controverses ne connaît point la souveraine modération où sa nature impérieuse était arrivée. Jamais il ne se départit de sa courtoisie et de son calme bon sens. C'est l'interlocuteur mahométan qui s'emporte, qui lui prête, irrité, «*un reste des préjugés chrétiens du moyen age*[347]» ou qui, à son refus de croire en le nouveau Messie musulman, lui oppose la classification menaçante que le saint homme fait, en trois compartiments, des hommes recevant la lumière de la vérité:

«... *Les uns la reçoivent par leur propre raison. Les autres par les signes visibles et les miracles. Les troisièmes par la force de l'épée.* (Exemple: le Pharaon, à qui Moïse a dû faire boire la mer Rouge, pour le convaincre de son Dieu.) Car «*le Prophète envoyé par Dieu doit enseigner au monde entier*[348]...»

Tolstoy ne suit pas ses correspondants agressifs sur le terrain de combat. Son noble principe est que les hommes, aimant la vérité, ne doivent jamais appuyer sur les différences entre les religions et sur leurs manques, mais sur ce qui les unit et ce qui fait leur prix. — «*C'est à quoi je m'efforce*, dit-il, *envers toutes les religions, et notamment envers l'Islam*[349].» — Il se contente de répondre au bouillant mufti que «*le devoir de quiconque possède un sentiment vraiment religieux est de donner l'exemple d'une vie vertueuse.*» C'est là tout ce dont nous avons besoin[350]. Il admire Mahomet, et certaines de ses paroles l'ont ravi[351]. Mais Mahomet n'est qu'un homme, comme le Christ. Pour que le Mahométisme ainsi que le Christianisme deviennent une religion juste, il faudra qu'ils renoncent à la croyance aveugle en un homme et un livre; qu'ils admettent seulement ce qui est en accord avec la conscience et la raison de tous les hommes. — Même sous la forme mesurée dont il revêt sa pensée, Tolstoy s'inquiète toujours de ne pas froisser la foi de celui qui lui parle:

«*Pardonnez si j'ai dû vous blesser. On ne peut pas dire la vérité à moitié. On doit la dire toute, ou pas du tout[352].*»

Inutile d'ajouter qu'il ne convainc point ses interlocuteurs.

Du moins, il en trouve d'autres, mahométans éclairés, libéraux, qui sympathisent pleinement avec lui: — au premier rang, le célèbre grand-mufti d'Égypte, le cheikh réformateur *Mohammed Abdou*[353], qui lui adresse, du Caire, en 1904 (le 8 avril), une noble lettre, le félicitant de l'excommunication dont il était l'objet: car l'épreuve est la divine récompense pour les élus. Il dit que la lumière de Tolstoy réchauffe et rassemble les chercheurs de vérité, que leurs cœurs sont dans l'attente de tout ce qu'il écrit. Tolstoy répond, avec une chaude cordialité. — Il reçoit aussi l'hommage de l'ambassadeur de Perse à Constantinople, prince *Mirza Riza Chan*, délégué à la première conférence de la Paix, à La Haye, en 1901.

Mais il est surtout attiré par le mouvement Béhaïste (ou Bâbiste), dont il entretient constamment ses correspondants. Il entre en relations personnelles avec certains Béhaïstes, comme le mystérieux *Gabriel Sacy*, qui lui écrit d'Égypte (1901), et qui aurait été, dit-on, un Arabe de naissance, converti au Christianisme, puis passé au Béhaïsme. Sacy lui expose son *Credo*, Tolstoy répond (10 août 1901) que le «*Bâbisme l'intéresse depuis longtemps et qu'il a lu tout ce qui lui était accessible à ce sujet*»; il n'attache aucune importance à sa base mystique et à ses théories; mais il croit à son grand avenir en Orient, comme enseignement moral: «*tôt ou tard, le Béhaïsme se fondra avec l'anarchisme chrétien.*» Ailleurs, il écrit à un Russe qui lui envoie un livre sur le Béhaïsme qu'il a la certitude de la victoire «*de tous les enseignements religieux rationalistes, qui surgissent actuellement des diverses confessions: Brahmanisme, Bouddhisme, Judaïsme, Christianisme*». Il les voit allant toutes «*vers le confluent d'une religion unique, universellement humaine*[354]». — Il a le contentement d'apprendre que le courant béhaïste a pénétré en

Russie, chez des Tatares de Kazan, et il invite chez lui leur chef, Woissow, dont l'entretien avec lui a été noté par Gussev (février 1909)[355].

Dans le livre du jubilé, en 1908, l'Islam est représenté par un juriste de Calcutta, *Abdullah-al-Mamun-Suhrawardy*, qui élève à Tolstoy un majestueux monument. Il l'appelle *yogi* et souscrit à ses enseignements de la Non-Violence, qu'il ne juge pas opposés à ceux de Mahomet; mais «*il faut lire le Coran, comme Tolstoy a lu la Bible, sous la lumière de la vérité, et non dans la nuée de la superstition*». Il loue Tolstoy de n'être pas un surhomme, un *Uebermensch*, mais le frère de tous, non pas la lumière de l'Occident ou de l'Orient, mais lumière de Dieu, lumière pour tous. Et, dans une lueur prophétique, il annonce que la prédication de Tolstoy pour la Non-Violence, «*mêlée aux enseignements des sages de l'Inde, produira peut-être en notre temps de nouveaux Messies*».

*
* *

C'était de l'Inde en effet que devait sortir le Verbe agissant, dont Tolstoy fut l'annonciateur.

L'Inde était, en cette fin du XIXe siècle, et au début du XXe, en plein réveil. L'Europe ne connaît pas encore,—à part une élite de savants bien renseignés, qui ne sont pas très pressés de dispenser leur science au commun des mortels et se cantonnent volontiers dans leur coque linguistique, où ils se sentent à huis clos[356]—l'Europe est encore loin d'imaginer la prodigieuse résurrection du génie indien qui s'annonça dès les années 1830[357] et resplendit vers 1900. Ce fut une floraison éclatante et soudaine dans tous les champs de l'esprit. Dans l'art, dans la science, dans la pensée. Le seul nom de *Rabindranath Tagore* a, détaché de la constellation de sa glorieuse famille, rayonné sur le monde. Presque en même temps, le Vedantisme était rénové par le fondateur de l'*Arya-Samâj* (1875), *Dayananda Sarasvati*, celui qu'on a nommé le «*Luther hindou*»; et *Keshub Chunder Sen* faisait du *Brahmâ-Samâj* un instrument de réformes sociales passionnées et un terrain de rapprochement entre la pensée chrétienne et la pensée d'Orient. Mais, surtout, le firmament religieux de l'Inde s'illuminait de deux étoiles de première grandeur, subitement apparues,—ou réapparues après des siècles, pour parler selon le grand style de l'Inde, au sens profond[358]—ces deux miracles de l'esprit: *Ramakrishna* (1836-1886), le fou de Dieu, qui embrassait dans son amour toutes les formes du Divin, et son disciple, plus puissant encore que le maître, *Vivekananda* (1863-1902), dont la torrentielle énergie a, pour des siècles, réveillé dans son peuple épuisé le Dieu d'action, le Dieu de la Gîtâ.

La vaste curiosité de Tolstoy ne les ignora point. Il lut les traités de *Dayananda*, que lui envoya le directeur de *The Vedic Magazine* (Kangra, Sakaranpur), *Rama Deva*. Dès 1896, il s'était enthousiasmé des premiers écrits parus de *Vivekananda*[359], et il savourait les Entretiens de *Ramakrishna*[360].—C'est un malheur pour l'humanité que Vivekananda, lors de son voyage d'Europe en 1900, n'ait pas été orienté vers Iasnaïa Poliana. Celui qui écrit ces lignes ne peut se consoler, en cette année de l'Exposition Universelle où le grand *Swami* passait à Paris, si mal entouré, de n'avoir pas été celui qui relie les deux voyants, les deux génies religieux de l'Europe et de l'Asie.

Ainsi que le *Swami* de l'Inde, Tolstoy était nourri de l'esprit de Krishna, «*seigneur de l'Amour*[361]». Et plus d'une voix de l'Inde le saluait comme un Mahâtmâ, un ancien *Rishi* réincarné[362]. *Gopal Chetti*, directeur de *The New Reformer*, qui se voua dans l'Inde aux idées de Tolstoy, le rapproche, en son écrit pour le Livre du Jubilé (1908), de Bouddhâ le prince qui renonça; et il dit que, si Tolstoy était né aux Indes, il eût été tenu pour un

Avatara, un *Purusha* (incarnation de l'Ame universelle), un *Sri-Krishna*.

Mais le courant fatal du fleuve de l'histoire allait porter Tolstoy, du Rêve en Dieu des *yogis* au seuil de la grande action de Vivekananda et de Gandhi, — de l'*Hind-Swaraj*.

Détours étranges du destin! Le premier qui l'y conduisit fut l'homme qui, plus tard, devait devenir le meilleur lieutenant du Mahâtmâ indien, mais qui, en ce temps, était encore, comme Paul avant le chemin de Damas, le violent ennemi de ces pensées: *C.-R. Das*[363]... Est-il permis d'imaginer que la voix de Tolstoy a pu contribuer à le ramener à sa vraie mission? — A la fin de 1908, C.-R. Das était dans le camp de la Révolution. Il écrivit à Tolstoy, sans lui rien voiler de sa foi violente; il combattait, à visage découvert, la doctrine tolstoyenne de la Non-Résistance; et cependant, il lui demandait un mot de sympathie pour son journal, *Free Hindostan*. Tolstoy répondit une très longue lettre, presque un traité, qui, sous le titre de *Lettre à un Indien*, 14 décembre 1908, se répandit dans le monde entier. Il proclamait énergiquement la doctrine de la Non-Résistance et de l'Amour, en encadrant chaque partie de son argumentation dans des citations de Krishna. Il n'apportait pas moins de vigueur dans son combat contre la nouvelle superstition de la science que contre les anciennes superstitions religieuses. Et il faisait aux Indiens un reproche véhément de renier leur sagesse antique pour épouser l'erreur d'Occident.

«*On pouvait espérer, disait-il, que, dans l'immense monde brahmano-bouddhiste et confucianiste, ce nouveau préjugé scientifique n'aurait point place, et que les Chinois, les Japonais, les Hindous, ayant compris le mensonge religieux qui justifie la violence, arriveraient directement à concevoir la loi de l'amour, propre à l'humanité, qui fut promulguée avec une force si éclatante par les grands maîtres de l'Orient. Mais la superstition de la science, qui a remplacé celle de la religion, envahit de plus en plus les peuples de l'Orient. Elle subjugue* déjà le Japon et lui prépare les pires désastres. Elle se répand sur ceux qui, en Chine et dans l'Inde, prétendent, comme vous, être les meneurs de vos peuples. Vous invoquez, dans notre journal, comme un principe fondamental qui doit guider l'activité de l'Inde, l'idée suivante:

«Resistance to agression is not simply justifiable, but imperative; non-resistance hurts both altruism and egoism.»

«... Eh quoi! vous, membre d'un des peuples les plus religieux, vous allez, d'un cœur léger et confiant en votre instruction scientifique, abjurer la loi de l'amour, proclamée au sein de votre peuple, avec une clarté exceptionnelle, dès l'antiquité reculée!... Et vous répétez ces stupidités que vous ont suggérées les champions de la violence, les ennemis de la vérité, les esclaves de la théologie d'abord, ensuite de la science, — vos maîtres européens!

«Vous dites que les Anglais ont asservi l'Inde, parce que l'Inde ne résiste pas assez à la violence par la force? — Mais c'est tout juste le contraire! Si les Anglais ont asservi les Hindous, ce n'est que pour cette raison que les Hindous reconnaissaient et reconnaissent encore la violence comme principe fondamental de leur organisation sociale; ils se soumettaient, au nom de ce principe, à leurs roitelets; au nom de ce principe, ils ont lutté contre eux, contre les Européens, contre les Anglais... Une Compagnie commerciale — trente mille hommes, des hommes plutôt faibles — ont asservi un peuple de deux cents millions! Dites cela à un homme libre de préjugés! Il ne comprendra pas ce que ces mots peuvent signifier... N'est-il pas évident, d'après ces chiffres mêmes, que ce ne sont pas les Anglais, mais les Hindous eux-mêmes qui ont asservi les Hindous?...

«Si les Hindous sont asservis par la violence, c'est parce qu'eux-mêmes ont vécu de la violence, vivent à présent de la violence et ne reconnaissent pas la loi éternelle de l'amour, propre à l'humanité.

«Digne de pitié et ignorant l'homme qui cherche ce qu'il possède et ignore qu'il le possède! Oui, misérable et ignorant l'homme qui ne connaît pas le bien de l'amour qui l'entoure et que je lui ai donné!» (Krishna).

«L'homme n'a qu'à vivre en accord avec la loi de l'amour, qui est propre à son cœur et qui recèle en soi le principe de Non-Résistance, de Non-Participation à toute violence. Alors, non seulement une centaine d'hommes ne pourraient asservir des millions, mais des millions ne pourraient asservir un seul. Ne résistez pas au mal et ne prenez pas part à ce mal, à la contrainte de l'administration, des tribunaux, des impôts, et surtout de l'armée! – Et rien, ni personne au monde ne pourra vous asservir!»

Une citation de Krishna termine (comme elle a commencé) cette prédication de la Non-Résistance faite par la Russie à l'Inde:

«Enfants, levez plus haut vos regards aveuglés, et un monde nouveau, plein de joie et d'amour, vous apparaîtra, un monde de Raison, créé par Ma Sagesse, le seul monde réel. Alors, vous connaîtrez ce que l'amour a fait de vous, ce dont il vous a gratifiés et ce qu'il exige de vous.»

Or, cette lettre de Tolstoy tombe dans les mains d'un jeune Indien, qui était *«homme de loi»*, à Johannesburg, en Sud-Afrique. Il se nommait Gandhi. Il en fut saisi. Il écrivit à Tolstoy, vers la fin de 1909[364]. Il lui annonçait la campagne de sacrifice, qu'il dirigeait depuis une dizaine d'années, dans l'esprit évangélique de Tolstoy[365]. Il lui demandait l'autorisation de traduire en langue indienne la lettre à C.-R. Das.

Tolstoy lui envoya sa bénédiction fraternelle, dans le «*combat de la douceur contre la brutalité, de l'humilité et de l'amour contre l'orgueil et la violence*». Il lut l'édition anglaise de l'*Hind Swarâj*, que Gandhi lui fit parvenir; et il pénétra aussitôt toute l'importance de cette expérience religieuse et sociale:

«*La question que vous traitez, de la Résistance passive, est de la plus haute valeur, non seulement pour l'Inde, mais pour toute l'humanité.*»

Il se procura la biographie de Gandhi par Joseph J. Doke[366], et il fut captivé. Malgré la maladie, il tint à lui adresser quelques lignes affectueuses (8 mai 1910). Et lorsqu'il se sentit rétabli il lui adressa, de Kotschety, le 7 septembre 1910, — un mois avant sa fuite vers la solitude et la mort, — une lettre d'une telle importance que, malgré sa longueur, je tiens à la reproduire, presque entière, à la fin de cette étude. Elle est et restera, aux yeux de l'avenir, l'Évangile de la Non-Résistance et le testament spirituel de Tolstoy. Les Indiens du Sud-Afrique la publièrent en 1914, dans le *Golden Number of Indian Opinion*, consacré à la *Résistance passive en Sud-Afrique*[367]. Elle fut associée au succès de leur cause, à la première victoire politique de la Non-Résistance.

Par un contraste saisissant, l'Europe, à la même heure, y répondait par la guerre de 1914, où elle s'entre-dévora.

Mais quand la tempête fut passée et que sa clameur sauvage, par degrés, s'éteignit, on entendit de nouveau, par delà le champ de ruines, monter comme une alouette la voix pure et ferme de Gandhi. Elle redisait, sur un mode plus clair et plus mélodieux, la grande parole de Tolstoy, le cantique d'espoir d'une nouvelle humanité.

R. R.

Mai 1927.

LETTRE ÉCRITE PAR TOLSTOY, DEUX MOIS AVANT SA MORT, A GANDHI

«A M. K. Gandhi, Johannesburg, Transvaal, Sud-Afrique.

«7 septembre 1910, Kotschety.

«J'ai reçu votre journal *Indian Opinion* et je me suis réjoui de connaître ce qu'il rapporte des Non-Résistants absolus. Le désir m'est venu de vous exprimer les pensées qu'a éveillées en moi cette lecture.

«Plus je vis — et surtout, à présent, où je sens avec clarté l'approche de la mort — plus fort est le besoin de m'exprimer sur ce qui me touche le plus vivement au cœur, sur ce qui me paraît d'une importance inouïe: c'est à savoir que ce que l'on nomme Non-Résistance n'est, en fin de compte, rien autre que l'enseignement de la Loi d'amour, non déformé encore par des interprétations menteuses. L'amour, ou, en d'autres termes, l'aspiration des âmes à la communion humaine et à la solidarité, représente la loi supérieure et unique de la vie... Et cela, chacun le sait et le sent au profond de son cœur (nous le voyons le plus clairement chez l'enfant). Il le sait aussi longtemps qu'il n'est pas encore entortillé dans la nasse de mensonge de la pensée du monde.

«Cette loi a été promulguée par tous les sages de l'humanité: hindous, chinois, hébreux, grecs et romains. Elle a été, je crois, exprimée le plus clairement par le Christ, qui a dit en termes nets que cette Loi contient toute loi et les Prophètes. Mais il y a plus: prévoyant les déformations qui menacent cette loi, il a dénoncé expressément le danger qu'elle soit dénaturée par les gens dont la vie est livrée aux intérêts matériels. Ce danger est qu'ils se croient autorisés à défendre leurs intérêts par la violence, ou, selon son expression, à rendre coup pour coup, à reprendre par la force ce qui a été enlevé par la force, etc., etc. Il savait (comme le sait tout homme raisonnable) que l'emploi de la violence est incompatible avec l'amour, qui est la plus haute loi de la vie. Il savait qu'aussitôt la violence admise, dans un seul cas, la loi était du coup abolie. Toute la civilisation chrétienne, si brillante en apparence, a poussé sur ce malentendu et cette contradiction, flagrante, étrange, en quelques cas, voulue, mais le plus souvent inconsciente.

«En réalité, dès que la résistance par la violence a été admise, la loi de l'amour était sans valeur et n'en pouvait plus avoir. Et si la loi d'amour est sans valeur, il n'est plus aucune loi, excepté le droit du plus fort. Ainsi vécut la chrétienté durant dix-neuf siècles. Au reste, dans tous les temps, les hommes ont pris la force pour principe directeur de l'organisation sociale. La différence entre les nations chrétiennes et les autres n'a été qu'en ceci: dans la chrétienté, la loi d'amour avait été posée clairement et nettement, comme dans aucune autre religion; et les chrétiens l'ont solennellement acceptée, bien qu'ils aient regardé comme licite l'emploi de la violence et qu'ils aient fondé leur vie sur la violence. Ainsi, la vie des peuples chrétiens est une contradiction complète entre leur confession et la base de leur vie, entre l'amour, qui doit être la loi de l'action, et la violence, qui est reconnue sous des formes diverses, telles que: gouvernement, tribunaux et armées, déclarés nécessaires et approuvés. Cette contradiction s'est accentuée avec le développement de la vie intérieure, et elle a atteint son paroxysme en ces derniers temps.

«Aujourd'hui, la question se pose ainsi: oui ou non; il faut choisir! Ou bien admettre que nous ne reconnaissons aucun enseignement moral religieux, et nous laisser guider dans la conduite de notre vie par le droit du plus fort. Ou bien agir en sorte que tous les impôts perçus par contrainte, toutes nos institutions de justice et de police, et avant tout l'armée, soient abolis.

«Le printemps dernier, à l'examen religieux d'un institut de jeunes filles, à Moscou, l'instructeur religieux d'abord, puis l'archevêque qui y assistait ont interrogé les fillettes sur les Dix Commandements, et principalement sur le Cinquième: «*Tu ne tueras point!*» Quand la réponse était juste, l'archevêque ajoutait souvent cette autre question: «*Est-il toujours et dans tous les cas défendu de tuer par la loi de Dieu?*» Et les pauvres filles, perverties par les professeurs, devaient répondre et répondaient: «*—Non, pas toujours. Car dans la guerre et pour les exécutions, il est permis de tuer.*»—Cependant une de ces malheureuses créatures (ceci m'a été raconté par un témoin oculaire) ayant reçu la question coutumière: «*—Le meurtre est-il toujours un péché?*»—rougit et répondit, émue et décidée: «*—Toujours!*» Et à tous les sophismes de l'archevêque elle répliqua, inébranlable, qu'il était interdit toujours, dans tous les cas, de tuer,—et cela déjà par le Vieux Testament: quant au Christ, il n'a pas seulement défendu de tuer, mais de faire du mal à son prochain. Malgré toute sa majesté et son habileté oratoire, l'archevêque eut la bouche fermée, et la jeune fille l'emporta.

«Oui, nous pouvons bavarder, dans nos journaux, sur le progrès de l'aviation, les complications de la diplomatie, les clubs, les découvertes, les soi-disant œuvres d'art, et passer sous silence ce qu'a dit cette jeune fille! Mais nous ne pouvons pas en étouffer la pensée, car tout homme chrétien sent comme elle plus ou moins obscurément. Le socialisme, l'anarchisme, l'Armée du Salut, la criminalité croissante, le chômage, le luxe monstrueux des riches, qui ne cesse d'augmenter, et la noire misère des pauvres, la terrible progression des suicides, tout cet état de choses témoigne de la contradiction intérieure, qui doit être et qui sera résolue. Résolue, vraisemblablement, dans le sens de la reconnaissance de la loi d'amour et de la condamnation de tout emploi de la violence. C'est pourquoi votre activité, au Transvaal, qui semble pour nous au bout du monde, se trouve cependant au centre de nos intérêts; et elle est la plus importante de toutes celles d'aujourd'hui sur la terre; non seulement les peuples chrétiens, mais tous les peuples du monde y prendront part.

«Il vous sera sans doute agréable d'apprendre que chez nous aussi, en Russie, une agitation pareille se développe rapidement, et que les refus de service militaire augmentent d'année en année. Quelque faible que soit encore chez vous le nombre des Non-Résistants et chez nous celui des réfractaires, les uns et les autres peuvent se dire: «Dieu est avec nous. Et Dieu est plus puissant que les hommes.»

«Dans la profession de foi chrétienne, même sous la forme de christianisme perverti qui nous est enseigné, et dans la croyance simultanée à la nécessité d'armées et d'armements pour les énormes boucheries de la guerre, il existe une contradiction si criante qu'elle doit, tôt ou tard, probablement très tôt, se manifester dans toute sa nudité. Alors il faudra ou bien anéantir la religion chrétienne, sans laquelle pourtant, le pouvoir des États ne pourrait se maintenir, ou bien supprimer l'armée et renoncer à tout emploi de la force, qui n'est pas moins nécessaire aux États. Cette contradiction est sentie par tous les gouvernements, aussi bien par le vôtre Britannique que par le nôtre Russe; et, par esprit de conservation, ils poursuivent ceux qui la dévoilent, avec plus d'énergie que toute autre activité ennemie de l'État. Nous l'avons vu en Russie, et nous le voyons par ce que publie votre journal. Les gouvernements savent bien d'où le danger le plus grave les menace, et ce ne sont pas seulement leurs intérêts qu'ils protègent ainsi avec vigilance. Ils savent qu'ils combattent pour l'être ou le ne-plus-être.

«LÉON TOLSTOY.»

LISTE CHRONOLOGIQUE DES ŒUVRES DE TOLSTOY[368]

=====1852=====

L'Enfance (1851-2). — L'Incursion. — Les Cosaques (terminé en 1862).

=====1853=====

Le Journal d'un marqueur.

=====1854=====

L'Adolescence. — La Coupe en forêt.

=====1855=====

Sébastopol en décembre 1854. — Sébastopol en mai 1855. — Sébastopol en août 1855.

=====1856=====

Deux hussards. — Une tourmente de neige. — Une rencontre au détachement. — La matinée d'un seigneur. — Adolescence.

=====1857=====

Albert. — Lucerne.

=====1858=====

Trois morts.

=====1859=====

Bonheur conjugal.

=====1860=====

Polikouchka.

=====1861=====

Le fileur de lin.

=====1862=====

Sur l'instruction du peuple. — Méthodes pour apprendre à lire et à écrire. — Projet d'un plan général pour les Écoles élémentaires. — Éducation et Instruction. — Progrès et définition de l'instruction. — Qui doit enseigner à écrire. — L'école d'Iasnaïa Poliana en novembre et décembre. — Sur la libre initiative et le développement des écoles du peuple. — Sur l'activité sociale dans le domaine de l'instruction du peuple. — Tikhon et Malanya (œuvres posthumes). — Idylle.

=====1863=====

Les Décembristes (extraits d'un roman projeté).

1864-1869

Guerre et Paix.

=====1872=====

Syllabaire (Traductions de fables d'Ésope, Hindoues, américaines, etc., contes de fées, récits de physique, zoologie, botanique, histoire; nouvelles (Le prisonnier du Caucase, Dieu voit la vérité); courtes histoires; poèmes épiques; arithmétique; notes et guide pour le maître).

Les deux voyageurs (œuvres posthumes).

=====1873=====

Au sujet de la famine de Samara (Lettre à l'éditeur de «Moscow Vedomosty»).

=====1874=====

Sur l'instruction du peuple. (Lettre à J. U. Shatiloff). — Rapport au Comité littéraire de Moscou.

=====1875=====

Nouveau Syllabaire. Quatre livres russes de lecture. — Quatre vieux livres slaves de lecture.

=====1876=====

Anna Karenine (1873-1876).

=====1878=====

Premiers souvenirs (fragment). — Les Décembristes (second fragment). — Les Décembristes (troisième fragment).

=====1879=====

Qui suis-je? (archives Tchertkoff). — Les Confessions (addition en 1882).

=====1880=====

Critique de la Théologie dogmatique. — Chapitres d'une nouvelle du temps de Pierre Ier. — Défense d'une petite fille. — En essayant une plume. — Comment meurt l'amour. —

Commencement d'un conte fantastique.—Sur Rousseau.—Oasis.—Un cosaque fugitif.

=====1881=====

Concordance et traduction des Quatre Évangiles.—Abrégé de l'Évangile.—De quoi vivent les hommes.

=====1882=====

L'Église et l'État.—La Non-Résistance au mal.—Article sur le recensement.

=====1884=====

En quoi consiste ma Foi (Ma Religion).—Préface à l'œuvre de Bondareff: «Le triomphe de l'agriculteur, ou le travail et la paresse.»—Le journal d'un fou.

=====1885=====

Légendes pour l'imagerie populaire: (Les deux frères et l'or; Les petites filles plus sages que les vieux; L'ennemi résiste, mais Dieu persiste; Les trois ermites; Tentation du Christ; Souffrances du Christ; Ilias; Comment un diablotin racheta un morceau de pain; Le pécheur repentant; Le fils de Dieu; Pour une peinture de la Cène; Histoire d'Ivan l'Imbécile).

Récits populaires: (Les deux vieillards; Le cierge; Où l'amour est, Dieu est; Laisse le feu flamber, tu ne pourras l'éteindre).

L'enseignement des douze apôtres.—Socrate.—La vie de Pierre le Publicain.—Pietr Hlebnik (Scènes dramatiques).

=====1886=====

La Puissance des Ténèbres.—La mort d'Ivan Iliitch.—Que devons-nous faire?—Que sommes-nous?—Le premier bouilleur. — Légendes pour l'imagerie populaire: (Faut-il beaucoup de terre pour un homme? — Un grain gros comme un œuf de poule). — Nicolas Palkine. — Calendrier avec proverbes. — Sur la charité. — Sur la foi. — Sur la lutte contre le mal (lettre à un Révolutionnaire). — Sur la religion. — Sur les femmes. — A la jeunesse. — Le royaume de Dieu (fragment). — Préface à une collection «Florilège». — Ægée (scènes dramatiques).

=====1887=====

De la vie. — Sur le sens de la vie (Rapport lu devant la Société de Psychologie de Moscou). — Sur la vie et la mort (Lettre à Tchertkoff). — Marchez pendant que vous avez la lumière. — Entretiens de gens qui ont des loisirs (Introduction à la nouvelle précédente). — L'ouvrier Emelian et le tambour vide. — Les trois fils (parabole). — Pour le tableau de Makovsky: «l'Acquitté.» — Le travail manuel et l'activité intellectuelle (Lettre à Romain Rolland).

=====1888=====

Sur Gogol (article non terminé).

=====1889=====

Le Diable (œuvres posthumes). — Histoire d'une ruche. — La Sonate à Kreutzer. — Sur l'amour de Dieu et du prochain. — Appel aux hommes-frères. — Sur l'Art (à propos de la conférence de Goltsev: La beauté dans l'art). — Les Fruits de l'instruction (comédie). — Il est temps de se ressaisir. — Préface à l'œuvre de Yershoff: «Souvenirs de Sébastopol». — La fête des lumières en janv. 12.

=====1890=====

Pourquoi les hommes s'étourdissent-ils? — «Quarante ans», légende de Kostomaroff. — Postface à la Sonate à Kreutzer. — Sur Bondareff. — Sur les relations entre les sexes. — Sur le projet d'Henry George. — Mémoires d'un chrétien. — Vies des Saints. — Première épître de Jean. — «Notre Père», annoté. — La sagesse chinoise (Grand enseignement; Livre de la Voie de la Vérité). — Seulement le bien-être pour tous. — Il vivait dans un village un homme nommé Nicolas. — Préface à l'œuvre de Tchertkoff: «Un mauvais divertissement.» — Sur le suicide («Ce que signifie cet étrange phénomène»).

=====1891=====

Mémoires d'une mère (Œuvres posthumes). — «Ça coûte cher» (d'après Maupassant). — Sur la Famine. — Sur ce qui est l'Art et ce qui n'est pas l'Art; quand l'Art est une chose importante, et quand il est une chose inutile (fragment). — Sur les tribunaux (œuvres posthumes). — Le premier échelon. — Un horloger. — Une terrible question. — «Le Café de Surate» (d'après Bernardin de Saint-Pierre). — Sur les moyens de venir en aide à la population, au cas de mauvaise récolte.

=====1892=====

Aide à ceux qui sont frappés par la famine. — Chez ceux qui sont dans le besoin (Deux articles). — Rapport sur les secours à ceux qui sont frappés par la famine. — Sur la Raison et la Religion (lettre au baron Rosen). — Lettre sur le Karma. — «Françoise» (d'après Maupassant).

=====1893=====

Rapports sur les secours à ceux qui sont frappés par la famine. — Le Salut est en vous (Le Royaume de Dieu est en vous) (1891-3). — Christianisme et service militaire (Chapitre éliminé par la censure de «Le Royaume de Dieu est en vous»). — La Religion et la Morale. — Le Non-Agir. — Ce que veut l'amour. — Préface au Journal d'Amiel. — L'esprit chrétien et le patriotisme. — Sur la question du Libre-Arbitre.

=====1894=====

Karma (conte bouddhiste, d'après l'anglais). — Le jeune tsar (œuvres posthumes). — Sur les relations avec l'État. — Lettre sur l'Immortalité. — Préface aux œuvres de Maupassant. — Préface aux contes de Semyonoff. — Aux Italiens.

=====1895=====

Maître et Serviteur. — Trois paraboles. — Honte! — Postface au livre: «La vie et la mort de B. N. Drojgine.» — Postface à l'article de P. J. Birukoff: «La persécution des chrétiens en 1895.» — Lettre à un Polonais. — Lettre à P. V. Veriguin (sur les livres et l'imprimerie). — Sur les rêves insensés.

=====1896=====

Comment lire les Évangiles et où réside leur essence. — «Carthago delenda est» (premier article). — Au peuple chinois (inachevé). — Sur la Non-Résistance. — Sur la supercherie de l'Église. — Le patriotisme et la paix. — Lettre aux libéraux. — Les rapports avec l'ordre existant du gouvernement. — L'approche de la fin. — L'enseignement chrétien. — Postface à l'appel: «Au secours!»

=====1897=====

Qu'est-ce que l'art? — Lettre à l'éditeur d'un journal suédois, pour que le prix Nobel soit attribué aux Doukhobors. — J'ai vécu plus de cinquante ans de vie consciente.

=====1898=====

Appel pour l'aide aux Doukhobors. — Les deux guerres. — Famine ou non-famine. — «Carthago delenda est» (deuxième article). — Le père Serge (œuvres posthumes). — Préface à l'article de Carpenter: «La Science contemporaine.» — A l'éditeur de Russkiya Vedomosty (avec une lettre de Sokoloff).

=====1899=====

Résurrection. — Sur l'éducation religieuse. — Lettre à un officier. — Lettre à un Suédois, au sujet de la Conférence de la Paix, à la Haye.

=====1900=====

Où est l'issue? — L'esclavage de notre temps. — Le cadavre vivant. — Tu ne tueras point. — Lettre aux Doukhobors émigrés au Canada. — Le faut-il ainsi? — Le patriotisme et le gouvernement. — Deux versions différentes du conte de la Ruche (œuvres posthumes). — Préface au livre: «Anatomie de la pauvreté.»

=====1901=====

L'unique moyen. — Qui a raison? — Aux jeunes gens oisifs. — Un appel du peuple travailleur russe à l'autorité. — Sur la tolérance religieuse. — Raison, foi, prière (trois articles). — Réponse au Synode. — Carnet de l'officier. — Carnet du soldat. — Sur l'Alliance franco-russe (lettre). — Au tsar et à ses conseillers (premier article). — Sur l'éducation (lettre à P. J. Birukoff). — Lettre à un journal bulgare. — Préface au conte de Polenz: «Le paysan.»

=====1902=====

Appel au clergé. — La lumière luit dans les ténèbres, drame (œuvres posthumes). — Qu'est-ce que la religion, et en quoi consiste son essence. — La destruction de l'enfer et son rétablissement. — Aux travailleurs.

=====1903=====

Sur Shakespeare et le Drame. — Après le Bal (œuvres posthumes). — Le roi assyrien Assarhadon. — Le travail, la mort et la maladie. — Trois questions. — Aux réformateurs politiques. — Sur la conception d'une source spirituelle (corrigé en 1908). — Sur le travail physique. — Lettre sur le Karma (à Sysuyeff). — «C'est vous!» (adaptation de l'allemand).

=====1904=====

Souvenirs d'enfance (1903, 1904, et quelques pages en 1906). — Hadji-Mourad (1896-8, 1901-4) (œuvres posthumes). — Le faux coupon (1903-4). — Harrison et la non-résistance au mal par la violence. — Qui suis-je? — Pensées d'hommes sages. — Ressaisissez-vous! (corrigé à nouveau en 1906-7). — Postface au livre de Tchertkoff: «Notre révolution.»

=====1905=====

Cycles de lectures. — Buddhâ. — Divin et humain. — Lamennais. — Pascal. — Pierre Heltchitsky. — Le procès de Socrate. — Korney Vassiliyeff. — Prière. — Nouvelle préface à l'enseignement des Douze Apôtres. — Préface au «Bien-Aimé» de Tchertkoff. — Une seule chose est nécessaire. — Alexis le Pot (œuvres posthumes). — La fin d'un monde. — Le grand Crime. — Sur le mouvement social en Russie. — Comment et pourquoi devons-nous vivre. — La baguette verte (deux versions). — La vraie liberté (lettre à un paysan, — corrigé en 1907).

=====1906=====

Le père Vassily (œuvres posthumes). — Sur le sens de la Révolution Russe. — Appel au peuple russe (gouvernement, révolutionnaires et masses).—Sur le service militaire.—Sur la guerre.—Une seule solution possible de la question de la terre.—Sur le catholicisme (à Paul Sabatier).—Lettre à un Chinois.—Préface aux «Problèmes sociaux» de Henry George.—Notes posthumes de l'ermite Theodor Kouzmich (œuvres posthumes).—Ce que j'ai vu en rêve (œuvres posthumes).—Qu'y a-t-il à faire?—Au tsar et à ses conseillers (deuxième article).

=====1907=====

Conversations avec des enfants sur les questions morales.—Préface aux Pensées choisies de La Bruyère, La Rochefoucauld, Vauvenargues, Montesquieu, et courtes esquisses biographiques.—Aimez-vous les uns les autres.—Tu ne tueras personne.—Sur les compréhensions de la vie.—Première rencontre avec Ernest Crosby.—Pourquoi les nations chrétiennes, et le peuple Russe en particulier, sont actuellement dans une situation misérable.

=====1908=====

Je ne puis plus me taire.—Cycle de lectures (corrigé et amplifié).—Aphorismes pour son portrait.—Bienfaits de l'amour.—Le loup (conte pour les enfants).—Souvenirs du procès d'un soldat (lettre à P. J. Birukoff).—La loi de violence et la loi d'amour.—Qui sont les meurtriers? (œuvres posthumes).—Sur l'annexion de la Bosnie-Herzégovine par l'Autriche.—Réponse aux félicitations du Jubilé.—

Lettre à un Hindou.—Préface à l'Album des Peintures d'Orloff.—Préface au conte de V. Morozoff: «Pour une parole.»—Préface à la nouvelle de A. J. Ertel: «Jardinage.»—«Pouvoir de l'enfance» (d'après Victor Hugo).—Sur le procès de Molochnikoff.—L'enseignement du Christ adapté pour les enfants.

Il n'y a pas de coupable, au monde (première version). — Isidore le prêtre régulier (œuvres posthumes). — Où est la principale tâche d'un éducateur (conversations avec les instituteurs des Écoles élémentaires). — Sagesse des enfants (œuvres posthumes). — Lettre au Congrès de la Paix. — Le seul commandement. — Sur l'arrêt de Gusseff. — Pour tous les jours. — Sur l'éducation (lettre à V. F. Bulgakoff). — Charge inévitable. — Sur la pendaison. — Sur les «points de repère». — Sur Gogol. — Sur l'État. — Sur la Science. — Sur la jurisprudence. — Réponse à une femme Polonaise. — Arrêtez, et pensez, pour l'amour de Dieu! — Sur un article de Struve. — Lettre à un Vieux-Croyant. — Lettre à un Révolutionnaire. — Au sujet de la visite du fils d'Henry George. — Il est temps de comprendre. — Salut à ceux qui ont souffert pour l'amour de la Vérité. — Le passant et le paysan. — Les chants du village. — Entretien du père et du fils (adaptation de l'allemand). — Conversation avec un voyageur. — L'hôtellerie (parabole pour les enfants). — Article aux journaux, sur les lettres d'abus. — La peine capitale et la chrétienté.

Trois jours au village. — La voie de la vie. — Hodynka. — «Toutes les qualités viennent d'elle», comédie. — Sur la folie. — Au Congrès Slave, à Sofia. — Terre fertile. — Non prémédité. — Supplément à la Lettre au Congrès de la Paix. — Il n'y a pas de coupable au monde (deuxième version). — Conte pour les enfants. — Philosophie et Religion (réminiscences de N. Y. Grot). — Sur le socialisme (inachevé). — Les moyens efficaces.

La lumière qui vient de s'éteindre

Histoire de mon Enfance

Les récits du Caucase

Les Cosaques

Récits de Sébastopol

Trois Morts

Bonheur Conjugal

Guerre et Paix

Anna Karénine

Les Confessions et la crise religieuse

La crise sociale: Que devons-nous faire?

La critique de l'Art

Les Contes Populaires

La Puissance des Ténèbres

La Mort d'Ivan Iliitch

NOTES:

[1] A part quelques interruptions, — une surtout, assez longue, entre 1865 et 1878.

[2] Pour sa remarquable biographie de *Léon Tolstoï: Vie et Œuvre, Mémoires, Souvenirs, Lettres, Extraits du Journal intime, Notes et Documents biographiques* réunis, coordonnés et annotés par P. Birukov, revisés par Léon Tolstoï, traduits sur le manuscrit par J.-W. Bienstock, — 4 vol. éd. du *Mercure de France*.

C'est le recueil de documents le plus important sur la vie et l'œuvre de Tolstoï. J'y ai abondamment puisé.

[3] Il fit aussi les campagnes napoléoniennes et fut prisonnier en France pendant les années 1814-1815.

[4] *Enfance*, chap. II.

[5] *Enfance*, chap. XXVII.

[6] Iasnaïa Poliana, dont le nom signifie *la Clairière claire*, est un petit village au sud de Moscou, à quelques lieues de Toula, «dans une des provinces les plus foncièrement russes. Les deux grandes régions de la Russie, dit M. A. Leroy-Beaulieu, la région des forêts et celle des terres de culture s'y touchent et s'y enchevêtrent. Aux environs ne se rencontrent ni Finnois, ni Tatars, ni Polonais, ni Juifs, ni Petits-Russiens. Ce pays de Toula est au cœur même de la Russie.»

(A. Leroy-Beaulieu: *Léon Tolstoï*, Revue des Deux Mondes, 15 déc. 1910.)

[7] Tolstoï l'a dépeint dans *Anna Karénine*, sous les traits du frère de Levine.

[8] Il écrivit *le Journal d'un Chasseur*.

[9] En réalité, elle était une parente éloignée. Elle avait aimé le père de Tolstoï, et elle en avait été aimée; mais, comme Sonia dans *Guerre et Paix*, elle s'était effacée.

[10] *Enfance*, chap. XII.

[11] N'a-t-il pas prétendu, dans des notes autobiographiques (datées de 1878), qu'il se rappelait les sensations de l'emmaillotement et du bain d'enfant dans le baquet! (Voir *Premiers Souvenirs*. Une traduction française en a été publiée dans le même volume que *Maître et Serviteur*.)

Le grand poète suisse Carl Spitteler a, lui aussi, été doué de cet extraordinaire pouvoir d'évoquer ses images du seuil de la vie. Il a consacré tout un livre (*Meine frühesten Erlebnisse*) à ses toutes premières années d'enfance.

[12] *Premiers Souvenirs*.

[13] De 1842 à 1847.

[14] Nicolas, plus âgé que Léon de cinq ans, avait déjà terminé ses études en 1844.

[15] Il aimait les conversations métaphysiques «d'autant plus, dit-il, qu'elles étaient plus abstraites et qu'elles arrivaient à un tel degré d'obscurité que, croyant dire ce qu'on pense, on dit tout autre chose». (*Adolescence*, XXVII.)

[16] *Adolescence*, XIX.

[17] Surtout dans ses premières œuvres, dans les *Récits de Sébastopol*.

[18] C'était le temps où il lisait Voltaire et y trouvait plaisir. (*Confessions*, 1.)

[19] *Confessions*, 1, trad. J.-W. Bienstock.

[20] *Jeunesse*, III.

[21] En mars-avril 1847.

[22] «Tout ce que fait l'homme, il le fait par amour-propre», dit Nekhludov dans *Adolescence*.

En 1853, Tolstoï note, dans son *Journal*: «Mon grand défaut: l'orgueil. Un amour-propre immense, sans raison... Je suis si ambitieux que si j'avais à choisir entre la gloire et la vertu (que j'aime), je crois bien que je choisirais la première.»

[23] «Je voulais que tous me connussent et m'aimassent. Je voulais que rien qu'en entendant mon nom, tous fussent frappés d'admiration et me remerciassent.» (*Jeunesse*, III.)

[24] D'après un portrait de 1848, quand il avait vingt ans (reproduit dans le premier volume de *Vie et Œuvre*).

[25] «Je m'imaginais qu'il n'y avait pas de bonheur sur terre pour un homme qui avait, comme moi, le nez si large, les lèvres si grosses et les yeux si petits.» (*Enfance*, XVII.) Ailleurs, il parle avec désolation de «ce visage sans expression, ces traits veules, mous, indécis, sans noblesse, rappelant les simples moujiks, ces mains et ces pieds trop grands». (*Jeunesse*, I.)

[26] «Je partageais l'humanité en trois classes: les hommes comme il faut, les seuls dignes d'estime; les hommes non comme il faut, dignes de mépris et de haine; et la plèbe: elle n'existait pas.» (*Jeunesse*, XXXI.)

[27] Surtout pendant un séjour à Saint Pétersbourg, en 1847-8.

[28] *Adolescence*, XXVII.

[29] Entretiens avec M. Paul Boyer (*Le Temps*), 28 août 1901.

[30] Nekhludov figure aussi dans *Adolescence* et *Jeunesse* (1854), dans *une Rencontre au Détachement* (1856), *le Journal d'un Marqueur* (1856), *Lucerne* (1857) et *Résurrection* (1899). — Il faut remarquer que ce nom désigne des personnages différents. Tolstoï n'a pas cherché à lui conserver le même aspect physique, et Nekhludov se tue, à la fin du *Journal d'un Marqueur*. Ce sont des incarnations diverses de Tolstoï, dans ce qu'il a de meilleur et de pire.

[31] *La Matinée d'un Seigneur,* t. II des *Œuvres complètes,* trad. de J.-W. Bienstock.

[32] Elle est contemporaine des récits d'*Enfance*.

[33] 11 juin 1851, au camp fortifié de Starï-Iourt, dans le Caucase.

[34] *Journal,* trad. J.-W. Bienstock.

[35] *Ibid.,* juillet 1851.

[36] Lettre à sa tante Tatiana, janvier 1852.

[37] Un portrait de 1851 montre déjà le changement qui s'accomplit dans l'âme. La tête est levée, la physionomie s'est un peu éclaircie, les cavités des yeux sont moins sombres, les yeux gardent leur fixité sévère, et la bouche entr'ouverte, qu'ombre une moustache naissante, est morose; il y a toujours quelque chose d'orgueilleux et de défiant, mais bien plus de jeunesse.

[38] Les lettres qu'il écrit alors à sa tante Tatiana sont pleines d'effusions et de larmes. Il est, comme il le dit, *Liova-riova*, Léon le pleurnicheur (6 janvier 1852).

[39] *La Matinée d'un Seigneur* est le fragment d'un projet de *Roman d'un propriétaire russe. Les Cosaques* forment la première partie d'un grand roman du Caucase. L'immense *Guerre et Paix*

n'était, dans la pensée de l'auteur, qu'une sorte de préambule à une épopée contemporaine, dont les *Décembristes* devaient être le centre.

[40] Le pèlerin Gricha, ou la mort de la mère.

[41] Dans une lettre à M. Birukov.

[42] *La Matinée d'un Seigneur* ne fut achevée qu'en 1855-6.

[43] *Les deux Vieillards* (1885).

[44] L'*Incursion*, t. III des *Œuvres complètes*.

[45] T. III des *Œuvres complètes*.

[46] T. IV des *Œuvres complètes*.

[47] Bien qu'ils aient été terminés beaucoup plus tard, en 1860, à Hyères (ils ne parurent qu'en 1863), le gros de l'œuvre est de cette époque.

[48] *Les Cosaques*, t. III des *Œuvres complètes*.

[49] «Peut-être, dit Olénine, amoureux de la jeune Cosaque, aimé-je en elle la Nature... En l'aimant, je me sens faire partie indivise de la Nature.»

Souvent, il compare celle qu'il aime à la Nature.

«Elle est, comme la Nature, égale, tranquille et taciturne.»

Ailleurs, il rapproche l'aspect des montagnes lointaines et de «cette femme majestueuse».

[50] Ainsi, dans la lettre d'Olénine à ses amis de Russie.

[51] En français dans le texte.

[52] Il rajoute, à la fin de sa lettre:

«Comprenez-moi bien!... J'estime que, sans la religion, l'homme ne peut être ni bon, ni heureux; je voudrais la posséder plus que toute autre chose au monde; je sens que mon cœur se dessèche sans elle... Mais je ne crois pas. C'est la vie qui crée chez moi la religion, et non la religion la vie... Je sens en ce moment une telle sécheresse dans le cœur qu'il me faut posséder une religion. Dieu m'aidera. Cela viendra... La nature est pour moi le guide qui mène à la religion, chaque âme a son chemin différent et inconnu; on ne le trouve qu'en ses profondeurs...»

[53] *Journal*, trad. J.-W. Bienstock.

[54] On retrouve aussi cette manière dans *la Coupe en forêt*, terminée à la même époque. Par exemple: «Il y a trois sortes d'amour: 1° l'amour esthétique; 2° l'amour dévoué; 3° l'amour actif, etc.» (*Jeunesse.*) — Ou bien: «Il y a trois sortes de soldats: 1° les soumis; 2° les autoritaires; 3° les fanfarons, — qui se subdivisent eux-mêmes en: *a*, soumis de sang-froid; *b*, soumis empressés; *c*, soumis qui boivent, etc.». (*Coupe en forêt.*)

[55] *Jeunesse*, XXXII (vol. II des *Œuvres complètes*).

[56] Envoyé à la revue le *Sovrémennik*, et publié aussitôt.

[57] Tolstoï y est revenu, beaucoup plus tard, dans ses *Entretiens* avec son ami Ténéromo. Il lui a raconté notamment une crise de terreur qui le prit, une nuit qu'il était couché dans le «logement» creusé en plein rempart, sous le blindage. On trouvera cet *Épisode de la guerre de Sébastopol* dans le volume intitulé *les Révolutionnaires*, trad. J.-W. Bienstock.

[58] Un peu plus tard, Droujinine le mettra amicalement en garde contre ce danger: «Vous avez une tendance à la finesse excessive de l'analyse; elle peut se transformer en un grand défaut. Parfois, vous êtes prêt à dire: chez un tel, le mollet

indiquait son désir de voyager aux Indes... Vous devez refréner ce penchant, mais ne l'étouffer pour rien au monde.» (Lettre de 1856, citée par P. Birukov.)

[59] T. IV des *Œuvres complètes*, p. 82-83.

[60] Que la censure mutila.

[61] 2 septembre 1855, trad. J-W. Bienstock.

[62] «Son amour-propre se confondait avec sa vie; il ne voyait pas d'autre alternative: être le premier, ou se détruire... Il aimait à se trouver le premier parmi les hommes auxquels il se comparait.»

[63] En 1889, Tolstoï, écrivant une préface aux *Souvenirs de Sébastopol par un officier d'artillerie*, A.-J. Erchov, revint en pensée sur ces scènes. Tout souvenir héroïque en avait disparu. Il ne se rappelait plus que la peur qui dura sept mois, — la double peur: celle de la mort et celle de la honte, — l'horrible torture morale. Tous les exploits du siège, pour lui, se résumaient en ceci: avoir été de la chair à canon.

[64] Suarès: *Tolstoï*, éd. de l'*Union pour l'Action morale*, 1899 (réédité, aux *Cahiers de la Quinzaine*, sous le titre: *Tolstoï vivant*).

[65] Tourgueniev se plaint, dans une conversation, du «stupide orgueil nobiliaire de Tolstoï, de sa fanfaronnade de Junker».

[66] «Un trait de mon caractère, bon ou mauvais, mais qui me fut toujours propre, c'est que, malgré moi, je m'opposais toujours aux influences extérieures épidémiques... J'avais une répulsion pour le courant général.» (Lettre à P. Birukov.)

[67] Tourgueniev.

[68] Grigorovitch.

[69] Eugène Garchine: *Souvenirs sur Tourgueniev*, 1883. Voir *Vie et Œuvre* de Tolstoï par Birukov.

[70] La plus violente, qui amena entre eux une brouille décisive, eut lieu en 1861. Tourgueniev faisait montre de ses sentiments philanthropiques et parlait des œuvres de bienfaisance dont s'occupait sa fille. Rien n'irritait plus Tolstoï que la charité mondaine.

— «Je crois, dit-il, qu'une jeune fille bien habillée, qui tient sur ses genoux des guenilles sales et puantes, joue une scène théâtrale qui manque de sincérité.»

La discussion s'envenima. Tourgueniev, hors de lui, menaça Tolstoï de le souffleter. Tolstoï exigea une réparation, sur l'heure, un duel au fusil. Tourgueniev, qui avait aussitôt regretté son emportement, envoya une lettre d'excuses. Mais Tolstoï ne pardonna point. Près de vingt ans plus tard, comme on le verra par la suite, ce fut lui qui demanda pardon, en 1878, alors qu'il abjurait toute sa vie passée et humiliait à plaisir son orgueil devant Dieu.

[71] *Confessions*, t. XIX des *Œuvres complètes*, trad. J.-W. Bienstock.

[72] «Il n'y avait, dit-il, aucune différence entre nous et un asile d'aliénés. Même à cette époque, je le soupçonnais vaguement; mais, comme font tous les fous, je traitais chacun de fou, excepté moi.» (*Ibid.*)

[73] Voir sur cette période ses charmantes lettres, si juvéniles à sa jeune tante la comtesse Alexandra A. Tolstoï (*Briefwechsel mit der Gräfin A. A. Tolstoï*, publ. par Ludwig Berndt, nouvelle édition augmentée, Rotapfelverlag, Zürich, 1926.)

[74] *Confessions*.

[75] *Journal du prince D. Nekhludov, Lucerne*, t. V. des *Œuvres complètes*.

[76] Passant de Suisse en Russie, sans transition, il découvre que «*la vie en Russie est un éternel tourment!...*»

«C'est bon qu'il y ait un refuge dans le monde de l'art, de la poésie et de l'amitié. Ici, personne ne me trouble... Je suis seul, le vent hurle; dehors il fait froid, sale; je joue misérablement un *andante* de Beethoven, avec des doigts gourds, et je verse des larmes d'émotion; ou je lis dans *L'Iliade*; ou j'imagine des hommes, des femmes, je vis avec eux; je barbouille du papier, ou je songe, comme maintenant, aux êtres aimés... (Lettre à la comtesse A. A. Tolstoï, 18 août 1857).

[77] *Journal du prince D. Nekhludov.*

[78] Il fit dans ce voyage la connaissance, à Dresde, d'Auerbach qui avait été son premier inspirateur pour l'instruction du peuple; à Kissingen, de Frœbel; à Londres, de Herzen; à Bruxelles, de Proudhon, qui semble l'avoir beaucoup frappé.

[79] Surtout en 1861-62.

[80] *L'Éducation et la culture.* — Voir *Vie et Œuvres* de Tolstoï, t. II.

[81] Tolstoï a exposé ces théories dans la revue *Iasnaïa Poliana*, 1862 (t. XIII des *Œuvres complètes*). — Sur *Tolstoï éducateur*, voir l'excellent livre de Charles Baudouin, Neuchâtel et Paris, 1920.

[82] T. IV des *Œuvres complètes*.

[83] T. V des *Œuvres complètes*.

[84] *Ibid.*

[85] T. VI des *Œuvres complètes*.

[86] Discours sur la *Supériorité de l'élément artistique dans la littérature sur tous ses courants temporaires.*

[87] Il lui opposait ses propres exemples, le vieux postillon des *Trois Morts.*

[88] On remarquera que déjà un autre frère de Tolstoï, Dmitri, était mort de phtisie, en 1856. Tolstoï lui-même se croyait atteint, en 1856, en 1862 et en 1871. Il était, comme il l'écrit, le 28 octobre 1852, «d'une complexion forte, mais d'une santé faible». Constamment, il souffrait de refroidissements, de maux de gorge, de maux de dents, de maux d'yeux, de rhumatismes. Au Caucase, en 1852, il devait, «deux jours par semaine au moins, garder la chambre». La maladie l'arrête, plusieurs mois, en 1854, sur la route de Silistrie à Sébastopol. En 1856, il est sérieusement malade de la poitrine, à Iasnaïa. En 1862, par crainte de la phtisie, il va faire une cure de koumiss à Samara, chez les Bachkirs, et il y retournera presque chaque année, après 1870. Sa correspondance avec Fet est pleine de ces préoccupations. Cet état de santé fait mieux comprendre l'obsession de sa pensée par la mort. Plus tard, il parlait de la maladie, comme de sa meilleure amie:

Quand on est malade, il semble qu'on descende une pente très douce, qui, à un certain point, est barrée par un rideau, léger rideau de légère étoffe: en deçà, c'est la vie; au delà, c'est la mort. Combien l'état de maladie l'emporte, en valeur morale, sur l'état de santé! Ne me parlez pas de ces gens qui n'ont jamais été malades! Ils sont terribles, les femmes surtout. Une femme bien portante, mais c'est une vraie bête féroce! (Entretiens avec M. Paul Boyer, *le Temps*, 27 août 1901.)

[89] 17 octobre 1860, lettre à Fet (*Correspondance inédite*, p. 27-30).

[90] Écrit à Bruxelles en 1861.

[91] Une autre nouvelle de cette époque, un simple récit de voyage, qui évoque des souvenirs personnels, *la Tourmente de Neige* (1856), a une grande beauté d'impressions poétiques et quasi-musicales. Tolstoï en a repris un peu le cadre, plus tard, pour *Maître et Serviteur* (1895).

[92] T. V des *Œuvres complètes*.

[93] Quand il était enfant, il avait, dans un accès de jalousie, fait tomber d'un balcon celle qui devait devenir madame Bers, — sa petite camarade de jeux, alors âgée de neuf ans. Elle en resta longtemps boiteuse.

[94] Voir dans *Bonheur Conjugal* la déclaration de Serge:

«Supposez un monsieur A, un homme vieux qui a vécu, et une dame B, jeune, heureuse, qui ne connaît encore ni les hommes ni la vie. Par suite de diverses circonstances de famille, il l'aimait comme une fille, et ne pensait pas pouvoir l'aimer autrement..., etc.»

[95] Peut-être mettait-il aussi dans son œuvre les souvenirs d'un roman d'amour, ébauché à Iasnaïa en 1856, avec une jeune fille, très différente de lui, très frivole et mondaine, qu'il finit par laisser, bien qu'ils fussent sincèrement épris l'un de l'autre.

[96] De 1857 à 1861.

[97] *Journal*, octobre 1857, trad. Bienstock.

[98] Lettre à Fet, 1863 (*Vie et Œuvre de Tolstoï*).

[99] *Confessions*, trad. Bienstock.

[100] «Le bonheur de famille m'absorbe tout entier.» (5 janvier 1863.) — «Je suis si heureux! si heureux! Je l'aime tant!» (8 février 1863.) — Voir *Vie et Œuvre*.

[101] Elle avait écrit quelques nouvelles.

[102] Elle recopia, dit-on, sept fois *Guerre et Paix*.

[103] Aussitôt après son mariage, Tolstoï suspendit ses travaux pédagogiques, écoles et revue.

[104] Ainsi que sa sœur Tatiana, intelligente et artiste, dont Tolstoï aimait beaucoup l'esprit et le talent musical.

Tolstoï disait: «J'ai pris Tania (Tatiana), je l'ai pilée avec Sonia (Sophie Bers, comtesse Tolstoï), et il en est sorti Natacha». (Cité par Birukov.)

[105] L'installation de Dolly dans la maison de campagne délabrée; — Dolly et les enfants; — beaucoup de détails de toilette; — sans parler de certains secrets de l'âme féminine, que l'intuition d'un homme de génie n'eût peut-être pas suffi à pénétrer, si une femme ne les lui avait trahis.

[106] Indice caractéristique de la mainmise sur l'esprit de Tolstoï par le génie créateur: son *Journal* s'interrompt, treize ans, depuis le 1er novembre 1865, en pleine composition de *Guerre et Paix*. L'égoïsme artistique fait taire le monologue de la conscience. — Cette époque de création est aussi une époque de forte vie physique. Tolstoï est fou de la chasse. «A la chasse, j'oublie tout...» (Lettre de 1864.) — A une de ces chasses à cheval, il se cassa le bras (septembre 1864), et ce fut pendant sa convalescence qu'il dicta les premières parties de *Guerre et Paix.* — «En revenant de mon évanouissement, je me suis dit: «Je suis un artiste.» Et je le suis, mais un artiste isolé.» (Lettre à Fet, 23 janvier 1865.) Toutes les lettres de cette époque, écrites à Fet, exultent de joie créatrice. «Je regarde comme un essai de plume, dit-il, tout ce que j'ai publié jusqu'à ce jour.» (*Ibid.*)

[107] Déjà, parmi les œuvres qui exercèrent une influence sur lui, entre vingt et trente-cinq ans, Tolstoï indique:

«Gœthe: *Hermann et Dorothée*... Influence très grande.

Homère: *Iliade* et *Odyssée* (en russe)... Influence très grande.»

En juin 1863, il note dans son *Journal*:

«Je lis Gœthe, et plusieurs idées naissent en moi.»

Au printemps de 1865, Tolstoï relit Gœthe, et il nomme *Faust* «la poésie de la pensée, la poésie qui exprime ce que ne peut exprimer aucun autre art.»

Plus tard, il sacrifia Gœthe, comme Shakespeare, à son Dieu. Mais il resta fidèle à son admiration pour Homère. En août 1857, il lisait, avec un égal saisissement, l'*Iliade* et l'*Évangile*. Et, dans un de ses derniers livres, le pamphlet contre *Shakespeare* (1903), c'est Homère qu'il oppose à Shakespeare, comme exemple de sincérité, de mesure et d'art vrai.

[108] Les deux premières parties de *Guerre et Paix* parurent en 1865-66, sous le titre de *l'Année 1805*.

[109] Tolstoï commença l'œuvre, en 1863, par *les Décembristes*, dont il écrivit trois fragments (publiés dans le t. VI des *Œuvres complètes*). Mais il s'aperçut que les fondations de son édifice n'étaient pas suffisamment assurées; et, creusant plus avant, il arriva à l'époque des guerres napoléoniennes, et écrivit *Guerre et Paix*. La publication commença en janvier 1865 dans le *Rousski Viestnik*; le sixième volume fut terminé en automne 1869. Alors Tolstoï remonta le cours de l'histoire; et il conçut le projet d'un roman épique sur Pierre le Grand, puis d'un autre: *Mirovitch*, sur le règne des impératrices du XVIIIe siècle et de leurs favoris. Il y travailla, de 1870 à 1873, s'entourant de documents, ébauchant plusieurs scènes; mais ses scrupules réalistes l'y firent renoncer: il avait conscience de n'arriver jamais à ressusciter d'une façon assez véridique l'âme de ces temps éloignés.—Plus tard, en janvier 1876, il eut l'idée d'un

nouveau roman sur l'époque de Nicolas I; puis il se remit aux *Décembristes*, avec passion, en 1877, recueillant les témoignages des survivants et visitant les lieux de l'action. Il écrit, en 1878, à sa tante, la comtesse A.-A. Tolstoï: «Cette œuvre est pour moi si importante! Vous ne pouvez vous imaginer combien c'est important pour moi; aussi important que l'est pour vous votre foi. Je voudrais dire: encore plus.» (*Coresp. inédite*, p. 9.) — Mais il s'en détacha, à mesure qu'il approfondissait le sujet: sa pensée n'y était plus. Déjà, le 17 avril 1879, il écrivait à Fet: «Les Décembristes? Dieu sait où ils sont!... Si j'y pensais, si j'écrivais, je me flatte de l'espoir que l'odeur seule de mon esprit serait insupportable à ceux qui tirent sur les hommes, pour le bien de l'humanité.» (*Ibid.*, p. 132.) — A cette heure de sa vie, la crise religieuse était commencée: il allait brûler toutes ses idoles anciennes.

[110] La première traduction française de *Guerre et Paix*, composée à Saint-Pétersbourg, date de 1879. Mais la première édition française est de 1885, en 3 volumes, chez Hachette. Tout récemment, une nouvelle traduction, intégrale, en 6 volumes, vient d'être publiée dans les *Œuvres complètes* (t. VII-XII).

[111] Pierre Besoukhov, qui a épousé Natacha, sera un Décembriste. Il a fondé une société secrète pour veiller au bien général, une sorte de *Tugendbund*. Natacha s'associe à ses projets, avec exaltation. Denissov ne comprend rien à une révolution pacifique; mais il est tout prêt à une révolte armée. Nicolas Rostov a gardé son loyalisme aveugle de soldat. Lui, qui disait, après Austerlitz: «Nous n'avons qu'une chose à faire: remplir notre devoir, nous battre et ne jamais penser», il s'irrite contre Pierre, et il dit: «Mon serment avant tout! Si on m'ordonnait de marcher contre toi, avec mon escadron, je marcherais et je frapperais.» Sa femme, la princesse Marie, l'approuve. Le fils du prince André, le petit Nicolas Bolkonsky, âgé de quinze ans, délicat, maladif et charmant, aux grands

yeux, aux cheveux d'or, écoute fiévreusement la discussion; tout son amour est pour Pierre et pour Natacha; il n'aime guère Nicolas et Marie; il a un culte pour son père, qu'il se rappelle à peine; il rêve de lui ressembler, d'être grand, d'accomplir quelque chose de grand, — quoi? il ne sait... «Quoi qu'ils disent, je le ferai... Oui, je le ferai. Lui-même m'aurait approuvé.» — Et l'œuvre se termine par un rêve de l'enfant, qui se voit sous la forme d'un grand homme de Plutarque, avec l'oncle Pierre, précédé de la Gloire, et suivi d'une armée. — Si *les Décembristes* avaient été écrits alors, nul doute que le petit Bolkonsky n'en eût été un des héros.

[112] J'ai dit que les deux familles Rostov et Bolkonski, dans *Guerre et Paix*, rappellent par beaucoup de traits la famille paternelle et maternelle de Tolstoï. Nous avons vu aussi s'annoncer dans les récits du Caucase et de Sébastopol plusieurs types de soldats et d'officiers de *Guerre et Paix*.

[113] Lettre du 2 février 1868, citée par Birukov.

[114] Notamment, disait-il, celui du prince André, dans la première partie.

[115] Il est regrettable que la beauté de la conception poétique soit quelquefois ternie par les bavardages philosophiques, dont Tolstoï surcharge son œuvre, surtout dans les dernières parties. Il tient à exposer sa théorie de la fatalité de l'histoire. Le malheur est qu'il y revient sans cesse et qu'il se répète obstinément. Flaubert, qui «poussait des cris d'admiration», en lisant les deux premiers volumes, qu'il déclarait «sublimes» et «pleins de choses à la Shakespeare», jeta d'ennui le troisième volume: — «Il dégringole affreusement. Il se répète, et il philosophise. On voit le monsieur, l'auteur et le Russe, tandis que jusque-là on n'avait vu que la Nature et l'Humanité.» (Lettre à Tourgueniev, janvier 1880.)

[116] La première traduction française d'*Anna Karénine* parut en deux volumes, 1886, chez Hachette. Dans les *Œuvres complètes*, la traduction intégrale remplit quatre volumes (t. XV-XVIII).

[117] Lettre à sa femme (archives de la comtesse Tolstoï), citée par Birukov (*Vie et Œuvre*).

[118] Le souvenir de cette terrible nuit se retrouve dans *le Journal d'un Fou*, 1883. (Œuvres posthumes.)

[119] Pendant qu'il termine *Guerre et Paix*, dans l'été de 1869, il découvre Schopenhauer, et il s'en enthousiasme: «Schopenhauer est le plus génial des hommes.» (Lettre à Fet, 30 août 1869.)

[120] Cet *Abécédaire*, énorme manuel de 700 à 800 pages, divisé en quatre livres, comprenait, à côté de méthodes d'enseignement, de très nombreux récits. Ceux-ci ont formé plus tard *Les Quatre Livres de Lecture* dont M. Charles Salomon vient de publier la première traduction française intégrale, 1928.

[121] Il y a, dit-il encore, entre Homère et ses traducteurs, la différence de «l'eau bouillie et distillée, et de l'eau de source froide, à faire mal aux dents, éclatante, ensoleillée, qui parfois charrie du sable, mais qui en est plus pure et plus fraîche». (Lettre à Fet, déc. 1870.)

[122] *Corresp. inéd.*

[123] Archives de la comtesse Tolstoï (*Vie et Œuvre*).

[124] Le roman fut terminé en 1877. Il parut — sauf l'épilogue, — dans le *Rousski Viestniki*.

[125] La mort de trois enfants (18 novembre 1873, février 1875, fin novembre 1875), de la tante Tatiana, sa mère adoptive (20 juin 1874), de la tante Pélagie (22 décembre 1875).

[126] Lettre à Fet, 1er mars 1876.

[127] «La femme est la pierre d'achoppement de la carrière d'un homme. Il est difficile d'aimer une femme et de rien faire de bon; et la seule façon de n'être pas constamment gêné, entravé par l'amour, c'est de se marier.» (Trad. Hachette, t. I, p. 312.)

[128] T. I, p. 86.

[129] T. I, p. 149.

[130] Devise, en tête du livre.

[131] Noter aussi, dans l'épilogue, l'esprit nettement hostile à la guerre et au nationalisme, au panslavisme.

[132] «Le mal, c'est ce qui est raisonnable pour le monde. Le sacrifice, l'amour, c'est l'insanité.» (II, 244.)

[133] II, 79.

[134] II, 346.

[135] II, 353.

[136] «Maintenant, je m'attelle de nouveau à l'ennuyeuse et vulgaire *Anna Karénine*, avec le seul désir de m'en débarrasser au plus vite...» (Lettres à Fet, 26 août 1875, *Corresp. inéd.* p. 95.)

«Il me faut achever le roman qui m'ennuie». (*Ibid.* 1er mars 1876.)

[137] Dans les *Confessions* (1879). t. XIX des *Œuvres complètes*.

[138] Je résume ici plusieurs pages des *Confessions*, en conservant les expressions de Tolstoï.

[139] Cf. *Anna Karénine*: «Et Levine aimé, heureux, père de famille, éloigna de sa main toute arme, comme s'il eût craint de

céder à la tentation de mettre fin à son supplice» (II, 339). Cet état d'esprit n'était pas spécial à Tolstoï et à ses héros. Tolstoï était frappé du nombre croissant de suicides, chez les classes aisées de toute l'Europe, et particulièrement en Russie. Il y fait souvent allusion dans ses œuvres de ce temps. On dirait qu'a passé sur l'Europe de 1880 une grande vague de neurasthénie, qui a submergé des milliers d'êtres. Ceux qui étaient adolescents alors en gardent, comme moi, le souvenir; et pour eux, l'expression par Tolstoï de cette crise humaine a une valeur historique. Il a écrit la tragédie cachée d'une génération.

[140] *Confessions*, p. 67.

[141] Ses portraits de cette époque accusent ce caractère populaire. Une peinture de Kramskoï (1873) représente Tolstoï en blouse de moujik, la tête penchée, l'air d'un Christ allemand. Le front commence à se dégarnir aux tempes; les joues sont creuses et barbues. — Dans un autre portrait de 1881, il a l'air d'un contre-maître endimanché: les cheveux coupés, la barbe et les favoris qui s'étalent; la figure paraît beaucoup plus large du bas que du haut; les sourcils sont froncés, les yeux moroses, le nez aux grosses narines de chien, les oreilles énormes.

[142] *Confessions*, p. 93-95.

[143] A vrai dire, ce n'était pas la première fois. Le jeune volontaire au Caucase, l'officier de Sébastopol, Olenine des *Cosaques*, le prince André et Pierre Besoukhov, dans *Guerre et Paix*, avaient eu des visions semblables. Mais Tolstoï était si passionné que, chaque fois qu'il découvrait Dieu, il croyait que c'était pour la première fois et qu'il n'y avait eu avant que la nuit et le néant. Il ne voyait plus dans son passé que les ombres et les hontes. Nous qui, par son *Journal*, connaissons, mieux que lui-même, l'histoire de son cœur, nous savons combien ce cœur fut toujours, même dans ses égarements, profondément religieux. Au reste, il en convient, dans un passage de la préface

à la *Critique de la théologie dogmatique*: «Dieu! Dieu! j'ai erré, j'ai cherché la vérité où il ne le fallait point. Je savais que j'errais. Je flattais mes mauvaises passions, en les sachant mauvaises; *mais je ne t'oubliais jamais. Je t'ai senti toujours, même quand je m'égarais*». — La crise de 1878-9 fut seulement plus violente que les autres, peut-être sous l'influence des deuils répétés et de l'âge qui venait; et sa seule nouveauté fut en ceci qu'au lieu que la vision de Dieu s'évanouit sans laisser de traces, après que la flamme d'extase était tombée, Tolstoï, averti par l'expérience passée, se hâta de «marcher, tandis qu'il avait la lumière», et de déduire de sa foi tout un système de vie. Non qu'il ne l'eût déjà tenté. (On se souvient de ses *Règles de vie*, conçues quand il était étudiant.) Mais, à cinquante ans, il avait moins de chances de se laisser distraire de sa route par les passions.

[144] Le sous-titre des *Confessions* est *Introduction à la Critique de la Théologie dogmatique et à l'Examen de la doctrine chrétienne*.

[145] «Moi, qui plaçais la vérité dans l'unité de l'amour, je fus frappé de ce fait que la religion détruisait elle-même ce qu'elle voulait produire.» (*Confessions*, p. 111.)

[146] «Et je me suis convaincu que l'enseignement de l'Église est, théoriquement, un mensonge astucieux et nuisible, pratiquement, un composé de superstitions grossières et de sorcelleries, sous lequel disparaît absolument le sens de la doctrine chrétienne.» (*Réponse au Saint-Synode*, 4-17 avril 1901.)

Voir aussi *l'Église et l'État* (1883). — Le plus grand crime que Tolstoï reproche à l'Église, c'est son «alliance impie» avec le pouvoir temporel. Il lui a fallu affirmer la sainteté de l'État, la sainteté de la violence. C'est «l'union des brigands avec les menteurs».

[147] A mesure qu'il avançait en âge, ce sentiment de l'unité de la vérité religieuse à travers l'histoire humaine, et de la parenté

du Christ avec les autres sages, depuis Bouddha jusqu'à Kant et à Emerson, ne fît que s'accentuer, au point que Tolstoï se défendait, dans ses dernières années, d'avoir «aucune prédilection pour le christianisme». Tout particulièrement importante, en ce sens, est une lettre, écrite le 27 juillet-9 août 1909 au peintre Jan Styka, et récemment reproduite dans *le Théosophe* du 16 janvier 1911. Suivant son habitude, Tolstoï, tout plein de sa conviction nouvelle, a une tendance à oublier un peu trop son état d'âme ancien et le point de départ de sa crise religieuse, qui était purement chrétien:

«La doctrine de Jésus, écrit-il, n'est pour moi qu'une des belles doctrines religieuses que nous avons reçues de l'antiquité égyptienne, juive, hindoue, chinoise, grecque. Les deux grands principes de Jésus: l'amour de Dieu, c'est-à-dire de la perfection absolue, et l'amour du prochain, c'est-à-dire de tous les hommes sans aucune distinction, ont été prêchés par tous les sages du monde: Krishna, Bouddha, Lao-Tse, Confucius, Socrate, Platon, Epïctète, Marc-Aurèle, et parmi les modernes, Rousseau, Pascal, Kant, Emerson, Channing, et beaucoup d'autres. La vérité religieuse et morale est partout et toujours la même... Je n'ai aucune prédilection pour le christianisme. Si j'ai été particulièrement intéressé par la doctrine de Jésus, c'est: 1° parce que je suis né et que j'ai vécu parmi les chrétiens; 2° parce que j'ai trouvé une grande jouissance d'esprit à dégager la pure doctrine des surprenantes falsifications opérées par les Églises.»

Nous étudions, dans un chapitre spécial, à la fin du volume, la vaste synthèse religieuse de Tolstoï, où fraternisent toutes les grandes religions du monde. — Voir p. 214: *la Réponse de l'Asie à Tolstoy.*

[148] Tolstoï proteste qu'il n'attaque pas la vraie science, qui est modeste et connaît ses limites. (*De la Vie*, ch. IV, trad. franç. de la comtesse Tolstoï.)

[149] *Ibid.*, ch. X.

[150] Tolstoï relit fréquemment les *Pensées* de Pascal, pendant la période de crise, qui précède les *Confessions*. Il en parle dans ses lettres à Fet (14 avril 1877, 3 août 1879); il recommande à son ami de les lire.

[151] Dans une lettre *sur la raison*, écrite le 26 novembre 1894 à la baronne X... (lettre reproduite dans le volume intitulé *les Révolutionnaires*, 1906), Tolstoï dit de même:

«L'homme n'a reçu directement de Dieu qu'un seul instrument de la connaissance de soi-même et de son rapport avec le monde; il n'y en a pas d'autres. Cet instrument, c'est la raison. La raison vient de Dieu. Elle est non seulement la qualité supérieure de l'homme, mais l'instrument unique de la connaissance de la vérité.»

[152] *De la Vie*, ch. X, XIV-XXI.

[153] *De la Vie*, XXII-XXV. — Comme pour la plupart de ces citations, je résume plusieurs chapitres en quelques phrases caractéristiques.

[154] Cette pensée religieuse a certainement évolué au sujet de plusieurs questions, notamment en ce qui touche la conception de la vie future.

[155] Je cite la traduction parue dans *le Temps* du 1er mai 1901.

[156] «J'avais passé jusque-là toute ma vie hors de la ville...» (*Que devons-nous faire?*)

[157] *Ibid.*

[158] Tolstoï a exprimé, maintes fois, son antipathie à l'égard des «ascètes qui agissent pour eux seuls, en dehors de leurs semblables». Il les met dans le même sac que les

révolutionnaires ignorants et orgueilleux, «qui prétendent faire du bien aux autres, sans savoir ce qu'il leur faut à eux-mêmes... J'aime d'un même amour, dit-il, les hommes de ces deux catégories, mais je hais leurs doctrines de la même haine. La seule doctrine est celle qui ordonne une activité constante, une existence qui réponde aux aspirations de l'âme et cherche à réaliser le bonheur des autres. Telle est la doctrine chrétienne. Également éloignée du quiétisme religieux et des prétentions hautaines des révolutionnaires, qui cherchent à transformer le monde, sans savoir en quoi consiste le vrai bonheur.» (Lettre à un ami, publiée dans le volume intitulé *Plaisirs cruels*, 1895, trad. Halpérine-Kaminsky.)

[159] T. XXVI des *Œuvres complètes*.

[160] Photographie de 1885, reproduite dans l'édition de *Que devons-nous-faire?* des *Œuvres complètes*.

[161] *Que devons-nous faire?* p. 213.

[162] Toute cette première partie (les quinze premiers chapitres) qui fourmille de types, fut supprimée par la censure russe.

[163] «La vraie cause de la misère, ce sont les richesses accumulées dans les mains de ceux qui ne produisent pas, et concentrées dans les villes. Les riches se groupent dans les villes, pour jouir et pour se défendre. Et les pauvres viennent se nourrir des miettes de la richesse. Il est surprenant que plusieurs d'entre eux restent des travailleurs, et qu'ils ne se mettent pas tous à la chasse d'un gain plus facile: commerce, accaparement, mendicité, débauche, escroqueries, — voire même cambriolage.»

[164] «Le pivot du mal est la propriété. La propriété n'est que le moyen de jouir du travail des autres.» — La propriété, dit encore Tolstoï, c'est ce qui n'est pas à nous, ce sont les autres.

«L'homme appelle sa propriété sa femme, ses enfants, ses esclaves, ses objets; mais la réalité lui montre son erreur; et il doit y renoncer, ou souffrir et faire souffrir.»

Tolstoï pressent déjà la Révolution russe: «Depuis trois ou quatre ans, dit-il, on nous invective dans les rues, on nous appelle fainéants. La haine et le mépris du peuple écrasé grandissent.» (*Que devons-nous faire?* p. 419.)

[165] Le paysan révolutionnaire Bondarev eût voulu que cette loi fût reconnue comme une obligation universelle. Tolstoï subissait alors son influence ainsi que celle d'un autre paysan, Sutaiev: «Pendant toute ma vie, deux penseurs russes ont eu sur moi une grande action morale, ont enrichi ma pensée, m'ont expliqué ma propre conception du monde: c'étaient deux paysans, Sutaiev et Bondarev.» (*Que devons-nous faire?* p. 404.)

Dans le même livre Tolstoï fait le portrait de Sutaiev, et note une conversation avec lui.

[166] L'*Alcool et le Tabac* (trad. de Halpérine-Kaminsky, publiée sous le titre: *Plaisirs vicieux*, 1895). Titre russe: *Pourquoi les gens s'enivrent.*

[167] *Plaisirs cruels*, 1895 (*Les Mangeurs de viande*; *la Guerre*; *la Chasse*), trad. de Halpérine-Kaminsky. Titres russes: (Pour *Les Mangeurs de viande*): *Le premier degré.* — *La Guerre* est un extrait d'un ouvrage volumineux: *Le royaume de Dieu est en nous* (chap. VI).

[168] Il est remarquable que Tolstoï ait eu tant de peine à s'en défaire. C'était chez lui une passion atavique: il la tenait de son père. Il n'était pas sentimental, et il semble n'avoir jamais fait dépense de beaucoup de pitié pour les bêtes. Ses yeux pénétrants se sont à peine arrêtés sur les yeux, si éloquents parfois, de nos humbles frères, — à l'exception du cheval, pour

qui, en grand seigneur, il a une prédilection. Il n'était pas sans un fond de cruauté native. Après avoir raconté la mort lente d'un loup, qu'il avait tué, en le frappant d'un bâton à la racine du nez, il dit: «Je ressentais une volupté, au souvenir des souffrances de l'animal expirant.» Le remords s'éveilla tard.

[169] Été 1878. Voir *Vie et Œuvre*.

[170] 18 novembre 1878. *Ibid.*

[171] Novembre 1879. *Ibid.*, trad. Bienstock.

[172] 5 octobre 1881. *Vie et Œuvre*.

[173] 14 octobre 1881, *ibid.*

[174] Mars 1882.

[175] 1882.

[176] 23 octobre 1884, *Vie et Œuvre*.

[177] «Le prétendu droit des femmes est né et ne pouvait naître que dans une société d'hommes qui se sont écartés de la loi du vrai travail. Aucune femme d'ouvrier sérieux ne demande le droit de partager son travail dans les mines ou dans les champs. Elles ne demandent que le droit de participer au travail imaginaire de la classe riche.»

[178] Ce sont les dernières lignes de *Que devons-nous faire?* Elles sont datées du 14 février 1886.

[179] Lettre à un ami, publiée sous le titre: *Profession de foi*, dans le volume intitulé *Plaisirs cruels*, 1895, trad. Halpérine-Kaminsky.

[180] La réconciliation eut lieu au printemps de 1878. Tolstoï écrivit a Tourgueniev pour lui demander pardon. Tourgueniev

vint à Iasnaïa-Poliana en août 1878. Tolstoï lui rendit sa visite en juillet 1881. Tout le monde fut frappé de son changement de manières, de sa douceur, de sa modestie. Il était «*comme régénéré*».

[181] Lettre à Polonski (citée par Birukov).

[182] Lettre écrite de Bougival, 28 juin 1883.

[183] Chap. XII de l'édition russe. Le traducteur français en a fait l'introduction.

[184] On remarquera que, dans le reproche qu'il adresse à Tolstoï, M. de Vogüé, à son insu, reprend, pour son compte les expressions mêmes de Tolstoï. «A tort ou à raison, disait-il, pour notre châtiment peut-être, nous avons reçu du ciel ce mal nécessaire et superbe: la pensée... Jeter cette croix est une révolte impie.» (*Le Roman russe*, 1886.) — Or Tolstoï écrivait à sa tante, la comtesse A.-A. Tolstoï, en 1883: «Chacun doit porter sa croix... La mienne, c'est le travail de la pensée, mauvais, orgueilleux, plein de séduction.» (*Corresp. inéd.* p. 4.)

[185] *Que devons-nous faire?* p. 378-9.

[186] Il en arrivera même à justifier la souffrance, — non seulement la souffrance personnelle, mais la souffrance des autres. «Car c'est le soulagement des souffrances des autres qui est l'essence de la vie rationnelle. Comment donc l'objet du travail pourrait-il être un objet de souffrance pour le travailleur? C'est comme si le laboureur disait qu'une terre non labourée est une souffrance pour lui.» (*De la Vie*, ch. XXXIV-XXXV.)

[187] 23 février 1860. *Corresp. inédite*, p. 19-20. — C'est en quoi l'art «mélancolique et dyspeptique» de Tourgueniev lui déplaisait.

[188] Cette lettre du 4 octobre 1887 a paru dans les *Cahiers de la quinzaine*, 1902, et dans la *Correspondance inédite*, 1907.

Qu'est-ce que l'art? parut en 1897-98; mais Tolstoï y pensait depuis quinze ans, soit depuis 1882.

[189] Je reviendrai sur ce point à propos de *la Sonate à Kreutzer*.

[190] Son intolérance s'était accrue depuis 1886. Dans *Que devons-nous faire?* il n'osait pas encore toucher à Beethoven (ni à Shakespeare). Bien plus, il reprochait aux artistes contemporains d'oser s'en réclamer. «L'activité des Galilée, des Shakespeare, des Beethoven n'a rien de commun avec celle des Tyndall, des Victor Hugo, des Wagner. De même que les Saints Pères renieraient toute parenté avec les papes.» (*Que devons-nous faire?* p. 375.)

[191] Encore voulait-il partir avant la fin du premier. «Pour moi, la question était résolue. Je n'avais plus de doute. Il n'y avait rien à attendre d'un auteur capable d'imaginer des scènes comme celles-ci. On pouvait affirmer d'avance qu'il n'écrirait jamais rien qui ne fût mauvais.»

[192] On sait que, pour faire un choix parmi les poètes français des écoles nouvelles, il a cette idée admirable de «*copier, dans chaque volume, la poésie qui se trouvait à la page 28*»!

[193] *Shakespeare*, 1903.—L'ouvrage fut écrit, à l'occasion d'un article d'Ernest Crosby sur *Shakespeare et la classe ouvrière*.

[194] (Exactement:) «La *Neuvième Symphonie* n'unit pas tous les hommes, mais seulement un petit nombre d'entre eux, qu'elle sépare des autres.»

[195] «C'était là un de ces faits qui se produisent souvent, sans attirer l'attention de personne, ni intéresser—je ne dis pas l'univers—mais même le monde militaire français...»

Et plus loin:

«Il fallut quelques années, avant que les hommes s'éveillassent de leur hypnotisme et comprissent qu'ils ne pouvaient nullement savoir si Dreyfus était coupable on non, et que chacun a d'autres intérêts plus importants et plus immédiats que l'Affaire Dreyfus.» (*Shakespeare*, trad. Bienstock, p. 116-118.)

[196] «*Le Roi Lear* est un drame très mauvais, très négligemment fait, qui ne peut inspirer que du dégoût et de l'ennui.» — *Othello*, pour lequel Tolstoï montre quelque sympathie, sans doute parce que l'œuvre s'accordait avec ses pensées d'alors sur le mariage et sur la jalousie, «tout en étant le moins mauvais drame de Shakespeare, n'est qu'un tissu de paroles emphatiques». Le personnage d'Hamlet n'a aucun caractère; «c'est un phonographe de l'auteur, qui répète toutes ses idées, à la file». Pour *la Tempête*, *Cymbeline*, *Troïlus*, etc., Tolstoï ne les mentionne qu'à cause de leur «ineptie». Le seul personnage de Shakespeare qu'il trouve naturel est celui de Falstaff, «précisément parce qu'ici la langue de Shakespeare, pleine de froides plaisanteries et de calembours ineptes, s'accorde avec le caractère faux, vaniteux et débauché de cet ivrogne répugnant».

Tolstoï n'avait pas toujours pensé ainsi. Il avait plaisir à lire Shakespeare, entre 1860 et 1870, surtout à l'époque où il avait l'idée d'écrire un drame historique sur Pierre I. Dans ses notes de 1869, on voit même qu'il prenait *Hamlet* pour modèle et pour guide. Après avoir mentionné ses travaux achevés, *Guerre et Paix*, qu'il rapprochait de l'idéal homérique, Tolstoï ajoute:

«Hamlet et mes futurs travaux: poésie du romancier dans la peinture des caractères.»

[197] Il range dans «l'art mauvais» ses «œuvres d'imagination». (*Qu'est-ce que l'Art?*) — Il n'excepte pas de sa condamnation de l'art moderne ses propres pièces de théâtre, «dénuées de cette

conception religieuse qui doit former la base du drame de l'avenir.»

[198] (Ou, plus exactement:) «C'est la direction du cours du fleuve.»

[199] Dès 1873, Tolstoï écrivait: «Pensez ce que vous voudrez, mais de telle façon que chaque mot puisse être compris du charretier qui transporte les livres de l'imprimerie. On ne peut rien écrire de mauvais dans une langue tout à fait claire et simple.»

[200] Tolstoï a donné l'exemple. Ses quatre *Livres de lectures*, pour les enfants des campagnes, ont été adoptés dans toutes les écoles de Russie, laïques et ecclésiastiques. Ses *Premiers contes populaires* sont l'aliment de milliers d'âmes. «Dans le bas peuple, écrit Stephan Anikine, ancien député à la Douma, le nom de Tolstoï se confond avec l'idée de «livre». On peut souvent entendre un petit villageois demander naïvement, dans une bibliothèque: «Donnez-moi un bon livre, un tolstoïen!» (Il veut dire un livre épais).—(*A la mémoire de Tolstoï*, lectures faites à l'Aula de l'Université de Genève, le 7 décembre 1910.)

[201] Cet idéal de l'union fraternelle entre les hommes ne marque point pour Tolstoï le terme de l'activité humaine; son âme insatiable lui fait concevoir un idéal inconnu, au delà de l'amour: «Peut-être la science découvrira-t-elle, un jour, à l'art un idéal encore plus élevé, et l'art le réalisera.»

[202] A ces mêmes années appartient, comme date de publication et sans doute d'achèvement, une œuvre qui fut écrite, en réalité, au temps heureux des fiançailles et des premières années du mariage: la belle histoire d'un cheval, *Kholstomier* (1861-1886). Tolstoï en parle dans une lettre à Fet, de 1863. (*Corresp. inéd.*, p. 35).—L'art du début, avec ses paysages fins, sa sympathie pénétrante des âmes, son humour, sa

jeunesse, a de la parenté avec les œuvres de la maturité (*Bonheur conjugal, Guerre et Paix*). La fin macabre, les dernières page sur les cadavres comparés du vieux cheval et de son maître, sont d'une brutalité de réalisme qui sont les années après 1880.

[203] *Sonate à Kreutzer, Puissance des Ténèbres.*

[204] *Le Temps,* 29 août 1901.

[205] «Pour le style, lui disait son ami Droujinine, en 1856, vous êtes fortement illettré, parfois comme un novateur et un grand poète, parfois comme un officier qui écrit à son camarade. Ce que vous écrivez avec amour est admirable. Aussitôt que vous êtes indifférent, votre style s'embrouille et devient épouvantable.» (Trad. Bienstock, *Vie et Œuvre.*)

[206] *Vie et Œuvre.* — Pendant l'été de 1879, Tolstoï fut très intime avec les paysans; et Strakov nous dit qu'en dehors de la religion, «il s'intéressait beaucoup à la langue. Il commençait à sentir fortement la beauté de la langue du peuple. Chaque jour, il découvrait de nouveaux mots, et chaque jour il maltraitait davantage la langue littéraire.»

[207] Dans ses notes de lectures, entre 1860 et 1870, Tolstoï a écrit:

«Les Bylines... impression très grande.»

[208] *Les Deux Vieillards* (1885).

[209] *Où l'amour est, Dieu est* (1885).

[210] *De quoi vivent les hommes* (1881); — *Les Trois Vieillards* (1884); — *Le Filleul* (1886).

[211] Ce récit porte aussi le titre: *Faut-il beaucoup de terre pour un homme?* (1886).

[212] *Feu qui flambe ne s'éteint plus* (1885).

[213] *Le Cierge* (1885); — *Histoire d'Ivan l'Imbécile.*

[214] *Le Filleul* (1886).

Ces récits populaires ont été publiée dans le t. XIX des *Œuvres complètes.*

[215] Il avait été pris assez tardivement par le goût du théâtre. Ce fut une découverte qu'il fit, pendant l'hiver de 1869-1870; et, selon son habitude, il s'enflamma aussitôt pour elle.

«Tout cet hiver, je me suis occupé exclusivement du drame; et, comme il arrive toujours aux hommes qui, jusqu'à l'âge de quarante ans, n'ont pas réfléchi à un certain sujet, tout à coup ils font attention à ce sujet négligé, et il leur paraît qu'ils y voient beaucoup de choses nouvelles.... J'ai lu Shakespeare, Gœthe, Pouchkine, Gogol et Molière.... Je voudrais lire Sophocle et Euripide.... J'ai longtemps gardé le lit, étant malade; et quand je suis ainsi, les personnages dramatiques ou comiques commencent à se démener en moi. Et ils le font très bien....»

Lettres à Fet, 17-21 février 1870. (*Corresp. inéd.*, p. 63-65.)

[216] Variante de l'acte IV.

[217] Il s'en faut que la création de ce drame angoissant ait été pour Tolstoï une peine. Il écrit à Ténéromo: «Je vis bien et joyeusement. J'ai travaillé tout ce temps à mon drame (*La Puissance des Ténèbres*). Il est achevé.» (Janvier 1887, *Corresp. inéd.*, p. 159.)

[218] La première traduction exacte de cette œuvre en français a été publiée par M. J. W. Bienstock, dans *le Mercure de France* (mars et avril 1912).

[219] La traduction française de cette *Postface* par M. Halpérine-Kaminsky a paru sous le titre: *Des relations entre les sexes*, dans le volume: *Plaisirs vicieux*.

[220] Noter que Tolstoï n'a jamais eu la naïveté de croire que l'idéal de célibat et de chasteté absolue soit réalisable pour l'humanité actuelle. Mais, selon lui, un idéal est irréalisable, par définition: c'est un appel aux énergies héroïques de l'âme.

«La conception de l'idéal chrétien, qui est l'union de toutes les créatures vivantes dans l'amour fraternel, est inconciliable avec la pratique de la vie qui exige un effort continu vers un idéal inaccessible, mais qui ne suppose pas l'avoir jamais atteint.»

[221] A la fin de la *Matinée d'un Seigneur*.

[222] *Guerre et Paix.* — Je ne parle pas d'*Albert* (1857), cette histoire d'un musicien de génie. La nouvelle est très faible.

[223] Voir dans *Jeunesse* le récit humoristique de la peine qu'il se donna pour apprendre à jouer du piano. — «Le piano m'était un moyen de charmer les demoiselles par ma sentimentalité.

[224] Il s'agit de 1876-77.

[225] S.-A. Bers, *Souvenirs sur Tolstoï* (Voir *Vie et Œuvre*).

[226] I, 381 (éd. Hachette).

[227] Mais jamais il ne cessa de l'aimer. Un de ses amis des derniers jours fut un musicien, Goldenveiser, qui passa l'été de 1910 près de Iasnaïa. Il venait, presque chaque jour, faire de la musique à Tolstoï, pendant sa dernière maladie. (*Journal des Débats*, 18 novembre 1910.)

[228] Lettre du 21 avril 1861.

[229] Camille Bellaigue, *Tolstoï et la musique* (*le Gaulois*, 4 janvier 1911).

[230] Qu'on ne dise pas qu'il s'agit là seulement des dernières œuvres de Beethoven. Même à celles du début qu'il consent à regarder comme «artistiques», Tolstoï reproche «leur forme artificielle». — Dans une lettre à Tschaikovsky, il oppose de même à Mozart et Haydn, «la manière artificielle de Beethoven, Schumann et Berlioz, qui calculent l'effet.»

[231] Cf. la scène racontée par M. Paul Boyer: «Tolstoï se fait jouer du Chopin. A la fin de la quatrième Ballade, ses yeux se remplissent de larmes. — «Ah! l'animal!» s'écrie-t-il. Et brusquement il se lève et s'en va.» (*Le Temps*, 2 novembre 1902.)

[232] *Maître et Serviteur* (1895) est comme une transition entre les lugubres romans qui précèdent et *Résurrection*, où se répand la lumière de la divine charité. Mais on y sent plus encore le voisinage de *la Mort d'Ivan Iliitch* et des *Contes Populaires* que de *Résurrection*, qu'annonce seulement, vers la fin, la sublime transformation d'un homme égoïste et lâche, sous la poussée d'un élan de sacrifice. La plus grande partie de l'histoire est le tableau, très réaliste, d'un maître sans bonté et d'un serviteur résigné, qui sont surpris, dans la steppe, la nuit, par une tourmente de neige, et perdent leur chemin. Le maître, qui d'abord tâche de fuir en abandonnant son compagnon, revient et, le trouvant à demi gelé, se jette sur lui, le couvre de son corps, le réchauffe en se sacrifiant, d'instinct; il ne sait pas pourquoi; mais les larmes lui remplissent les yeux: il lui semble qu'il est devenu celui qu'il sauve, Nikita, et que sa vie n'est plus en lui, mais en Nikita. — «Nikita vit; je suis donc encore vivant, moi.» — Il a presque oublié qui il était, lui, Vassili. Il pense: «Vassili ne savait pas ce qu'il fallait faire... ne savait pas, et moi, je sais, maintenant!...» Et il entend la voix de Celui qu'il attendait (ici son rêve rappelle un des *Contes Populaires*), de Celui qui, tout à l'heure, lui a donné l'ordre de se coucher sur

Nikita. Il crie, tout joyeux: «Seigneur, je viens!» Et il sent qu'il est libre, que rien ne le retient plus... Il est mort.

[233] Tolstoï prévoyait une quatrième partie, qui n'a pas été écrite.

[234] I, p. 379.—Je cite la traduction de Teodor de Wyzewa.— Une édition intégrale de *Résurrection* doit former les t. XXXVI et XXXVII des *Œuvres complètes*.

[235] I, p. 129.

[236] Au contraire, il avait été mêlé à tous les mondes qu'il peint dans *Guerre et Paix*, *Anna Karénine*, *les Cosaques*, ou *Sébastopol*: salons aristocratiques, armée, vie rurale. Il n'avait qu'à se souvenir.

[237] T. II, p. 20.

[238] «Les hommes portent en eux le germe de toutes les qualités humaines, et, tantôt ils en manifestent une, tantôt une autre, se montrant souvent différents d'eux-mêmes, c'est-à-dire de ce qu'ils ont l'habitude de paraître. Chez certains, ces changements sont particulièrement rapides. A cette classe d'hommes appartenait Nekhludov. Sous l'influence de causes physiques et morales, de brusques et complets changements se produisaient en lui.» (T. I, p. 858.)

Tolstoï s'est peut-être souvenu de son frère Dmitri, qui, lui aussi, épousa une Maslova. Mais le tempérament violent et déséquilibré de Dmitri était différent de celui de Nekhludov.

[239] «Plusieurs fois dans sa vie, il avait procédé à des *nettoyages de conscience*. Il appelait ainsi des crises morales où, apercevant soudain le ralentissement et parfois l'arrêt de sa vie intérieure, il se décidait à balayer les ordures qui obstruaient son âme. Au sortir de ces crises, il ne manquait jamais de

s'imposer des règles qu'il se jurait de suivre toujours. Il écrivait un journal, il recommençait une nouvelle vie. Mais à chaque fois, il ne tardait pas à retomber au même point, ou plus bas encore qu'avant la crise.» (T. I, p. 138.)

[240] En apprenant que la Maslova a encore fait des siennes avec un infirmier, Nekhludov est plus décidé que jamais à «sacrifier sa liberté pour racheter le péché de cette femme». (T. I, p. 382.)

[241] Tolstoï n'a jamais dessiné un personnage, d'un crayon aussi robuste et sûr que le Nekhludov du début. Voir l'admirable description du lever et de la matinée de Nekhludov, avant la première séance au Palais de Justice.

[242] Lettre de la comtesse Tolstoï, 1884.

[243] *Le Temps*, 2 novembre 1902.

[244] «Ne me reprochez pas, écrit-il à sa tante, la comtesse Alexandra A. Tolstoï, de m'occuper encore de ces futilités, au seuil de la tombe! Ces futilités remplissant mon temps libre et me procurent le repos des pensées vraiment sérieuses dont mon âme est surchargée.» (26 janvier 1903).

[245] Tolstoï le regardait comme une de ses œuvres capitales:

«Un de mes livres, — *Pour tous les jours*, — auquel j'ai la suffisance d'attacher une grande importance...» (Lettre à Jan Styka, 27 juillet-9 août 1909).

[246] Ces œuvres ont été publiées depuis la mort de Tolstoï. La liste en est longue. Nous relevons, parmi les principales: *Le journal posthume du vieillard Féodor Kouzmitch*, *Le père Serge*, *Hadji-Mourad*, *Le Diable*, *Le Cadavre vivant*, drame en douze tableaux, *Le faux coupon*, *Alexis le Pot*, *Le journal d'un fou*, *La lumière luit dans les ténèbres*, drame en cinq actes, *Toutes les*

qualités viennent d'elle, petite pièce populaire, et une série d'excellentes nouvelles: *Après le Bal, Ce que j'ai vu en rêve, Khodynka*, etc.

Voir page 206, la *Note sur les œuvres posthumes de Tolstoy*.

Mais l'œuvre essentielle est le *Journal intime* de Tolstoï. Il embrasse une quarantaine d'années de sa vie, depuis l'époque du Caucase jusqu'à la veille de sa mort; et il paraît un des livres de Confessions les plus impitoyables qui ait été écrit par un grand homme. Paul Birukoff en a publié, en français, deux volumes: la période de 1846 à 1852, et celle de 1895 à 1899.

[247] Le titre russe de cette œuvre est: *Une seule chose est nécessaire* (Saint-Luc, XI, 41.)

[248] La plupart ont été, de son vivant, gravement mutilées par la censure, ou totalement interdites. L'œuvre circulait en Russie, jusqu'à la Révolution, sous la forme de copies manuscrites, cachées sous le manteau. Même aujourd'hui, il s'en faut que tout soit publié; et la censure bolchevike n'a pas moins été tyrannique que la censure tsariste.

[249] L'excommunication de Tolstoï par le Saint-Synode est du 22 février 1901. Elle fut motivée par un chapitre de *Résurrection* relatif à la messe et à l'Eucharistie. Ce chapitre, nous le regrettons, a été supprimé dans la traduction française de Wyzewa.

[250] Sur la nationalisation du sol (Voir *le Grand Crime*, 1905).

[251] «Par Russe de la vieille Moscovie, dit M. A. Leroy-Beaulieu, Grand-Russien au sang slave, mâtiné de finnois, physiquement un type du peuple plus que de l'aristocratie». (*Revue des Deux Mondes*, 15 décembre 1910.)

[252] 1857.

[253] 1862.

[254] La *Fin d'un Monde* (1905-janvier 1906).

Cf. le télégramme adressé par Tolstoï à un journal américain:

«L'agitation des Zemstvos a pour objet de limiter le pouvoir despotique et d'établir un gouvernement représentatif. Qu'ils réussissent ou non, le résultat certain sera l'ajournement de la véritable amélioration sociale. L'agitation politique, en donnant l'illusion funeste de cette amélioration par des moyens extérieurs, arrête le vrai progrès, comme on peut le constater par l'exemple de tous les États constitutionnels: France, Angleterre, Amérique.» (*Le mouvement social en Russie.* — M. Bienstock a introduit cet article dans la préface du *Grand Crime*, trad. française, 1905.)

Dans une longue et intéressante lettre à une dame, qui lui demandait de faire partie d'un *Comité de propagation de la lecture et de l'écriture parmi le peuple*, Tolstoï exprime d'autres griefs contre les libéraux: Ils ont toujours joué le rôle de dupes; ils se font les complices, par peur, de l'autocratie; leur participation au gouvernement donne à celui-ci un prestige moral, et les habitue à des compromis, qui font d'eux rapidement les instruments du pouvoir. Alexandre II disait que tous les libéraux étaient à vendre pour des honneurs, sinon pour de l'argent. Alexandre III a pu anéantir sans risques l'œuvre libérale de son père: «Les libéraux chuchotaient entre eux que cela ne leur plaisait pas, mais ils continuaient à prendre part aux tribunaux, au service de l'État, à la presse; dans la presse, ils faisaient allusion aux choses pour lesquelles l'allusion était permise, mais ils se taisaient pour ce dont il était défendu de parler, et ils inséraient tout ce qu'on leur ordonnait d'insérer». Ils font de même sous Nicolas II. «Quand ce jeune homme qui ne sait rien, qui ne comprend rien, répond avec effronterie et avec manque de tact aux représentants du peuple, les libéraux protestent-ils? Nullement... De tous côtés, on envoie au jeune tsar de lâches et flatteuses félicitations.» (*Corresp. inédite*, p. 283-306.)

[255] *Guerre et Révolution.*

Dans *Résurrection*, lors de l'examen en cassation du jugement de la Maslova, au Sénat, c'est un Darwiniste matérialiste qui est le plus opposé à la révision, parce qu'il est choqué secrètement de ce que Nekhludov veuille épouser par devoir une prostituée: toute manifestation du devoir et, plus encore, du sentiment religieux, lui fait, l'effet d'une injure personnelle. (I, p. 359.)

[256] Cf., comme types, dans *Résurrection*, Novodvorov, le meneur révolutionnaire, dont la vanité et l'égoïsme excessifs ont stérilisé la grande intelligence. Nulle imagination; «absence totale des qualités morales et esthétiques qui produisent le doute».—A sa suite, attaché à ses pas, comme son ombre, Markel, l'ouvrier devenu révolutionnaire par humiliation et par désir de vengeance, adorateur passionné de la science qu'il ne comprend pas, anticlérical avec fanatisme, et ascétique.

On trouvera aussi, dans *Encore trois morts*, ou le *Divin et l'Humain* (trad. franç. parue dans le volume intitulé *les Révolutionnaires*, 1906), quelques spécimens de la nouvelle génération révolutionnaire: Romane et ses amis, qui méprisent les anciens terroristes, et prétendent arriver scientifiquement à leurs fins, en transformant le peuple agriculteur en peuple industriel.

[257] Lettre au Japonais Izo-Abe, fin 1904 (*Corresp. inédite*).—Voir, page 219, le chapitre: *La Réponse de l'Asie à Tolstoy.*

[258] *Les paroles vivantes de L. N. Tolstoy*, notes de Ténéromo (chap. Socialisme), (publié en trad. franç. dans *Révolutionnaires*, 1906).

[259] *Ibid.*

[260] Conversation avec M. Paul Boyer (*Le Temps*, 4 novembre 1902).

[261] *La Fin d'un Monde.*

[262] Dès 1863, Tolstoï écrivait ces paroles annonciatrices de la grande tourmente sociale:

«*La propriété, c'est le vol*, reste, aussi longtemps qu'existe une humanité, une vérité plus grande que la Constitution anglaise... La mission historique de la Russie consiste en ce qu'elle apportera au monde l'idée de la socialisation de la terre. La Révolution russe ne peut être fondée que sur ce principe. Elle ne se fera point contre le tsar et contre le despotisme; elle se fera contre la propriété du sol.

[263] «Le plus cruel des esclavages est d'être privé de la terre. Car l'esclave d'un maître est l'esclave d'un seul; mais l'homme privé du droit à la terre est l'esclave de tout le monde.» (*La Fin d'un monde*, chap. VII.)

[264] La Russie était en effet dans une situation spéciale; et si le tort de Tolstoï a été de généraliser d'après elle à l'ensemble des États européens, on ne peut s'étonner qu'il ait été surtout sensible aux souffrances qui le touchaient de plus près.—Voir, dans *le Grand Crime*, ses conversations, sur la route de Toula, avec les paysans, qui tous manquent de pain, parce que la terre leur manque, et qui tous, au fond du cœur, attendent que la terre leur revienne. La population agricole de la Russie forme les 80 p. 100 de la nation. Une centaine de millions d'hommes, dit Tolstoï, meurent de faim par suite de la mainmise des propriétaires fonciers sur le sol. Quand on vient leur parler, pour remédier à leur mal, de la liberté de la presse, de la séparation de l'Église et de l'État, de la représentation nationale,

et même de la journée de huit heures, on se moque d'eux, impudemment:

«Ceux qui ont l'air de chercher partout des moyens d'améliorer la situation des masses populaires, rappellent ce qui se passe au théâtre, quand tous les spectateurs voient parfaitement l'acteur qui est caché, tandis que ses partenaires qui le voient très bien aussi, feignent de ne pas voir, et s'efforcent à distraire mutuellement leur attention.»

Nul autre remède que de rendre la terre au peuple qui travaille. Et, pour la solution de cette question foncière, Tolstoï préconise la doctrine de Henry George, son projet d'un impôt unique sur la valeur du sol. C'est son Évangile économique, il y revient inlassablement, et se l'est si bien assimilé que souvent, dans ses œuvres, il reprend jusqu'à des phrases entières de Henry George.

[265] «La loi de non-résistance au mal est la clef de voûte de tout l'édifice. Admettre la loi de l'aide mutuelle, en méconnaissant le précepte de la non-résistance, c'est construire la voûte dans la sceller dans sa partie centrale.» (*La Fin d'un Monde*).

[266] Dans une lettre de 1900 à un ami (*Corresp. inéd.*, p. 312), Tolstoï se plaint de la fausse interprétation donnée à son principe de la non-résistance. On confond, dit-il, *«Ne t'oppose pas au mal par le mal»*... avec *«Ne t'oppose pas au mal»*, c'est-à-dire avec: «Sois indifférent au mal»... «Au lieu que la lutte contre le mal est le seul objet du christianisme et que le commandement de la non-résistance au mal est donné comme le moyen de lutte le plus efficace.»

Que l'on rapproche cette conception de celle de Gandhi, — de son *Satyâgraha*, de la «Résistance active», par l'amour et le sacrifice! C'est la même intrépidité d'âme, qui s'oppose à la passivité. Mais Gandhi en a accentué plus encore l'énergie héroïque. — (Cf. Romain Rolland: *Mahâtma Gandhi*, p. 53 et suivantes; — et l'introduction à *La Jeune Inde*, de Gandhi, p. XII et suiv.).

[267] *La fin d'un Monde.*

[268] Tolstoï a dessiné deux types de ces «sectateurs», — l'un à la fin de *Résurrection*, — l'autre dans *Encore trois morts*.

[269] Après la condamnation par Tolstoï de l'agitation des Zemstvos, Gorki, se faisant l'interprète du mécontentement de ses amis, écrivait: «Cet homme est devenu l'esclave de son idée. Il y a longtemps qu'il s'isole de la vie russe et n'écoute plus la voix du peuple. Il plane trop haut au-dessus de la Russie.»

[270] C'était pour lui une souffrance cuisante de ne pouvoir être persécuté. Il avait la soif du martyre; mais le gouvernement, fort sage, se gardait bien de la satisfaire.

«Autour de moi, on persécute mes amis et on me laisse tranquille, bien que, s'il y a quelqu'un de nuisible, ce soit moi. Evidemment, je ne vaux pas la persécution, et j'en suis honteux.» (Lettre à Ténéromo, 1892, *Corresp. inéd.*, p. 184.)

«Evidemment, je ne suis pas digne des persécutions, et il me faudra mourir ainsi, sans avoir pu, par des souffrances physiques, témoigner de la vérité.» (A Ténéromo, 16 mai 1892, *ibid.*, p. 186.)

«Il m'est pénible d'être en liberté.» (A Ténéromo, 1er juin 1894, *ibid.*, p. 188.)

Dieu sait pourtant qu'il ne faisait rien pour cela! Il insulte les Tsars, il attaque la patrie, «cet horrible fétiche auquel les hommes sacrifient leur vie et leur liberté et leur raison» (*La Fin d'un Monde.*) — Voir, dans *Guerre et Révolution*, le résumé qu'il trace de l'histoire de Russie. C'est une galerie de monstres: «le détraqué Ivan le Terrible, l'aviné Pierre I, l'ignorante cuisinière Catherine I, la débauchée Elisabeth, le dégénéré Paul, le parricide Alexandre I» (le seul pour qui Tolstoï ait pourtant une tendresse secrète), «le cruel et ignorant Nicolas I, Alexandre II, peu intelligent, plutôt mauvais que bon, Alexandre III, à coup sûr un sot, brutal et ignorant, Nicolas II, un innocent officier de hussards, avec un entourage de coquins, un jeune homme qui ne sait rien, qui ne comprend rien.»

Dans un numéro de la revue: *Les Tablettes*, consacré à Tolstoï (Genève, juin 1917), nous avons réuni une collection des textes les plus significatifs de Tolstoï, relatifs à *l'État, la Patrie, la guerre, l'armée, le service militaire* et *la Révolution*.

[271] Lettre à Gontcharenko, réfractaire, 19 janvier 1905 (*Corresp. inéd.*, p. 264).

[272] Aux Doukhobors du Caucase, 1897 (*Ibid.* p. 239).

[273] Lettre à un ami, 1900 (*Correspondance*, p. 308-9).

[274] A Gontcharenko, 12 février 1905 (*Ibid.*, p. 265).

[275] Aux Doukhobors du Caucase, 1897 (*Correspondance*, p. 240).

[276] A Gontcharenko, 19 janvier 1905 (*Ibid.*, p. 264).

[277] A un ami, novembre 1901 (*Ibid.*, p. 326).

Sur la question de la *Patrie*, les écrits les plus importants de Tolstoï sont: *L'esprit chrétien et le patriotisme*, 1894 (trad. J. Legras, éd. Perrin); — *Le patriotisme et le gouvernement*, 1900 (trad. Birukoff, Genève); — *Carnet du soldat*, 1902; — *La guerre russo-japonaise*, 1904; — *Salut aux réfractaires*, 1909.

[278] «C'est comme une fente dans la machine pneumatique; tout le souffle d'égoïsme qu'on voulait aspirer de l'âme humaine y rentre.»

Et il s'ingénie à prouver que le texte original a été mal lu, et que la parole exacte du second Commandement était: «Aime ton prochain comme *Lui-même* (comme Dieu)». (Entretiens avec Ténéromo.)

[279] Entretiens avec Ténéromo.

[280] Lettre à un Chinois, octobre 1906 (*Corresp. inéd.*, p. 381 et suiv.).

[281] Tolstoï en exprimait déjà la crainte, dans sa lettre de 1906.

[282] «Ce n'était pas la peine de refuser le service militaire et policier, pour admettre la propriété, qui ne se maintient que par le service militaire et policier. Les hommes qui accomplissent ce service et profitent de la propriété agissent mieux que ceux qui refusent tout service, en jouissant de la propriété.» (Lettre aux Doukhobors du Canada, 1899, *Corresp. inéd.*, p. 248-260.)

[283] Lire dans les *Entretiens avec Ténéromo*, la belle page sur «le sage Juif qui, plongé dans ce Livre, n'a pas vu les siècles s'écrouler sur sa tête, et les peuples qui paraissaient et disparaissaient de la terre».

[284] «Voir le progrès de l'Europe dans les horreurs de l'État moderne, l'État sanglant, vouloir créer un nouveau *Judenstaat*, c'est un péché abominable. — (*Ibid.*)

[285] Et l'avenir lui donne raison. Et Dieu s'est acquitté largement envers lui. Quelques mois avant sa mort, lui vient, du bout de l'Afrique, l'écho de la voix messianique de Gandhi. (Voir, à la fin du volume, le chapitre: *La réponse de l'Asie à Tolstoy*, p. 214.)

[286] *Appel aux hommes politiques*, 1905.

[287] On trouvera, en appendice au *Grand Crime* et dans la trad-franç. des *Conseils aux Dirigés* (titre russe: *Au peuple travailleur*), un *Appel* d'une société japonaise *pour le Rétablissement de la Liberté de la Terre*.

[288] Lettre à Paul Sabatier, 7 novembre 1906. (*Corr. inéd.*, p. 375.)

[289] Lettres à un ami, juin 1892 et novembre 1901.

[290] *Guerre et Révolution*.

[291] Lettre à un ami. (*Corresp. inéd.* p. 354-55.)

[292] *Ibid.* Peut-être s'agit-il là de l'*Histoire d'un Doukhobor*, dont le titre figure dans la liste des œuvres inédites de Tolstoï.

[293] «Imaginez que tous les hommes qui ont la vérité se réunissent ensemble et s'installent sur une île. Serait-ce la vie?» (A un ami, mars 1901, *Corresp. inéd.* p. 325.)

[294] 1er décembre 1910.

[295] 16 mai 1892. Tolstoï voyait alors sa femme souffrir de la mort d'un petit garçon, et il ne pouvait rien pour la consoler.

[296] Lettre de janvier 1883.

[297] «Je ne reprocherai jamais de ne pas avoir de religion. Le mal, c'est quand les hommes mentent, feignent d'avoir de la religion.»

Et plus loin:

«Que Dieu nous préserve de feindre d'aimer, c'est pire que la haine.» (*Corresp. inéd.* p. 344 et 348.)

[298] *Revue des Deux Mondes*, 15 décembre 1910.

[299] Paul Birukoff vient de publier, en allemand, la belle correspondance de Tolstoï avec sa fille Marie: *Vater und Tochter*, Zürich, Rotapfel, 1927.

[300] *Revue des Deux Mondes*, 15 décembre 1910.

[301] A un ami, 10 décembre 1903.

[302] *Figaro*, 27 décembre 1910. La lettre fut, après la mort de Tolstoï, remise à la comtesse par leur beau-fils, le prince Obolensky, auquel Tolstoï l'avait confiée, quelques années auparavant. A cette lettre était jointe une autre, également adressée à la comtesse, et qui touchait à des sujets intimes de la vie conjugale. La comtesse la détruisit, après l'avoir lue. (Note communiquée par Mme Tatiana Soukhotine, fille aînée de Tolstoï.)

[303] Cet état de souffrance date donc de 1881, c'est-à-dire de l'hiver passé à Moscou, et de la découverte que Tolstoï fit alors de la misère sociale.

[304] Lettre à un ami (la traduction française, par M. Halpérine-Kaminsky, en a été publiée sous le titre *Profession de foi*, dans le volume: *Plaisirs cruels*, 1895).

[305] Il semble qu'il ait subi, dans ses dernières années, et surtout dans ses derniers mois, l'influence de Vladimir-Grigoritch Tchertkov, ami dévoué, qui, longtemps établi en Angleterre, avait consacré sa fortune à publier et répandre l'œuvre intégral de Tolstoï. Tchertkov a été violemment attaqué par un des fils de Tolstoï, Léon. Mais si l'on a pu accuser son intransigeance d'esprit, personne n'a mis en doute son absolu dévouement; et, sans approuver la dureté peut-être inhumaine de certains actes où l'on croit sentir son inspiration, (comme le testament par lequel Tolstoï enleva à sa femme la propriété de

tous ses écrits, sans exception, y compris ses lettres privées), il est permis de croire qu'il fut plus épris de la gloire de son ami que Tolstoï lui-même.

Le journal de Valentin Boulgakov, dernier secrétaire de Tolstoï, est un miroir fidèle des six derniers mois, à Iasnaïa Poliana, depuis le 23 juin 1910. La traduction française en a paru dans *Les œuvres libres*, mai 1924, chez Arthème Fayard, à Paris.

[306] Tolstoï partit brusquement de Iasnaïa Poliana, le 28 octobre (10 novembre) 1910, vers cinq heures du matin. Il était accompagné du docteur Makovitski; sa fille Alexandra, que Tchertkov appelle «sa collaboratrice la plus intime», était dans le secret du départ. Il arriva, le même jour, à six heures du soir, au monastère d'Optina, un des plus célèbres sanctuaires de Russie, où il avait été plusieurs fois en pèlerinage. Il y passa la nuit et, le lendemain matin, il y écrivit un long article sur la peine de mort. Dans la soirée du 29 octobre (11 novembre), il alla au monastère de Chamordino, où sa sœur Marie était nonne. Il dîna avec elle et lui exprima le désir qu'il aurait eu de passer la fin de sa vie à Optina, «en s'acquittant des plus humbles besognes, mais à condition qu'on ne l'obligeât point à aller à l'église». Il coucha à Chamordino, fit, le lendemain matin, une promenade au village voisin, où il songeait à prendre un logis, revit sa sœur dans l'après-midi. A cinq heures, arriva inopinément sa fille Alexandra. Sans doute, le prévint-elle que sa retraite était connue, qu'on était à sa poursuite: ils repartirent sur-le-champ, dans la nuit. Tolstoï, Alexandra et Makovitski se dirigèrent vers la station de Koselsk, probablement avec l'intention de gagner les provinces du Sud, et, de là, les pays slaves des Balkans, la Bulgarie, la Serbie. En route, Tolstoï tomba malade à la gare d'Astapovo et dut s'y aliter. Ce fut là qu'il mourut.

Sur ces derniers jours, on trouvera les renseignements les plus complets dans le volume: *Tolstoys Flucht und Tod* (Bruno

Cassirer, Berlin, 1925), où René Fuellœp-Miller et Friedrich Eckstein ont rassemblé les récits de la fille, de la femme de Tolstoï, de son médecin, de ses amis présents, et la correspondance secrète d'État. Celle-ci, que le gouvernement soviétique a découverte en 1917, révèle le réseau d'intrigues, dont l'État et l'Église entourèrent le mourant, pour arracher de lui l'apparence d'une rétractation religieuse. Le gouvernement, le czar en personne, exercèrent une pression sur le Saint-Synode, qui délégua à Astapovo l'archevêque de Toula. Mais l'échec de cette tentative fut complet.

On voit aussi l'inquiétude gouvernementale. Une correspondance policière entre le gouverneur-général de Riasan, prince Obolensky, et le général Lwow, chef du département de gendarmerie de Moscou, avertit heure par heure de tous les incidents et de tous les visiteurs à Astapovo, donne les ordres les plus sévères pour surveiller la gare, pour bloquer le cortège funèbre et le séparer du reste de la nation. En haut lieu, on tremblait devant l'éventualité de grandes manifestations politiques, en Russie.

L'humble maison, où Tolstoï expirait, était environnée d'une nuée de policiers, d'espions, de reporters de journaux, d'opérateurs de film, qui guettaient la douleur de la comtesse Tolstoï, accourue pour exprimer au mourant son amour, son repentir, et écartée de lui par ses enfants.

[307] *Journal*, à la date du 28 octobre 1879 (trad. Bienstock Voir *Vie et Œuvre*). — Voici le passage entier, qui est des plus beaux:

«Il y a dans ce monde des gens lourds, sans ailes. Ils s'agitent, en bas. Parmi eux, il y a des forts: Napoléon. Ils laissent des traces terribles parmi les hommes, sèment la discorde, mais rasent toujours la terre. — Il y a des hommes qui se laissent pousser des ailes, s'élancent lentement et planent: les moines. — Il y a des hommes légers qui se soulèvent facilement et retombent: les bons idéalistes. — Il y a des hommes aux ailes puissantes... — Il y a des hommes célestes, qui, par amour des hommes, descendent sur la terre en repliant leurs ailes, et apprennent aux autres à voler. Puis, quand ils ne sont plus nécessaires, ils remontent: Christ.»

[308] «On peut vivre seulement pendant qu'on est ivre de la vie.» (*Confessions*, 1879.)

«Je suis fou de la vie... C'est l'été, l'été délicieux. Cette année, j'ai lutté longtemps; mais la beauté de la nature m'a vaincu. Je me réjouis de la vie». (Lettre à Fet, juillet 1880.) — Ces lignes sont écrites en pleine crise religieuse.

[309] Dans son *Journal*, à la date d'octobre 1865:

«La pensée de la mort...» «Je veux et j'aime l'immortalité.»

[310] «Je me grisai de cette colère bouillonnante d'indignation que j'aime en moi, que j'excite même quand je la sens, parce qu'elle agit sur moi, d'une façon calmante, et me donne, pour quelques instants au moins, une élasticité extraordinaire, l'énergie et le feu de toutes les capacités physiques et morales.» (*Journal du prince D. Nekhludov, Lucerne*, 1857).

[311] Son article sur *la Guerre*, à propos du Congrès universel de la paix, à Londres, en 1891, est une rude satire des pacifistes, qui croient à l'arbitrage entre nations:

«C'est l'histoire de l'oiseau qu'on prend, après lui avoir mis un grain de sel sur la queue. Il est tout aussi facile de le prendre d'abord. C'est se moquer des gens que de leur parler d'arbitrage et de désarmement consenti par les États. Verbiage que tout cela! Naturellement, les gouvernements approuvent: les bons apôtres! Ils savent bien que cela ne les empêchera jamais d'envoyer des millions de gens à l'abattoir, quand il leur plaira de le faire. (*Le royaume de Dieu est en nous*, chap. VI.)

[312] La nature fut toujours «le meilleur ami» de Tolstoï, comme il aimait à dire:

«Un ami, c'est bien; mais il mourra, il s'en ira quelque part, et on ne pourra le suivre, tandis que la nature à laquelle on s'est uni par l'acte de vente, ou qu'on possède par héritage, c'est mieux. Ma nature à moi est froide, rebutante, exigeante, encombrante; mais c'est un ami qu'on gardera jusqu'à la mort; et quand on mourra, on y entrera.» (Lettre à Fet, 19 mai 1861. *Corresp. inéd.*, p. 31.)

Il participait à la vie de la nature, il renaissait au printemps; («Mars et Avril sont mes meilleurs mois pour le travail.» — A Fet, 23 mars 1877), il s'engourdissait à la fin d'automne («C'est pour moi la saison la plus morte, je ne pense pas, je n'écris pas, je me sens agréablement stupide.» — A Fet, 21 octobre 1869).

Mais la nature qui lui parlait intimement au cœur, c'était la nature de chez lui, celle de Iasnaïa. Bien qu'il ait, au cours de son voyage en Suisse, écrit de fort belles notes sur le lac de Genève, il s'y sentait un étranger; et ses liens avec la terre natale lui apparurent alors plus étroits et plus doux:

«J'aime la nature, quand de tous côtés elle m'entoure, quand de tous côtés m'enveloppe l'air chaud qui se répand dans le lointain infini, quand cette même herbe grasse que j'ai écrasée en m'asseyant fait la verdure des champs infinis, quand ces mêmes feuilles qui, agitées par le vent, portent l'ombre sur mon visage, font le bleu sombre de la forêt lointaine, quand ce même air que je respire fait le fond bleu clair du ciel infini, quand je ne suis pas seul à jouir de la nature, quand, autour de moi, bourdonnent et tournoient des millions d'insectes et que chantent les oiseaux. La jouissance principale de la nature, c'est quand je me sens faire partie du tout. — Ici (en Suisse), le lointain infini est beau, mais je suis sans liens avec lui.» (Mai 1857.)

De fait, on s'y tromperait souvent. Soit à cette profession de foi de Julie mourante:

«Ce qu'il m'était impossible de croire, je n'ai pu dire que je le croyais, et j'ai toujours cru ce que je disais croire. C'était tout ce qui dépendait de moi.»

A rapprocher de la lettre de Tolstoï au Saint-Synode:

«Il se peut que mes croyances gênent ou déplaisent. Il n'est pas en mon pouvoir de les changer, comme il n'est pas en mon pouvoir de changer mon corps. Je ne puis croire autre chose que ce que je crois, à l'heure où je me dispose à retourner vers ce Dieu, dont je suis sorti.»

Ou bien ce passage de la *Réponse à Christophe de Beaumont*, qui semble du pur Tolstoï:

«Je suis disciple de Jésus-Christ. Mon Maître m'a dit que celui qui aime son frère a accompli la Loi.»

Ou encore:

«Toute l'oraison dominicale tient en entier dans ces paroles: Que Ta volonté soit faite!» (*Troisième lettre de la Montagne.*)

A rapprocher de:

«Je remplace toutes mes prières par le *Pater Noster*. Toutes les demandes que je puis adresser à Dieu sont exprimées avec plus de hauteur morale par ces mots: Que Ta volonté soit faite!» (*Journal* de Tolstoï, au Caucase, 1852-53.)

Les ressemblances de pensée ne sont pas moins fréquentes sur le terrain de l'art que sur celui de la religion:

«La première règle de l'art d'écrire, dit Rousseau, est de parler clairement et de rendre exactement sa pensée.»

Et Tolstoï:

«Pensez ce que vous voudrez, mais de telle façon que chaque mot puisse être compris de tous. On ne peut rien écrire de mauvais dans une langue tout à fait claire.»

J'ai montré ailleurs que les descriptions satiriques de l'Opéra de Paris, dans la *Nouvelle Heloïse*, ont beaucoup de rapports avec les critiques de Tolstoï, dans *Qu'est-ce que l'art?*.

[314] *Journal*, 6 janvier 1903 (cité dans la *Préface de Tolstoï à ses Souvenirs*, 1er volume de *Vie et Œuvre de Tolstoï*, publié par Birukov).

[315] *Quatrième Promenade*.

[316] Lettre à Birukov.

[317] *Sébastopol en mai 1855*.

[318] «La vérité,... la seule chose qui me soit restée de ma conception morale, la seule chose que j'accomplirai encore.» (17 octobre 1860.)

[319] *Ibid.*

[320] «L'amour pour les hommes est l'état naturel de l'âme, et nous ne le remarquons pas.» (*Journal*, du temps qu'il était étudiant à Kazan.)

[321] «La vérité s'ouvrira à l'amour...» (*Confessions*, 1879-81.)

— «Moi qui plaçais la vérité dans l'unité de l'amour...» (*Ibid.*)

[322] «Vous parlez toujours d'énergie? Mais la base de l'énergie, c'est l'amour, dit Anna, et l'amour ne se donne pas, à volonté» (*Anna Karénine*, II, p. 270).

[323] «La beauté et l'amour, ces deux raisons de vivre.» (*Guerre et Paix*, II, p. 285.)

[324] «Je crois en Dieu, qui est pour moi l'Amour.» (Au Saint-Synode, 1901.)

— «Oui, l'amour!... Non l'amour égoïste, mais l'amour tel que je l'ai éprouvé, pour la première fois de ma vie, lorsque j'ai aperçu à mes côtés mon ennemi mourant, et que je l'ai aimé... C'est l'essence même de l'âme. Aimer son prochain, aimer ses ennemis, aimer tous et chacun, c'est aimer Dieu dans toutes ses manifestations!... Aimer un être qui nous est cher, c'est de l'amour humain, mais aimer son ennemi, c'est presque de l'amour divin!...» (Le prince André, mourant, dans *Guerre et Paix*, III, p. 176.)

[325] «L'amour passionné de l'artiste pour son sujet est le cœur de l'art. Sans amour, pas d'œuvre d'art possible.» (Lettre de septembre 1889. — *Leo Tolstoïs Briefe 1848 bis 1910*, Berlin, 1911.)

[326] «J'écris des livres, c'est pourquoi je sais tout le mal qu'ils font...» (Lettre de Tolstoï à P.-V. Vériguine, chef des Doukhobors, 21 novembre 1897, *Corresp. inéd.*, p. 241.)

[327] Voir *la Matinée d'un Seigneur*, — ou, dans les *Confessions*, la vue extrêmement idéalisée de ces hommes simples, bons, contents de leur sort, tranquilles, ayant le sens de la vie, — ou, à la fin de la deuxième partie de *Résurrection*, cette vision «d'une humanité, d'une terre nouvelle», qui apparaît à Nekhludov, quand il croise des ouvriers qui reviennent du travail.

[328] «Un chrétien ne saurait être moralement supérieur ou inférieur à un autre; mais il est d'autant plus chrétien qu'il se

meut plus rapidement sur la voie de la perfection, quel que soit le degré sur lequel il se trouve, à un moment donné: en sorte que la vertu stationnaire du pharisien est moins chrétienne que celle du larron, dont l'âme est en plein mouvement vers l'idéal, et qui se repent sur sa croix.» (*Plaisirs cruels*, trad. Halpérine-Kaminsky.)

[329] Mme Tatiana Soukhotine, fille aînée de Tolstoy, m'a fait observer que la véritable orthographe du nom de Tolstoy en français était avec un *y*. Telle est en effet la signature de Tolstoy, dans la lettre que j'ai reçue de lui.

[330] Une autre édition, plus complète, a paru en 1925 chez l'éditeur Bossard (traduction de Georges d'Ostoya et Gustave Masson).

[331] «Dont je fus témoin, pour une partie», écrit Tolstoy.

[332] Voir p. 71 et 72.

[333] Acte V, tableau 1.

[334] Acte III, tableau 2.

[335] Cette santé d'esprit se manifeste dans les récits qui ont été faits par Tchertkov et par les médecins de la dernière maladie de Tolstoy. Presque jusqu'à la fin, il a continué, chaque jour, d'écrire ou de dicter son *Journal*.

[336] *Tolstoi und der Orient. Briefe und sonstige Zeugnisse über Tolstois Beziehungen zu den Vertretern orientalischer Religionen*, von Paul Birukov, Rotapfel Verlag, Zürich u. Leipzig, 1925.

[337] Birukov a dressé, à la fin de son volume, une liste des principaux ouvrages sur l'Orient auxquels Tolstoy a eu recours.

[338] Il semble que certains Chinois aient reconnu aussi ces affinités. Un voyageur russe en Chine écrit en 1922 que

l'anarchisme chinois est imbu de Tolstoy et que leur précurseur commun est Laotse.

[339] La librairie Stock vient de publier la traduction française de son livre: *L'Esprit du peuple chinois*, avec préface de Guglielmo Ferrero, 1927.

[340] Tolstoy critique vigoureusement, dans sa lettre à Ku-Hung-Ming, l'enseignement traditionnel en Chine de l'obéissance au souverain: il y voit un dogme aussi peu fondé que le droit divin de la force.

[341] Cet article avait paru dans le *Times*, en juin 1904; et Tamura le lut, en décembre, à Tokio.

[342] *Izo-Abe*, directeur du journal «*Heimin Shimbun*» («Le simple Peuple»). Avant que la réponse de Tolstoy leur parvînt, les courageux protestataires étaient emprisonnés et leur journal suspendu.

[343] J'ai cité plus haut, page 164, un passage de cette réponse. A ce jugement sur le socialisme, Tolstoy ajoute: «*Le vrai bien de l'homme est son salut spirituel et moral; le bien matériel y est inclus. Et ce haut but ne peut être atteint que par la complète réalisation religieuse et morale des individus, dont la somme dans les peuples représente l'humanité.*» D'autre part, en 1909, Tolstoy répondra aux questions économiques d'une Société japonaise «*pour la libération du pays*», en lui recommandant les théories agraires d'Henry George.

[344] «*Tu n'es pas seul, maître. Réjouis-toi!*» lui écrira Tokutomi, le 3 octobre 1906. «*Tu as ici beaucoup d'enfants, en esprit....*»

[345] La revue: *Tolstoi Kenki* (étude de Tolstoy).

[346] Tokutomi rappelle que Tolstoy lui demanda, en 1906: — «*Savez-vous quel est mon âge?*» — «*Soixante-dix-huit ans,*» répondis-

je. – «Non, vingt-huit.» Je réfléchis et je dis: – «Ah! oui, en comptant votre naissance du jour où vous êtes devenu le nouvel homme.» Il fit signe que oui.»

[347] Asfendiar Woissow, de Constantinople.

[348] Lettre de Mohammed Sadig, 22 juillet 1903.

[349] Lettre d'Elkibajew, 10 juin 1908.

[350] A Mohammed Sadig, 20 août 1903.

[351] Tolstoy était enthousiaste de la prière de Mahomet pour la pauvreté: *«Seigneur, conserve ma vie en pauvreté et fais qu'en pauvreté je meure!»*

[352] A Woissow, 11 novembre 1902.

[353] Cette grande personnalité, dont l'influence réformatrice s'est exercée sur l'université d'Al Azhar, et, par delà, sur tout l'Islam Sunnite, où il représentait le modernisme, a été récemment étudiée par B. Michel et le Cheikh Moustapha Abdel Razik, qui ont traduit et publié en français son principal traité: *Rissalat al Tawid, – Exposé de la religion musulmane*, librairie Orientaliste Paul Geuthner, 1925.

[354] A Isabella Arkadjewna Grinewskaja. Dans une autre lettre à Elkibajew (10 juin 1908), Tolstoy dit qu'il n'y a qu'une seule religion. Elle ne s'est pas encore tout entière révélée à l'humanité, mais elle apparaît dans toutes les religions, par fragments. *«Tout progrès de l'humanité repose sur l'union toujours plus intime des hommes dans cette unique vraie religion.»*

[355] Dans une lettre à Krymbajew, en 1908, Tolstoy, définissant une vraie religion par l'amour de Dieu et du prochain, dégagé de toute croyance parasite, fait l'éloge du Bâbisme et de la secte

de Kazan. Une autre lettre de décembre 1908 à Fridulchan-Wadalbekow exprime la même admiration du Bâbisme.

[356] A quelques exceptions près, au premier rang desquelles je nomme Max Müller, grand esprit et grand cœur, que vénérait Vivekananda.

[357] En 1828, l'un des plus vastes esprits de notre temps, *Râjâ Râm Mohan Roy*, fonda la communauté de *Brahmâ Samâj*, qui rassemblait toutes les religions du monde en un système religieux; basé sur la croyance en un seul Dieu. Une telle pensée, nécessairement limitée d'abord à une élite, a eu, depuis, des échos profonds dans l'âme des grands mystiques du Bengale; et, par eux, elle pénètre peu à peu dans les masses.

[358] Vivekananda disait de lui-même: «*Je suis Çankara.*» (le grand Vedantiste du VIIIᵉ siècle).

[359] *Yogas's Philosophy. Lectures on Râja Yoga or conquering internal nature*, by Swami Vivekananda, New-York, 1896.

[360] *Parahamsa Sri Ramakrishna*, by Vivekananda, 2ᵉ édition, Madras, 1905.

[361] «*Lord of Love*», titre d'un ouvrage de *Baba Premananda Bharati* (1904), dont Tolstoy traduisit des fragments.

[362] Premananda Bharati, 1904.

[363] C.-R. Das, mort récemment, était devenu l'ami intime de Gandhi et le chef politique du parti *Swarajiste* indien, qui veut concilier les méthodes de Non-Violence avec la participation aux Conseils législatifs.

[364] De Londres. La lettre est perdue. On ne la connaît que par la réponse de Tolstoy.

[365] Dans son Autobiographie, en cours de publication, sous le titre: *Histoire de mes Expériences avec la Vérité* (*Young India*, 26 août et 14 octobre 1926), Gandhi raconte que ce fut en 1893-94 qu'il lut pour la première fois un ouvrage de Tolstoy: *Le Royaume de Dieu est en vous.* «*J'en fus bouleversé. Devant l'indépendance de pensée, la moralité profonde et la sincérité de ce livre, tous les autres me parurent pâles et insignifiants...*» Un ou deux ans plus tard, il lut: *Que devons-nous faire?* et *Les Évangiles;* il fit une étude passionnée de Tolstoy. «*Je commençai à réaliser de plus en plus, dit-il, les infinies possibilités de l'amour universel...*» En 1904, il crée à Phœnix, près de Durban, une colonie agricole, sur les plans de Tolstoy. Il y rassemble les Indiens, sous la double loi qu'il leur imposa de Non-Résistance et de pauvreté volontaire. On trouvera dans ma Vie de *Mâhâtmâ Gandhi* (p. 18-23) le récit de cette croisade qui se prolongea près de vingt ans. Un an avant qu'il écrivît à Tolstoy, il venait d'achever son fameux livre: *Hind Swarâj* (Home Rule Indien),—cet «Évangile de l'amour héroïque», dont le gouvernement de l'Inde prohiba l'original en Gujarât et dont Gandhi envoya l'édition anglaise à Tolstoy le 4 avril 1910.

[366] Joseph J. Doke: *M. K. Gandhi, an Indian Patriot in South Africa*, 1909.

[367] Édité à Phœnix, Natal.

[368] Cette liste, dressée par Alexis Sergeyenko, m'a été communiquée par Paul Birukoff.